HEYNE
BÜCHER

Das Buch

In der Abtei soll die Hochzeit eines alten Edelmannes mit einem blutjungen, wunderschönen Mädchen stattfinden. Schon als die Hochzeitsgesellschaft in Shrewsbruy einzieht, erhitzen sich Gemüter der umstehenden Beobachter ob der unziemlichen Ungleichheit des Paares. Das blasse, traurige Gesicht der Braut Iveta de Massard erregt allgemeines Mitleid. Ihre Heirat mit Huon de Domville ist offensichtlich als Geschäft ausgehandelt worden, und sie soll wie ein Opferlamm zum Altar geführt werden. Zufällig wird Bruder Cadfael im Klostergarten Zeuge einer heimlichen Zusammenkunft Ivetas mit dem Jungen Joscelin Lucy. Dieser versucht sie in letzter Sekunde zur Flucht zu bewegen. Doch der Plan wird entdeckt, und er muß fliehen. Wenig später geschieht in der Abtei ein Mord ...

Die Autorin

Ellis Peters, geboren 1913 in Shropshire, England, wollte von Kindesbeinen an Schriftstellerin werden. Nachdem sie bis zum Ende des zweiten Weltkrieges bereits zahlreiche zeitgenössische und historische Romane unter ihrem richtigen Namen, Edith Pargeter, veröffentlichen konnte, widmete sie sich nach 1945 ganz dem Schreiben und legte sich ihr heute weltberühmtes Pseudonym Ellis Petes zu.
1977 erschien mit »Im Namen der Heiligen« der erste Band der mittelalterlichen Kriminalserie und den gewitztén Mönch und Detektiv Bruder Cadfael, der nicht nur Ellis Peters, sondern auch die Abtei von Shrewsbury weltberühmt machen sollte.
Die für ihre Romane und ihre Übersetzungen von Lyrik ins Tschechische mehrfach ausgezeichnete Ellis Peters starb im Oktober 1995.
Im Wilhelm Heyne Verlag sind folgende Bände der Bruder Cadfael-Serie erschienen: »Im Namen der Heiligen«, »Bruder Cadfael und ein Leichnam zuviel«, »Bruder Cadfael und das Mönchskraut«, »Der Aufstand auf dem Jahrmarkt«, »Bruder Cadfael und der Hochzeitsmord«, »Die Jungfrau im Eis«, »Bruder Cadfael – Zuflucht im Kloster«, »Des Teufels Novize«, »Lösegeld für einen Toten«, »Pilger des Hasses«, »Ein ganz besonderer Fall«, »Mörderische Weihnacht«, »Der Rosenmord«, »Der geheimnisvolle Eremit«, »Bruder Cadfael und das fremde Mädchen«, »Bruder Cadfael und der Ketzerlehrling«, »Bruder Cadfael und das Geheimnis der schönen Toten« und »Bruder Cadfael und die schwarze Keltin«.

ELLIS PETERS

BRUDER CADFAEL UND DER HOCHZEITSMORD

Ein mittelalterlicher Kriminalroman

Aus dem Englischen
von Dirk van Gunsteren

Deutsche Erstausgabe

WILHELM HEYNE VERLAG
MÜNCHEN

HEYNE ALLGEMEINE REIHE
Nr. 01/9975

Titel der Originalausgabe
THE LEPER OF SAINT GILES

Umwelthinweis:
Dieses Buch wurde auf
chlor- und säurefreiem Papier gedruckt.

Der Band erschien bereits in der Allgemeinen Reihe
unter dem Titel »Der Hochzeitsmord« (01/6908).

11. Auflage
1. Auflage dieser Ausgabe

Printed in Germany 1996
Umschlagillustration: Andreas Reiner, Fischbachau
Umschlaggestaltung: Atelier Ingrid Schütz, München
Gesamtherstellung: Elsnerdruck, Berlin

ISBN 3-453-09843-9

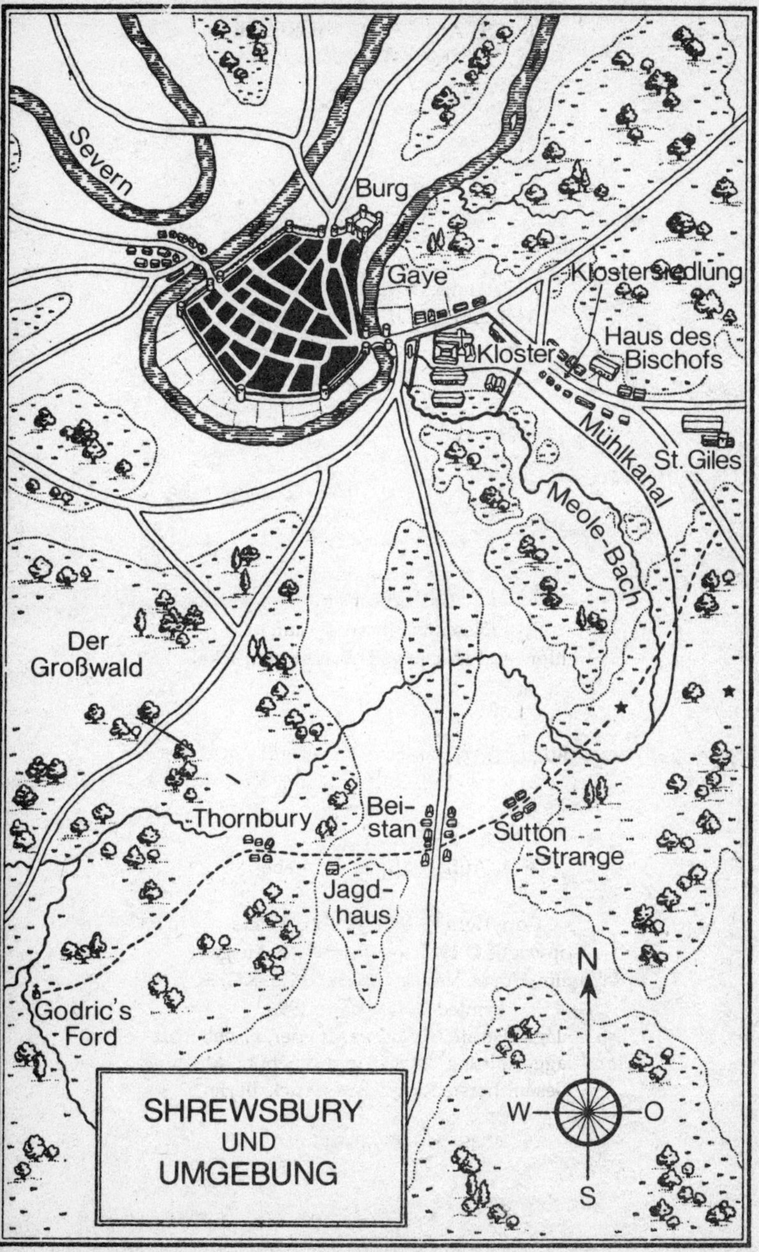
Severn
Burg
Gaye
Klostersiedlung
Haus des Bischofs
Kloster
Mühlkanal
St. Giles
Meole-Bach
Der Großwald
Thornbury
Bei-stan
Sutton Strange
Jagd-haus
Godric's Ford
SHREWSBURY UND UMGEBUNG
N
W
O
S

1

Voll dunkler Ahnungen durchschritt Bruder Cadfael an jenem Montagnachmittag im Oktober des Jahres 1139 das Torhaus. Er hatte das Gefühl, daß, noch bevor er seinen Fuß wieder in den großen Hof des Klosters setzte, etwas Schlimmes geschehen würde – und dabei würde er, so nahm er an, kaum länger als eine Stunde fort sein. Er wollte lediglich zum Hospital von Saint Giles gehen, das am Ende der Klostersiedlung, knapp eine halbe Meile vom Kloster entfernt, lag, und dort den Arzneienschrank mit frischen Ölen, Tinkturen und Salben auffüllen.

In Saint Giles brauchte man große Mengen von diesen Heilmitteln. Auch wenn nur wenige Aussätzige, für deren Unterkunft und Pflege das Hospiz errichtet worden war, dort waren, so versorgte man in Saint Giles doch Tag für Tag Arme und Bedürftige, und Cadfaels Kräuter linderten die Schmerzen der Seele ebenso wie die des Körpers. Er ging etwa alle drei Wochen einmal dorthin, um die Vorräte wieder zu ergänzen. Und in letzter Zeit machte er sich noch lieber als sonst auf den Weg, denn Bruder Mark, einst sein hochgeschätzter und jetzt schmerzlich vermißter Helfer im Kräutergarten, hatte es als seine Pflicht angesehen, sich ein Jahr lang der Pflege dieser unglücklichen Menschen zu widmen, und so empfand Cadfael einen Besuch in Saint Giles als eine angenehme Wiederauffrischung vergangener, friedlicher Zeiten.

Cadfaels Vorahnungen hatten jedoch nichts zu tun mit den folgenschweren Ereignissen, die schon bald über das Kloster von St. Peter und St. Paul hereinbrachen; sie bezogen sich nicht auf Eheschließungen und Eheverträge und waren keineswegs als Omen eines vorzeitigen und gewaltsamen Todes zu deuten. Cadfael rechnete vielmehr damit, daß während seiner Abwesenheit in seiner Kräuterküche im Klostergarten ein Gefäß mit einem kostbaren Öl zerbrechen, ein Sirup überkochen oder ein Topf durch zu große Hitze ruiniert werden würde. Möglicherweise würde aber auch das Feuer unter dem Rost, auf dem die Kräuter trockneten, zu sehr geschürt werden, so daß es die bereits getrockneten Kräuterbündel, die an der Decke hingen, erfaßte und, wenn es zum Schlimmsten kam, das ganze Gartenhaus niederbrannte.

Mark war still, pflichtbewußt und geschickt gewesen. Um ihn zu ersetzen, hatte man Cadfael, zweifellos als Strafe für seine Sünden, einen immer gutgelaunten und ebenso arg- und achtlosen wie ungeschickten Jüngling zur Seite gestellt, der stets guten Willens war, aber nie etwas zu lernen schien – einen frischgebackenen Novizen von neunzehn Jahren, der immer ein zwölfjähriges Kind bleiben würde. Er schien zwei linke Hände zu haben, aber sein Eifer und sein Selbstvertrauen kannten keine Grenzen. Er war, da er so guten Willens war, davon überzeugt, jede Aufgabe erfüllen zu können, und wenn er dann durch seine Stümperei den ersten Fehler gemacht hatte, war er jedesmal wieder erstaunt, ja schier entsetzt über das Resultat seiner Bemühungen. Um das Problem, vor das er Cadfael stellte, noch zu vergrößern, war er nicht nur das gutmütigste und liebevollste Menschenkind, das man sich vorstellen konnte, sondern auch – und das war weniger gut – das unverbesserlichste, denn für ihn währte die Hoffnung ewiglich. Wenn man ihn tadelte, nachdem er etwas zerbrochen, ruiniert, falsch behandelt oder verbrannt hatte, ließ er das Gewitter heiter über sich ergehen. Er war reumütig, rechnete fest mit der göttlichen Gnade und war davon überzeugt, daß er den jeweiligen Fehler in Zukunft vermeiden würde. So sehr er sich über ihn erregte, so sehr mochte Cadfael ihn auch und kalkulierte gottergeben die Verwüstungen ein, die der Bursche mit an Sicherheit grenzender Wahrscheinlichkeit anrichtete, wenn man ihm Anweisungen gab, ohne ihre Einhaltung zu überwachen. Dennoch hatte er, außer seiner Gutmütigkeit, noch andere Vorzüge. Beim Umgraben, dieser schweren Mühsal, die der Herbst bereithielt, tat es ihm keiner gleich: Mit einer Hingabe, die andere nur in der Kirche, beim Gebet, entwikkelten, stürzte er sich in die Arbeit, und über die Liebe und den Eifer, mit dem er den Spaten in den schweren Lehmboden stach, konnte Cadfael sich nur freuen. Man mußte nur dafür sorgen, daß er das Feld, das er umgegraben hatte, nicht auch bepflanzte, denn das konnte bei Bruder Oswin nur üble Folgen haben!

So hatte Bruder Cadfael keinen Gedanken für die große Hochzeit übrig, die in zwei Tagen in der Klosterkirche stattfinden sollte. Er hatte sie ganz vergessen, und sie fiel ihm erst wieder ein, als er bemerkte, daß sich entlang der Klostersiedlung große Trauben von Menschen gebildet hatten, die der Stadt den Rücken gekehrt hatten und erwartungsvolle Blicke auf die Straße richteten, die nach London führte. Es war ein kühler, bewölkter Tag, und ein feiner, kaum wahrnehmbarer Nieselregen hing in der Luft, aber wegen einer solchen Kleinigkeit würden sich die Frauen von Shrewsbury ein solches Spektakel nicht entgehen lassen. Die beiden Brautleute und ihr Gefolge würden auf dieser Straße nach Shrewsbury kommen, und offenbar hatte sich ihre baldige Ankunft bereits herumgesprochen. Da sie nicht in die Stadt selbst einziehen würden, hatte sich zu den Menschen, die in der Klostersiedlung wohnten, eine stattliche Anzahl von Bürgerinnen gesellt. Ein erregtes Stimmengemurmel erfüllte die Luft, und es herrschte ein Gedränge wie auf einem kleinen Jahrmarkt. Selbst die Bettler, die am Torhaus saßen, schienen so aufgeregt wie an einem Festtag. Wenn ein Herr über Ländereien, die über vier Grafschaften verstreut waren, eintraf, um die Erbin von Liegenschaften zu heiraten, die nicht kleiner waren als die seinen, durfte man wohl auf großzügige Almosen hoffen.

An der Wiese, auf der sonst der Pferdemarkt abgehalten wurde, bog Cadfael um die Ecke der Einfassungsmauer des

Klosters und setzte seinen Weg auf der Landstraße fort. Je weiter man sich von der Stadt entfernte, desto größer wurde der Abstand zwischen den Häusern, und Äcker und Wälder streckten ihre grünen Finger nach der Straße aus. Auch hier standen Frauen vor ihren Türen und warteten auf die Braut und den Bräutigam. Vor dem großen Haus auf halbem Wege nach Saint Giles hatte sich eine Anzahl Schaulustiger versammelt, um durch das große Tor einen Blick auf die hektische Betriebsamkeit im Hof zu erhaschen. Knechte und Diener, einige von ihnen in prächtigen Livreen, eilten zwischen dem Haus und den Ställen hin und her. Hier sollten der Bräutigam und seine Diener Quartier beziehen, während die Braut und ihr Gefolge im Gästehaus des Klosters wohnen würden. Eine leichte Neugierde erfaßte Cadfael – auch er war schließlich nur ein Mensch –, und er blieb für einen Augenblick stehen, um wie die anderen das Treiben im Hof zu betrachten.

Das große Haus besaß eine hohe Einfriedungsmauer, die auch einen Garten und eine Reihe von Obstbäumen umschloß, und gehörte Roger de Clinton, dem Bischof von Coventry, der sich allerdings nur selten dort aufhielt. Er hatte es nun Huon de Domville zur Verfügung gestellt, dem Herrenhäuser in Shropshire, Cheshire, Stafford und Leicester gehörten. Dies sollte eine freundliche Geste sowohl an die Adresse des Abtes Radulfus als auch an die des Bräutigams sein. Huon de Domville war ein mächtiger Mann, und in diesen Zeiten des Bürgerkriegs war es ratsam, sich seiner Gunst und seines Schutzes zu versichern. König Stephen mochte den größten Teil des Landes fest in seiner Hand haben, aber im Westen saß die Partei seiner Rivalin sicher im Sattel, und es gab viele Adlige, die nur zu bereit waren, die Seiten zu wechseln, wenn das Glück sich wenden sollte. Vor kaum drei Wochen war Kaiserin Maud mit ihrem Halbbruder Robert, dem Grafen von Gloucester, und hundertvierzig Rittern in Arundel gelandet, und es war ihr, begünstigt durch die unangebrachte Großzügigkeit des Königs oder durch den schlechten Rat einiger falscher Freunde, gelungen, Bristol zu erreichen, wo sie ihre Stellung bereits so gefestigt hatte, daß kaum noch Aussicht bestand, sie von dort zu vertreiben. Hier, in diesem Teil des Landes, schien man zwar die ruhigen Herbsttage in Frieden zu genießen, aber dennoch war man auf der Hut und hörte allen, die Neuigkeiten brachten, aufmerksam zu. Und bevor dieser Bürgerkrieg entschieden war, mochte selbst ein Bischof auf mächtige Freunde angewiesen sein.

Hinter dem Haus des Bischofs war die Straße von Bäumen gesäumt, und an ihrer Gabelung, einen Bogenschuß weit entfernt, sah man das lange, flache Dach des Hospizes, den aus Ruten geflochtenen Zaun, der es umgab, und hinter dem Hospiz das etwas höhere Dach der Kirche, über dem sich ein kleiner, gedrungener Turm erhob. Es war ein sehr bescheidenes Gotteshaus, das nur aus einem Hauptschiff, einem Chor und einem nördlichen Seitenschiff bestand. Dahinter befand sich ein Friedhof, in dessen Mitte ein verziertes Steinkreuz errichtet war. Die Gebäude standen in einiger Entfernung von den beiden Straßen, die sich zur Stadt hin vereinigten. Aussätzige hatten nicht nur die belebten Straßen der Städte zu meiden, sondern mußten auch auf dem Land beim Betteln auf Abstand achten. Der heilige Ägidius, ihr Schutzpatron, hatte sich freiwillig für ein Leben in der Wüste, fern von allen Menschen, entschieden, aber diesen bemitleidenswerten Menschen blieb gar nichts anderes übrig, als sich abzusondern.

Es war jedoch offensichtlich, daß sie ebenso neugierig waren wie alle anderen, denn auch sie standen am Zaun und beobachteten die Straße. Warum sollte diesen armen Menschen nicht wenigstens erlaubt sein, einen Blick auf ihre vom Glück mehr begünstigten Mitmenschen zu werfen, sie zu beneiden, wenn es zu mehr nicht reichte, oder ihnen, wenn ihre Großzügigkeit das zuließ, eine glückliche Ehe zu wünschen? Die Gestalten in den langen, dunklen Gewändern, die am Zaun standen, waren ebenso aufgeregt wie die

Gesunden, die in der Klostersiedlung warteten, wenn sie sich auch nicht so behende bewegten wie diese. Cadfael kannte manche von ihnen – sie hatten sich hier niedergelassen und versuchten, aus dem beengten Dasein, das sie hier mit ihren vertrauten Helfern fristeten, das Beste zu machen. Andere aber waren neu hier. Immer gab es Neuankömmlinge – Wanderer, die rastlos das Land durchzogen, von einem Hospital zum anderen, oder sich für eine Weile unter dem Schutz eines Heiligen in einer Einsiedelei niederließen. Manche, deren Füße durch die Fäulnis verkrüppelt oder von schmerzhaften Geschwüren bedeckt waren, gingen an Krücken oder stützten sich schwer auf einen Stock. Ein oder zwei knieten auf niedrigen Wägelchen. Ein anderer, dessen Körper mit Geschwüren übersät war und der die Kapuze tief über das entstellte Gesicht gezogen hatte, hockte zusammengesunken am Zaun, und einige, die noch in der Lage waren, ohne fremde Hilfe zu gehen, verbargen ihr Gesicht hinter einem Tuch, das nur die Augen freiließ.

Die Zahl der Kranken schwankte. Die rastlosen unter ihnen zogen weiter, machten einen Bogen um Städte und Dörfer und tauchten in einer anderen Gegend, in einem anderen Hospiz wieder auf. Alles in allem beherbergte dieses Hospital immer zwanzig bis dreißig Aussätzige. Zu ihrer Pflege bestimmte der Abt einen Klosterbruder. Auch andere Mönche oder Laienbrüder durften sich, wenn sie es wünschten, um die Kranken kümmern. Es kam vor, daß diese Pfleger sich ansteckten, und dennoch herrschte nie Mangel an Freiwilligen, die ihre Stelle einnahmen.

Auch Cadfael hatte ein Jahr oder länger diesen Dienst getan, und er empfand keine Abscheu und hielt sich mit Mitleid zurück, denn er hatte festgestellt, daß Achtung den Kranken am meisten half und sie mehr ermutigte als alles andere. Außerdem ging er hier so regelmäßig ein und aus, daß seine Besuche eine ebenso vertraute und ständige Routine geworden waren wie die Teilnahme am Gottesdienst. Er konnte sich nicht erinnern, wie viele schlimme Wunden er verbunden hatte, und bei vielen Aussätzigen, um die er sich gekümmert hatte, hatte er mitfühlende Herzen und wache Geister gefunden. Außerdem hatte er, bevor er das Mönchsgelübde abgelegt hatte, an Schlachten teilgenommen – das war während des ersten Kreuzzuges gewesen, als es ihn bis nach Akkon und Askalon und Jerusalem verschlagen hatte –, und dabei hatte er Todesarten gesehen, die schlimmer waren als jede Krankheit, und hatte Heiden kennengelernt, die weit barmherziger waren als Christen. Cadfael wußte, daß es Krankheiten des Herzens und Geschwüre der Seele gab, die bösartiger waren als jene, die er hier mit Breiumschlägen und Kräutern behandelte. Er war auch nicht über die Maßen überrascht gewesen, als Bruder Mark beschloß, in seine Fußstapfen zu treten. Er ahnte, daß Mark, auch ohne sein Beispiel, noch einen Schritt weiter gehen würde. Bruder Cadfael kannte sich selbst zu gut, um nicht nach dem Priesteramt zu streben, aber er erkannte einen zukünftigen Priester, wenn er ihn vor sich hatte.

Bruder Mark hatte ihn kommen sehen und schritt eilig auf ihn zu. Sein offenes Gesicht strahlte, und sein strohfarbenes Haar stand um die Tonsur nach allen Seiten ab. Er führte einen mageren kleinen Jungen an der Hand, der unter seinem dünnen blonden Haar einige alte, halb verheilte Wunden hatte. Vorsichtig legte Bruder Mark die einzige noch verbleibende wunde Stelle frei und betrachtete stolz sein Werk.

»Ich bin froh, daß du gekommen bist, Cadfael. Ich habe fast keine Mauerkrauttinktur mehr, und du siehst ja, wie gut sie ihm geholfen hat! Die letzte wunde Stelle ist fast verheilt. Und auch die Schwellung am Hals ist zurückgegangen. Nur zu, Bran, zeig Bruder Cadfael deinen Hals. Er ist unser Arzt und macht die Medizin für uns. Gut – und jetzt lauf zu deiner Mutter, sonst verpaßt du noch alles. Sie werden bald hier sein.«

Das Kind machte sich los und trabte hinüber zu der kleinen Gruppe bemitleidenswerter Menschen, die doch alles andere als traurig waren. Man unterhielt sich, einer sang vor sich hin, und einige lachten sogar. Mark sah seinem jüngsten Schützling nach, sah den schwerfälligen, x-beinigen Gang des Kindes, der eine Folge der Unterernährung war, und seufzte. Bran war erst seit einem Monat hier, und seine Haut war immer noch dünn wie Papier.

»Und doch ist er nicht unglücklich«, sagte er verwundert. »Wenn wir allein sind, plappert er in einem fort.«

Gedankenverloren betrachtete Cadfael den Jungen. »Kommt er aus Wales?« fragte er. Gewiß war er nach jenem Bran benannt worden, der als erster das Evangelium nach Wales gebracht hatte und dafür seliggesprochen worden war.

»Der Vater war Waliser.« Mark drehte sich um und sah seinen Freund ernst und voller Hoffnung an. »Glaubst du, daß er ganz geheilt werden kann? Wenigstens ist er hier wieder zu Kräften gekommen. Seine Mutter wird hier sterben. Sie ist zwar freundlich, aber teilnahmslos, und jedenfalls froh, daß wir ihr die Sorge um ihren Sohn abgenommen haben. Aber ich habe die Hoffnung, daß wir ihn gesund in die Welt werden entlassen können.«

Oder ins Kloster, dachte Cadfael, denn wenn er dir so eifrig folgt, wird er ganz von allein Geschmack am geistlichen Leben finden, und die Abtei ist nicht weit. »Ist er ein aufgewecktes Kind?« fragte er.

»Aufgeweckter als viele, die man in die Lateinschule steckt, und Rechnen und Lesen kann er auch. Aufgeweckter als viele, die fein gekleidet sind und Diener haben, die sie verwöhnen. Sooft ich Gelegenheit dazu habe, werde ich versuchen, ihm etwas beizubringen.«

Gemeinsam gingen sie zum Eingang des Hospitals. Das erregte Gemurmel war lauter geworden, und von der Landstraße her hörte man nun andere Geräusche, die langsam näher kamen: das Klirren von Rüstungen, Rufe von Falknern, Stimmen, die sich unterhielten, Gelächter, den dumpfen Hufschlag von Pferden, die nicht auf der harten Straße, sondern auf dem Gras zu ihren Seiten trabten. Offenbar näherte sich der erste Teil der Hochzeitsgesellschaft.

»Man sagt, der Bräutigam wird als erster kommen«, sagte Mark, trat von der Veranda ins Dunkel der Halle und ging voraus zu jenem Winkel, in dem der Medizinschrank stand. Zu diesem Schrank besaß Fulke Reynald, der Haushalter des Klosters und Superior des Hospitals, einen Schlüssel, den anderen hatte Bruder Cadfael. Er öffnete seine Tasche und begann, die Arzneimittel, die er mitgebracht hatte, in den Schrank zu stellen. »Weißt du irgend etwas über sie?« fragte Mark, bei dem die Neugier schließlich die Oberhand gewonnen hatte.

»Sie?« murmelte Cadfael, der ganz damit beschäftigt war, die Vorräte in dem Schrank zu ergänzen.

»Diese hohen Herrschaften, die hier heiraten wollen. Ich habe nur ihre Namen gehört. Ich weiß, ich hätte dieser ganzen Sache keine Beachtung schenken sollen«, sagte Mark und errötete, »aber diese armen Kranken und Verkrüppelten haben, weiß der Himmel wie, mehr darüber in Erfahrung gebracht als ich, und für sie ist das alles wie ein Feuer, an dem sie sich wärmen können. Es ist, als könnte jeder Widerschein eines Glanzes, der auf sie fällt, ihnen mehr helfen, als ich es vermag. Und dabei geht es doch um nichts weiter als eine Hochzeit!«

»Eine Hochzeit«, sagte Cadfael ernst, während er dabei war, Salben und Tinkturen aus Alkannawurzel, Anemone, Minze, Braunwurz, Hafer und Gerste – Pflanzen, die von Venus und Mond regiert wurden – in den Schrank zu stellen, »eine Hochzeit ist ein entscheidendes Ereignis im Leben zweier Menschen und daher keine Kleinigkeit.« Er holte einen Topf mit Senfkörnern hervor. Diese Pflanze wurde zwar eher dem Mars zugerechnet, eignete sich jedoch hervorragend für Salben und Breiumschläge zur Behandlung bösartiger Geschwüre. »Jeder, der sich für die Ehe entschieden hat«, fügte er nachdenklich hinzu, »kann die Bedeutung des Schrittes ermessen, zu dem sich die Brautleute entschlossen haben. Und auch diejenigen, die unverheiratet sind, mögen dieses Schauspiel zu Recht mit Anteilnahme verfolgen.«

So viele Erfahrungen er auch vor seinem Eintritt in das Kloster gesammelt hatte – die Ehe war ein Abenteuer, auf das er sich nie eingelassen hatte. Nur einmal wäre es fast dazu gekommen, und mehr als einmal hatte er es verstanden, diesem Schicksal aus dem Weg zu gehen. Bei der Erinnerung daran überkam ihn Verwunderung.

»Dieser Baron trägt einen berühmten Namen, aber sonst weiß ich nicht viel über ihn, außer daß er, wie man sagt, beim König in gutem Ruf steht. Ich glaube, ich bin einmal einem älteren Verwandten der Braut begegnet. Allerdings weiß ich nicht, ob sie aus derselben Linie ist wie er.«

»Ich hoffe, sie ist schön«, sagte Mark.

»Prior Robert wäre gewiß erstaunt, ein solches Wort aus deinem Mund zu hören«, bemerkte Cadfael trocken und schloß die Schranktür.

»Schönheit ist eine starke Medizin«, sagte Bruder Mark ernst und unbefangen. »Wenn sie jung und schön ist, wenn sie ihnen im Vorbereiten zulächelt und ihren Kopf neigt, wenn sie bei ihrem Anblick nicht zurückschreckt, wird sie für diese Aussätzigen mehr Gutes bewirken als ich mit meinen Salben und Breiumschlägen. Ich bekomme hier eine Ahnung davon, daß jedes Ereignis zum Segen gereichen kann und daß es einerlei ist, welcher Art dieses Ereignis ist.« Mißbilligend fügte er hinzu: »Natürlich muß es sich dabei nicht gerade um eine Hochzeit handeln. Aber sollten wir eine solche Gelegenheit auslassen, wenn sie sich schon bietet?«

Cadfael legte seinen Arm um Marks schmale, schmächtige Schultern und zog ihn aus dem düsteren Zwielicht der Halle hinaus ins helle Licht des Tages. Eine große Aufregung hatte sich der Aussätzigen bemächtigt. »Laß uns hoffen und beten«, sagte Cadfael frohgemut, »daß diese Hochzeit allen, sogar dem Brautpaar, zum Segen gereichen wird.

Es hört sich so an, als würde einer von beiden gleich hier sein. Komm – laß uns zusehen!«

Der Bräutigam und sein Gefolge näherten sich in prächtigen Farben, mit Fanfarenklägen und begleitet vom unablässigen leisen Klingen der Glöckchen, die am Geschirr der Pferde befestigt waren. Der Zug, zu dem auch von Dienern geführte Packpferde und zwei Paar Hetzhunde an Leinen gehörten, war fünfzig Meter lang. Um die herrlichen Stoffe, die für sie immer unerreichbar bleiben würden, besser bewundern zu können, traten die Aussätzigen so weit an die Straße heran, wie sie es wagten, und als der Zug sie erreicht hatte, erhob sich ein gedämpftes, erfürchtiges Gemurmel.

Auf einem großen Rappen an der Spitze ritt ein kräftiger, untersetzter Mann mit einem groben Gesicht. Er saß nicht elegant, aber sicher im Sattel. Wie die Satteldecke seines Pferdes war seine Kleidung in Scharlachrot und Gold gehalten, und seine Position so weit vor dem Gefolge war darauf angelegt, keinen Zweifel an seiner herausragenden Stellung aufkommen zu lassen. Hinter ihm ritten nebeneinander drei Knappen, die ihren Herrn vorsichtig und aufmerksam nicht aus den Augen ließen, so als fürchteten sie, er könne sich jeden Augenblick zu ihnen umwenden und ihnen irgendeine gefährliche Bewährungsprobe abverlangen. Dieselbe an Furcht grenzende Gespanntheit lag auch über dem Rest des Gefolges – angefangen beim Haushofmeister über die Kammerdiener, Stallknechte und Falkner bis zu den halbwüchsigen Jungen, die von den großen Hunden vorwärtsgezerrt wurden. Nur die Tiere – die Pferde, die Hunde, die Falken auf den Gestellen, die die Falkner trugen – sahen gepflegt und zufrieden aus und schienen keine Furcht vor ihrem Herrn zu haben.

Bruder Cadfael stand mit Mark am Tor des Zaunes und betrachtete den Zug mit wachsender Aufmerksamkeit. Jeder der drei Knappen hätte einen guten Bräutigam abgegeben, aber es war nur zu deutlich, daß keiner von ihnen

Huon de Domville war. Bis zu diesem Augenblick hatte Cadfael nicht daran gedacht, daß dieser Baron seine besten Jahre bereits hinter sich haben und kein junger Mann mehr sein könnte, der im richtigen Alter für eine Eheschließung war. Nun sah er, daß in Domvilles kurzem, vollen Bart das Grau überwog und daß an den Schläfen, wo die verwegen halb zurückgeschlagene, reich bestickte Kapuze den Kopf entblößte, nur kurze, graue Locken und darüber ein kahler Schädel zu sehen waren. Gewiß, er war noch immer kräftig und muskulös, aber deutlich über fünfzig, und wahrscheinlich eher sechzig Jahre alt. Cadfael vermutete, daß dieser Mann bereits mindestens eine, wenn nicht gar zwei Frauen überlebt hatte. Die Braut dagegen, so lautete das Gerücht, war knapp achtzehn, fast noch ein Kind. Nun ja, so etwas kam vor. Solche Ehen wurden arrangiert.

Als der Reiter näher kam, konnte Cadfael seine Augen nicht von dem Gesicht abwenden. Die breite, flache Stirn, die durch den fehlenden Haaransatz sehr hoch erschien, warf fast keinen Schatten über die kleinen, schwarzen, verschlagenen und fast wimpernlosen Augen, die leicht hervorstanden und ebenso böse wie intelligent funkelten. Der gestutzte Bart ließ einen schmalen, harten Mund frei. Es war ein rohes, brutales Gesicht, so grob und gewalttätig wie der Arm eines Ringers – ein Gesicht, hinter dem niemand den wachen, gerissenen Geist vermutet hätte, der diesen Mann jedem, der sich ihm entgegenstellte, zweifellos zu einem gefährlichen Gegner machte. Dies also war Huon de Domville.

Er war nun nahe genug, um erkennen zu können, was für eine Art von Menschen es war, die dort vor der kleinen Kirche und dem Friedhof die Straße säumten, aufgeregt murmelten und auf ihn zeigten. Der Anblick gefiel ihm nicht. Die schwarzen Augen, die aussahen, als habe man kleine Pflaumen in den harten Teig seines Gesichtes gedrückt, glommen rötlich auf wie glühende Kohlen. Er verließ den linken, breiteren Saum der Straße und lenkte sein Pferd zum rechten Rand, einzig und allein, um dieses Pack mit einer Geste in die Löcher zurückzutreiben, aus denen es gekrochen war. Und diese Geste bestand darin, daß er mit seiner Reitpeitsche ausholte. Es war zu bezweifeln, daß sein Pferd diese Peitsche je zu spüren bekommen hatte – dafür war ein so edles Tier einfach zu wertvoll –, aber offenbar fand der Baron, daß sie sich hervorragend dazu eignete, Aussätzige zu vertreiben. Er öffnete den kleinen Mund und herrschte die Gestalten in den dunklen Umhängen an: »Aus dem Weg, Ungeziefer! Geht mir aus den Augen!«

Demütig wichen sie eilig zurück, außer Reichweite der Peitsche, wenn auch nicht aus seinen Augen – alle bis auf einen. Es war ein schlanker Mann, der die anderen um einen halben Kopf überragte und wie sie in einen dunklen Umhang gekleidet war. Er rührte sich nicht. Vielleicht konnte er sich nicht schnell genug bewegen, vielleicht hatte er den Befehl nicht verstanden, vielleicht weigerte er sich aber auch einfach, ihm Folge zu leisten. Aufrecht blieb er stehen und sah Domville durch den Augenschlitz, den das Tuch vor seinem Gesicht freiließ, unverwandt an. Als er schließlich, ohne den Blick von ihm abzulassen, hinkend einen Schritt zurücktrat, bewegte er sich zu langsam, um dem Hieb der Peitsche zu entgehen – wenn dies überhaupt seine Absicht gewesen war. Der Schlag traf ihn auf Schulter und Brust. Sein verkrüppelter Fuß gab unter ihm nach, und er fiel schwer zu Boden.

Cadfael wollte ihm zu Hilfe eilen, aber Mark war schneller als er: Mit einem Schrei der Empörung sprang er vor, kniete neben dem gestürzten Mann nieder und warf sich mit ausgebreiteten Armen über ihn, um ihn mit seinem Körper vor dem nächsten Peischenhieb zu schützen. Aber Domville war bereits weitergeritten – es war unter seiner Würde, diesem Abschaum der Menschheit weitere Beachtung zu schenken. Ohne sein Tempo zu beschleunigen oder zu verlangsamen, ohne rechts oder links zu sehen, setzte er seinen Weg fort. Sein Gefolge hielt sich auf der anderen Seite der

Straße, und einige der Männer hielten ihren Blick abgewendet. Als die drei Knappen vorbeiritten, war ihnen ihr Unbehagen deutlich anzusehen. Der hochgewachsene, blonde Jüngling in der Mitte sah die beiden Männer am Boden aus tiefblauen Augen entsetzt an. Auch als die drei schon vorbei waren, blickte er immer wieder zurück, bis ihn seine Gefährten warnend anstießen, um ihn an seine Pflicht zu erinnern.

Während das Gefolge vorbeizog, half Mark dem hageren, alten Mann auf. Ohne eine Gefühlsregung zu zeigen, folgten die Diener ihrem Herrn – ihr Dienstverhältnis war ein Panzer gegen alle äußeren Einflüsse. Einige Reiter, die einen herrschaftlichen Eindruck machten – es mochte sich um Hochzeitsgäste oder weniger wichtige Verwandte des Bräutigams handeln –, ritten mit ausdruckslosem Gesicht vorüber, als sei nichts vorgefallen. Unter ihnen befand sich auch ein gesetzter Geistlicher, der seinen Rosenkranz durch die Finger gleiten ließ, kaum merklich in sich hineinlächelte und seine Umgebung nicht zur Kenntnis nahm. Es ging das Gerücht, ein Chorherr aus Salisbury namens Eudo de Domville werde die Trauung vornehmen, ein Mann, der in der Kirche und beim päpstlichen Legat wohlgelitten sei und dem eine baldige Beförderung bevorstehe. Vermutlich war er nicht geneigt, dies alles aufs Spiel zu setzen. Gleichmütig wie die anderen zog er am Hospiz der Aussätzigen vorbei. Die Stallburschen, die Pagen, die Jagdhunde folgten ihm, und als der Zug die ersten Häuser der Klostersiedlung erreichte, verklang langsam das Geläut der Glöckchen am Zaumzeug der Pferde.

Bruder Mark hatte den Arm um den alten Mann gelegt und half ihm die Böschung hinauf. Cadfael zog sich zurück, um die beiden nicht zu stören. Mark hatte keine Angst sich anzustecken, er dachte nie an die Gefahr, denn all sein Streben galt denen, die seiner Hilfe bedurften. Er würde auch nicht überrascht sein oder sich beklagen, wenn die Krankheit auch ihn erfassen und ihn so mit den Menschen, denen er diente, noch enger zusammenbringen sollte. Während die beiden näher kamen, wechselte er mit dem alten Mann einige freundliche Worte; beide waren sie ja gewöhnt, daß man sie mit Verachtung behandelte – es lohnte nicht, sich darüber zu erregen. Cadfael bemerkte den hinkenden, aber kräftigen Gang des alten Mannes und die ausladende Geste seiner linken Hand, die für einen Augenblick aus dem weiten Ärmel seines Gewandes zum Vorschein kam, als er sich von Marks fürsorglichem Griff losmachte und seinen Weg allein fortsetzte. Mark nahm diese Abweisung achtungsvoll hin und wandte sich Cadfael zu. Dieser hatte gesehen, daß an der linken Hand des Aussätzigen, die einst lang und wohlgeformt gewesen war, Zeige- und Mittelfinger fehlten und daß vom Ringfinger nur noch die ersten beiden Glieder vorhanden waren. Außerdem war ihm aufgefallen, daß die Haut an den Stümpfen faltig, trocken und fast weiß war.

»Kein sehr edles Betragen«, sagte Mark mit trauriger Resignation und schüttelte die trockenen Grashalme von seiner Kutte. »Aber Angst macht die Menschen grausam.«

Bruder Cadfael bezweifelte, daß Angst in diesem Fall eine Rolle gespielt hatte. Huon de Domville machte nicht den Eindruck eines Mannes, der vor irgend etwas Angst hatte, außer vielleicht vor der Hölle. Allerdings mußte man sagen, daß das Leben eines Aussätzigen schon fast die Hölle war.

»Ist er neu hier?« fragte er und sah dem hochgewachsenen Mann nach, der sich wieder am Straßenrand aufgestellt hatte. »Ich glaube nicht, daß ich ihn schon vorher einmal hier gesehen habe.«

»Nein, er ist erst vor etwa einer Woche zu uns gekommen. Er befindet sich auf einer ständigen Pilgerreise und zieht von einem Reliquienschrein zum nächsten, soweit sein Zustand dies erlaubt. Er sagt, er sei siebzig Jahre alt, und ich glaube ihm. Lange wird er wohl nicht bei uns sein – er ist nur hierher gekommen, weil die sterblichen Überreste der heiligen Winifred in dieser Kirche geruht haben, bevor man sie in die Abtei gebracht habt. Dorthin darf er nicht gehen, es ist zu nah an der Stadt. Hier jedoch ist er willkommen.«

Cadfael, der wußte, wo die Gebeine der Heiligen ruhten – ein Wissen, das er seinem arglosen Freund jedoch nicht anvertrauen konnte –, rieb sich gedankenverloren die knollige, sonnenverbrannte Nase. Er war davon überzeugt, daß die heilige Winifred selbst in ihrem weit entfernten Grab in Gwytherin die Gebete eines armen, von Krankheit gezeichneten Mannes vernehmen und erhören würde.

Seine Augen ruhten auf dem großen, hochaufgerichteten Mann. In ihren weiten Mänteln mit den Kapuzen und dem Stück Stoff, das die Gesichter derer verhüllte, die am schwersten entstellt waren, schienen Männer wie Frauen, Alte wie Junge, allein und vor den Blicken anderer Menschen verborgen die letzten Jahre ihres Lebens zu verbringen. Weder ihr Geschlecht noch ihr Alter, ihre Hautfarbe, ihre Herkunft, ihre Religionszugehörigkeit ließ sich erraten – sie alle waren lebende Geister, deren Gedanken und Gefühle nur ihr Schöpfer kannte. Nein, das stimmte nicht ganz: Jeder von ihnen unterschied sich von den anderen durch seinen Gang, seine Stimme, seine Gestalt, seine Verhaltensweisen. Dies alles konnte das Gewand nicht verbergen, dies alles machte jeden von ihnen zu einer unverwechselbaren Persönlichkeit. Dieser Mann dort, der schweigend am Straßenrand stand, besaß eine kraftvolle Ausstrahlung, und die Tatsache, daß er selbst angesichts der Drohung geschwiegen hatte, verlieh ihm eine seltene und beeindrukkende Würde.

»Hast du mit ihm gesprochen?«

»Ja, aber er ist sehr wortkarg«, antwortete Mark. »Aus seiner Sprechweise schließe ich, daß seine Lippen oder seine Zunge beschädigt sind. Er spricht langsam und etwas undeutlich, und er ermüdet schnell. Aber seine Stimme ist tief und ruhig.«

»Womit behandelst du ihn?«

»Er sagt, er habe eine eigene Salbe und brauche keine Behandlung. Er hat niemandem hier sein Gesicht gezeigt, und darum glaube ich, daß er stark entstellt ist. Hast du bemerkt, daß einer seiner Füße verkrüppelt ist? Er hat alle Zehen an diesem Fuß verloren, nur vom großen Zeh ist noch ein Stumpf geblieben. Er hat sich einen besonderen Schuh für diesen Fuß anfertigen lassen, mit einer steifen Sohle, die ihm das Gehen erleichtert. Der andere Fuß wird wohl auch in Mitleidenschaft gezogen sein, wenn auch nicht so schlimm.«

»Ich habe seine linke Hand bemerkt«, sagte Cadfael. Solche Hände hatte er früher schon gesehen: Die Finger faulten, bis sie abfielen wie dürres Laub, und meist fraß sich die Fäulnis langsam weiter, bis schließlich die ganze Hand verloren war. Doch hier schien es ihm, als sei die Krankheit an ihrer eigenen Gier zugrundegegangen. An den Stümpfen war kein Geschwür zu sehen gewesen; die weißen Narben waren trocken und verheilt, wenn auch unschön anzusehen. Und die Muskeln in der Hand des alten Mannes hatten den Eindruck gemacht, als könnten sie zupacken.

»Hat er gesagt, wie er heißt?«

»Er sagt, sein Name sei Lazarus.« Bruder Mark lächelte. »Ich glaube, diesen Namen hat er sich selbst gegeben – vielleicht, als er seine Familie und sein Haus verließ, wie das Gesetz es befiehlt. Das ist, so schrecklich es auch sein mag, eine Art zweiter Geburt. Er war sein eigener Pate bei seiner zweiten Taufe. Ich bin nicht weiter in ihn gedrungen, aber ich wollte, er würde unsere Hilfe annehmen und sich nicht nur auf seine eigenen Mittel verlassen. Er hat gewiß einige wunde Stellen oder Geschwüre, die wir mit deinen Salben behandeln könnten, bevor er wieder weiterzieht.«

Gedankenvoll betrachtete Cadfael die reglose Gestalt des Mannes, der an der Böschung stand. »Und dennoch kann er alles fühlen. Er kann doch alle Finger und Zehen bewegen, die ihm geblieben sind, nicht wahr? Spürt er Wärme, Kälte und Schmerz? Merkt er es, wenn er sich die Hand an einem Nagel oder einem Splitter aufreißt?«

Mark war sich nicht sicher; die Krankheit äußerte sich für ihn nur in den häßlichen, schwärenden Wunden, die er behandelte. »Den Peitschenhieb hat er, auch durch sein Gewand hindurch, gespürt – da bin ich sicher. Ja, gewiß spürt er so viel wie andere Menschen auch.«

Aber diejenigen, die vom echten Aussatz befallen waren, dachte Cadfael und rief sich den Anblick jener bedauernswerten Menschen ins Gedächtnis zurück, die er vor langer Zeit, während des Kreuzzugs, gesehen hatte, diejenigen, deren Haut jede Farbe verlor und sich an den grauen Stellen wie Puder auflöste, spürten, wenn die Krankheit sie fest im Griff hatte, Berührungen nicht wie andere Menschen. Sie verletzten sich, sie bluteten... und spürten doch nichts von ihrer Wunde. Sie streckten im Schlaf einen Fuß ins Feuer und wachten erst vom Gestank des verkohlenden Fleisches auf. Sie berührten etwas und merkten es nicht, sie griffen nach etwas und konnten es nicht aufheben. Sie fühlten nichts, sie konnten ihre Finger, Hände, Zehen nicht mehr gebrauchen, und ihre Gliedmaßen verfaulten und fielen ab. Auch Lazarus hatte Finger und Zehen verloren. Aber Aussätzige konnten nicht gehen, nicht einmal hinken – und doch konnte Lazarus auf eigenen Beinen stehen, er hatte sich vom Boden erhoben und mit der verkrüppelten Hand den Arm ergriffen, den Mark ihm hingehalten hatte. Zu all dem wäre ein Aussätziger nicht imstande gewesen – es sei denn, der Dämon, der von ihm Besitz ergriffen hatte, wäre an seiner eigenen Gier zugrunde gegangen.

»Glaubst du, es wäre möglich, daß Lazarus gar nicht an Aussatz leidet?« fragte Mark hoffnungsvoll.

»Nein«, antwortete Cadfael und schüttelte den Kopf. »Ganz bestimmt hat er seine Finger und Zehen durch Aussatz verloren.«

Er verschwieg jedoch, daß seiner Meinung nach viele der Kranken, die hier behandelt wurden, keine Aussätzigen waren, auch wenn man sie als solche bezeichnete. Jeder, der nässende Wunden und bleiche, schuppende Hautausschläge oder Knoten hatte, die zu bösartigen Geschwüren wurden, galt als Aussätziger, und doch hatte Cadfael den Verdacht, daß viele dieser Krankheiten auf mangelnde Reinlichkeit oder unzureichende Ernährung zurückzuführen waren. Es tat ihm leid, zu sehen, wie die Hoffnung wieder aus Bruder Marks Gesicht verschwand. Gewiß träumte er davon, alle zu heilen, die zu ihm kamen.

Von der Straße her ertönten die ersten entfernten Geräusche des zweiten Hochzeitszuges. Das Gemurmel der Schaulustigen, das nach Huon de Domvilles Ausfall gedämpft gewesen war, wurde wieder lauter und aufgeregter. Die Aussätzigen stiegen die Böschung hinunter und reckten die Hälse. Der Bräutigam hatte sich als unangenehmer, herzloser Mensch erwiesen – nun hofften sie auf die Braut.

Bruder Mark schüttelte die kleine Enttäuschung ab, die Cadfael ihm bereitet hatte, und zog seinen Freund am Ärmel. »Komm, du kannst jetzt ebensogut hierbleiben und dir den zweiten Zug ansehen. Auch ohne mich ist in deinem Garten alles in bester Ordnung, das weiß ich. Es gibt also gar keinen Grund zur Eile.«

Bei dem Gedanken an Bruder Oswins außergewöhnliche Begabung fielen Cadfael viele gute Gründe ein, seine Kräuterküche nicht allzu lange unbeaufsichtigt zu lassen. Andererseits gab es aber auch mindestens einen Grund, noch ein wenig zu bleiben. »Nun ja, ein halbes Stündchen wird wohl nicht schaden«, stimmte er zu. »Ich würde gern in Lazarus' Nähe stehen, damit ich ihn mir ansehen kann, ohne aufdringlich zu erscheinen.«

Der alte Mann rührte sich nicht, als er sie kommen hörte, und sie hielten sich etwas abseits, um seine stille Kontemplation nicht zu stören. Es umgab ihn die selbstgenügsame Ruhe eines Heiligen, der sich in die Wüste zurückgezogen hat, dachte Cadfael. Wie diese Männer die Einsamkeit suchten, so schuf auch er um sich, selbst in Gesellschaft anderer, einen Raum, in dem er allein war. Er überragte die beiden Klosterbrüder um einen Kopf und hielt sich so aufrecht und gerade wie eine Lanze. Seine Gestalt war hager, wenn man von den breiten Schultern absah, die sich unter dem Gewand abzeichneten. Erst als ein Windstoß ihnen plötzlich das Hufgetrappel des sich nähernden Zuges zutrug und der alte Mann seinen Kopf aufmerksam dem Geräusch zuwandte, konnte Cadfael einen Blick auf sein Gesicht werfen. Die Kapuze war tief in die Stirn gezogen, die eine edle Kopfform verriet, und das grobe blaue Tuch, das als Schleier diente, war bis über die Backenknochen gezogen. Durch diesen Schlitz waren nur die Augen zu erkennen, aber ihr Anblick war faszinierend genug: sie waren groß und von einem makellosen, hellen, aber leuchtenden Blaugrau. Ganz gleich, welche Mißgestaltungen dieser Mann zu verbergen hatte – seine Augen jedenfalls blickten klar und waren es gewöhnt, in die Weite zu sehen. Er schenkte den beiden Mönchen, die in seiner Nähe standen, keine Beachtung. Er hatte seinen Blick an ihnen vorbei auf den sich nähernden Hochzeitszug gerichtet, der jetzt in einem Flimmern von Farben und Licht zu erkennen war.

Hier ging es weniger zeremoniell zu als bei Huon de Domville und seinem Gefolge, und dieser Zug war auch kleiner als der erste. Außerdem wurde er nicht von einem einzelnen, alles beherrschenden Mann angeführt. Zuerst kamen mehrere berittene Diener, die einen Halbkreis bildeten. In ihrem Schutz folgten nebeneinander drei Reiter. Auf der einen Seite ritt ein etwa fünfundvierzigjähriger, dunkelhaariger, sehniger Mann, dessen Haut die Farbe von Oliven hatte. Er trug prächtige Kleider in dunklen, kräftigen Farben und saß auf einem feingliedrigen Grauschimmel, der gewiß sehr schnell und nach Cadfaels Meinung arabischer Abstammung war. Das Haar unter dem Federhut war dicht und lockig, und sein breiter Mund wurde von einem gestutzten schwarzen Bart eingerahmt. Das schmale, verschlossene Gesicht des Mannes verriet Mißtrauen und Schläue. Zur anderen Seite ritt eine Dame etwa desselben Alters. Sie hatte ein scharfgeschnittenes, nicht unattraktives

Gesicht und, wie ihr Mann, dunkles Haar Die Frau war schlank, kleidete sich mit schlichter Eleganz und ritt eine Rotschimmelstute. Ihr Mund mit den gespitzten Lippen hatte etwas Berechnendes, und aus den Augen unter den Brauen, die sie auch dann zusammenzuziehen schien, wenn ihr Mund lächelte, sprach Schläue. Ihr Hut entsprach der neuesten Mode, ihr Reitkleid war offenbar in London angefertigt worden, und die Grazie ihrer Haltung im Sattel war vollkommen – und dennoch strahlte ihre ganze Erscheinung Kälte aus.

Zwischen diesen beiden und, von ihnen gleichsam überschattet, ritt auf einem Zelter, der zu groß für sie schien, eine zierliche, fast kindliche junge Frau. Sie hielt die Zügel leicht in der Hand, aber trotz ihrer guten Haltung wirkte sie niedergeschlagen. Ihre reichen Gewänder aus goldenen und dunkelblauen Seidenstoffen schienen ihre zerbrechliche Gestalt fast zu erdrücken, denn sie wirkte verkrampft und eingeengt wie ein Toter in seinem Sarg. Durch den Schleier aus Goldgewebe, der von ihrem vollen, blonden Haar über ihr Gesicht hing, sah sie starr geradeaus. Sie hatte ein sanftes, fein geschnittenes Gesicht und große, blaugraue Augen, sah aber so blaß und eingeschüchtert aus, daß sie eher wie eine hübsche Puppe als wie ein lebendiger Mensch wirkte. Cadfael hörte, wie Mark scharf die Luft einzog. Es tat schon weh, die Jugend so stumm und aller Freude beraubt zu sehen.

Auch dieser hohe Herr bemerkte, welchem Zweck das Haus bei der kleinen Kirche diente und an welcher Krankheit die Menschen litten, die dort standen, um seine Nichte vorbeireiten zu sehen. Er ritt nicht, wie Huon de Domville, auf sie zu, um sie zu vertreiben, sondern wich zur anderen Seite der Straße aus, um seinen Abstand zu den Aussätzigen zu vergrößern, und wandte sogar den Kopf ab, damit sein Blick nicht auf die Kranken fiel. Das Mädchen war so tief in seine Traurigkeit versunken, daß es die Gestalten in ihren weiten Gewändern nicht bemerkt hätte, wenn Bran nicht halb die Böschung hinuntergelaufen wäre, um besser sehen und mit leuchtenden Augen zu den Reitern aufblikken zu können. Diese Bewegung, die sie aus dem Augenwinkel heraus wahrnahm, schreckte sie aus ihrer Versunkenheit auf, und als sie aufsah und den kleinen Jungen bemerkte, bedachte sie ihn mit einem Blick, aus dem Mitgefühl mit einem menschlichen Wesen sprach, das vom Schicksal noch härter geschlagen war als sie. Einen Augenblick lang lag in ihren Augen nichts als entsetztes Mitleid, doch als sie sah, daß sie sich getäuscht hatte, daß Bran sich nicht als bemitleidenswert empfand, sondern ihr selbstvergessen zulächelte, lächelte auch sie. Ihr Lächeln währte nur einen Augenblick, aber in diesem Augenblick strahlte sie eine warme, heitere und doch schmerzliche Güte aus, und bevor sich wieder die Wolken der Trauer über ihr Gesicht legten, beugte sie sich über den Sattelknauf ihrer Tante und warf eine Handvoll kleiner Münzen vor dem Jungen ins Gras. Bran war so verzaubert, daß er sich nicht bückte, um das Geld aufzusammeln, sondern ihr mit großen Augen und offenem Mund nachsah.

Sonst gab keiner aus dem Gefolge den Aussätzigen ein Almosen. Zweifellos würde das Geld erst am Torhaus des Klosters verteilt werden, wo sich gewiß schon eine große Anzahl erwartungsvoller Bettler versammelt hatte und die Gaben einen größeren Eindruck machen würden.

Ohne zu wissen warum, richtete Cadfael seinen Blick von dem Kind auf Lazarus. Bran mochte sich, ohne Neid oder Habgier zu empfinden, an den bunten, herrlichen Kleidern derer ergötzen, denen das Schicksal freundlicher gesonnen war als ihm, aber einer, der mehr Lebenserfahrung besaß, mochte beim Anblick dieser für ihn unerreichbaren Schätze einen bitteren Nachgeschmack verspüren. Ohne sich von der Stelle zu rühren, hatte der alte Mann nur den Kopf gedreht, um die drei Reiter nicht aus den Augen zu lassen – die Kammerzofen und Diener, die ihnen folgten, hatte er keines Blickes gewürdigt. Die Augen zwischen der Kapuze und dem Gesichtstuch leuchteten blaßblau wie Eis. Nicht eine Sekunde lang ließ Lazarus die junge Braut aus den Augen, und selbst als das letzte Packpferd hinter der Kurve an der Klostersiedlung verschwunden war, stand er reglos da, als könne sein Blick der Gesellschaft bis zum Torhaus des Klosters folgen und die Mauern durchdringen, um sie auch dort zu beobachten.

Mit einem tiefen Seufzer wandte sich Bruder Mark an Cadfael. »Und das ist die Braut?« fragte er verwundert. »Sie wollen sie wirklich mit diesem Mann verheiraten? Dabei könnte er ihr Großvater sein – und er sieht nicht so aus, als wäre er ein gütiger alter Mann. Wie kann man nur so etwas tun?« Wie Lazarus sah er die leere Straße hinunter zur Klostersiedlung. »Sie ist so jung, so verletzlich! Und hast du ihr Gesicht gesehen? Wie traurig es aussieht! Es ist gewiß nicht ihr Wille, mit Huon de Domville verheiratet zu werden!«

Cadfael antwortete nichts; es gab nichts Tröstendes, was er dazu hätte sagen können. Solche Ehen, bei denen es um Ländereien, Reichtum und Verbindungen ging, waren etwas ganz Alltägliches, und was die Braut – und oft genug auch der junge Bräutigam – zu dieser Heirat zu sagen hatte, besaß keinerlei Gewicht. Es mochte sogar so manche Frau geben, die die Vorteile erkannte, welche eine Ehe mit einem Mann barg, der alt genug war, um ihr Großvater zu sein: ihr würden weltliche Güter in den Schoß fallen, denn nur zu bald würde sie der Tod von ihrem Mann erlösen – und dann, als Witwe, die über ein Vermögen verfügen konnte, mochte es ihr mit ein wenig Glück und etwas Geschick gelingen, eine zweite Ehe zu schließen, diesmal mit einem Mann, der ihr mehr zusagte. Aber nach ihrem Gesicht zu urteilen schien Iveta de Massard vom Schicksal eher ihren eigenen Tod als den ihres Bräutigams zu erwarten.

»Ich werde zu Gott beten, er möge ihr beistehen!« sagte Mark mit Inbrunst.

»Es mag sein, daß er das tun wird«, sagte Bruder Cadfael, mehr zu sich selbst als zu seinem Freund. »Aber es mag auch sein, daß er dabei mit Fug und Recht etwas Hilfe von uns Menschen erwarten darf.«

Auf dem Hof des Hauses des Bischofs nahmen Huon de Domvilles Diener den Packpferden die Lasten ab und liefen geschäftig mit dem Bettzeug, den Vorhängen und dem ganzen Zierrat für die Hochzeitszeremonie und das Brautlager hin und her. Domvilles Kammerdiener hatte bereits Wein für seinen Herrn und Kanonikus Eudo, einen entfernten Verwandten von Huon, bereitgestellt, und der Haushofmeister hatte dafür gesorgt, daß seinen Herrn im besten Gemach ein brennendes Feuer, ein bequemes, warmes Gewand und pelzgefütterte Pantoffeln erwarteten, damit sich Domville, wenn er sein Reitkleid und seine hohen, eleganten Reitstiefel abgelegt hatte, entspannen konnte. Der Baron saß in einem behaglichen Sessel, hatte seine stämmigen Beine ausgestreckt und trank ein Glas warmen Wein. Er war zufrieden. Daß seine Braut mit ihrem Geleit sich von Saint Gilles her näherte, war ihm vollkommen gleichgülitg. Er hatte weder den Wunsch noch die Absicht, Zeit damit zu verschwenden, seine Neuerwerbung vorbeiziehen zu sehen; er war sich ihrer bereits völlig sicher, und nach der Hochzeit würde er sie noch oft genug sehen. Huon de Domville war gekommen, um ein Geschäft zum Abschluß zu bringen, das für ihn wie auch für den Onkel und Vormund des Mädchens äußerst gewinnbringend war, und daß das Mädchen zufällig jung, schön und reizvoll war, mochte zwar eine angenehme Zugabe sein, war letztlich jedoch von untergeordneter Bedeutung.

Joscelin Lucy übergab die Zügel seines Pferdes einem Knecht, stieß einen Ballen Leinen mit dem Fuß aus dem Weg und wollte gerade zum Tor gehen, um einen Blick auf die Straße zu werfen, als sein Freund Simon Aguilon, der älteste der drei Knappen in Domvilles Diensten, ihn am Arm faßte.

»Wohin so eilig? Du weißt doch so gut wie ich, daß er

nach dir rufen wird, kaum daß er sein erstes Glas geleert hat. Du bist heute an der Reihe, die hohen Herren zu bedienen!«

Joscelin strich sich eine blonde Strähne aus der Stirn und lachte bitter. »Von was für hohen Herren sprichst du? Du hast es doch auch gesehen: einen armen Teufel zu schlagen, der es nicht wagt, sich zu wehren, und ihn dann auch noch fast niederzureiten – und das ohne jeden Grund! Hol der Teufel einen solchen hohen Herrn und seinen Durst! Erst muß ich Iveta sehen!«

»Sei kein Dummkopf, Joss«, warnte ihn Simon. »Du solltest aufpassen, was du sagst. Wenn du ihm jetzt einen Anlaß gibst, wird er dich hinauswerfen, und du müßtest zurück zu deinem Vater und ihm alles erklären. Und was würde das Iveta nützen? Oder dir?« Er schüttelte gutmütig den Kopf und hielt seinen Freund fest. »Er wird dir die Hölle heiß machen, wenn du dich nicht bald bei ihm sehen läßt!«

Einige Schritte weiter war der jüngste der drei dabei, sein Pferd abzusatteln. Er grinste sie an. »Ach, laß ihn doch – wer weiß, wie oft er seine Liebste noch sehen kann?« Er schlug Joscelin freundschaftlich auf die Schulter. »Ich werde dich heute vertreten. Am besten sage ich ihm, du wärst damit beschäftigt, aufzupassen, daß die Weinfässer vorsichtig abgeladen werden. Das wird ihm gefallen. Geh nur und schau – obwohl ich nicht weiß, was du dir davon versprichst...«

»Ist das dein Ernst, Guy? Du bist ein echter Freund! Das nächste Mal werde ich dich vertreten, das verspreche ich dir. Du brauchst es mir nur zu sagen.« Und damit war er schon wieder auf dem Weg zum Tor. Aber Simon hatte ihn nach einigen Schritten eingeholt, legte ihm den Arm um die Schultern und begleitete ihn.

»Ich komme mit. Er wird eine Weile ohne mich auskommen. Aber hör mir zu, Joss«, fuhr er ernst fort, »du läßt dich bei ihm auf zu viele Risiken ein. Du weißt doch, daß er viel für dich tun kann, wenn er zufrieden mit dir ist. Und das ist es letztlich auch, was dein Vater sich wünscht und von dir erwartet. Es ist dumm von dir, deine Zukunft so aufs Spiel zu setzen. Du kannst ihn zufriedenstellen, wenn du nur willst – es ist ja gar nicht so viel, was er von uns erwartet.«

Sie gingen durch das Tor, lehnten sich an den steinernen Pfeiler und sahen erwartungsvoll die Straße hinunter. Sie waren beide hochgewachsene, kräftige junge Männer. Simon war drei Jahre älter und etwas kleiner als Joscelin. Neben ihm biß sich sein blonder Freund auf die Unterlippe und sah mürrisch zu Boden.

»Meine Zukunft! Was kann er schon groß für meine Zukunft tun, außer mich in Schimpf und Schande zu meinem Vater zurückzujagen! Meinst du im Ernst, das würde mir etwas ausmachen? Ich werde Ländereien und zwei schöne Herrenhäuser erben – das wird er mir nicht nehmen können. Und außerdem gibt es noch andere Herren, denen ich dienen kann. Ich bin stark genug, um es mit fast jedem aufzunehmen...«

Simon lachte und gab ihm einen leichten freundschaftlichen Stoß. »Das stimmt! Das habe ich am eigenen Leib gespürt!«

»Es gibt Herren genug, die gute Männer in Dienst nehmen würden, jetzt, da die Kaiserin wieder in England ist und der Kampf um die Krone aufs neue entbrannt ist. Ich weiß, wie man ein Schwert führt! Sieh dich doch selbst an, Simon – du hast ebensoviel zu verlieren wie ich. Mag sein, daß das sein Schwestersohn und Erbe bist, aber was« – er biß sich auf die Lippen; es fiel ihm schwer, es auszusprechen, aber es erfüllte ihn mit einer merkwürdigen Lust, das Messer tiefer in seine Wunde zu treiben und es herumzudrehen, um die Schmerzen zu verdoppeln – »was, wenn sich das ändert? Eine neue, junge Frau... wenn er nun einen Sohn bekommt? Dann bist du die längste Zeit sein Erbe gewesen.«

Simon legte seinen braunen Lockenkopf in den Nacken und brach in lautes Lachen aus. »Nach dreißigjähriger Ehe mit meiner Tante Isabel und Gott weiß wie vielen Seitensprüngen, ohne daß er je einen Nachkommen gezeugt hätte? Mein lieber Freund, mein Onkel Huon mag zwar ein Weiberheld sein, aber wenn er einen Sohn zeugen sollte, fress' ich einen Besen! Nein, nein – mein Erbe ist mir sicher, da kannst du ganz beruhigt sein! Ich bin fünfundzwanzig, und er geht auf die Sechzig zu. Ich kann warten!« Er richtete sich auf. »Sieh nur, sie kommen!«

Aber Joscelin hatte die leuchtenden Farben des Zuges, der sich auf der Straße auf sie zu bewegte, bereits bemerkt und sich gespannt aufgerichtet. Die Pferde waren in einen leichten Trab gefallen – Goldfrid Picard und seine Begleitung hatten es eilig, das Kloster zu erreichen. Joscelin trat einen Schritt vor, und Simon ließ den Arm, den er um die Schultern seines Freundes gelegt hatte, sinken.

»Du lieber Himmel, Joscelin, was soll das? Sie ist nicht für dich bestimmt!« Aber das sagte er mit einem hilflosen Seufzer, und Joscelin hatte ihm ohnehin nicht zugehört.

Sie kamen und ritten vorbei. Ihre beiden Bewacher saßen aufrecht im Sattel und sahen hochmütig geradeaus, aber ihre Stirnen waren gerunzelt und ihre Gesichter angespannt, als sei bereits etwas vorgefallen, das ihren Unmut erregt hatte. Und zwischen ihnen Iveta, eine blasse, verzweifelte junge Frau in einer goldenen Hülle. Sie hatte ein Gesicht, das nur aus Augen zu bestehen schien – Augen, die blind waren, die nichts sahen. Erst als sie nahe herangekommen war und irgend etwas – Joscelin war überzeugt, daß es seine Nähe und Liebe gewesen war – sie aufschreckte und erschauern ließ, richtete sie ihren Blick auf das Tor, neben dem er stand. Sie wagte es nicht, ihren Kopf zu wenden, aber er war sicher, daß ein Windhauch ihr seine Gegenwart zutrug, als sie, bewacht von ihrem Onkel und ihrer Tante, an ihm vorbeiritt. Sie beging nicht den Fehler, sich nach ihm umzusehen oder die starre Maske des Gehorsams abzulegen, aber sie hob die rechte Hand an ihre Wange, hielt sie einen Augenblick lang dort und ließ sie dann wieder fallen.

»Ich glaube wirklich«, seufzte Simon Aguilon, als er Arm in Arm mit seinem Freund wieder den Hof betrat, »daß du sie noch nicht einmal jetzt aufgegeben hast. Hoffst du vielleicht auf ein Wunder? Nimm doch Vernunft an – in zwei Tagen wird sie Lady Domville sein.«

Joscelin antwortete ihm nicht. Er dachte an die erhobene Hand, und tief in seinem Herzen wußte er, daß ihre Finger die Lippen berührt hatten. Und das war mehr, als sie vereinbart hatten.

Das ganze Gästehaus des Klosters, mit Ausnahme der Gemeinschaftsräume, war Sir Godfrid Picard und seiner Hochzeitsgesellschaft zur Verfügung gestellt worden. Als sie mit ihm allein war, wandte sich Agnes Picard mit angespanntem Gesicht an ihren Mann: »Ich traue ihrer Ruhe nicht. Sie führt irgend etwas im Schilde.«

Er zuckte geringschätzig die Schultern. »Ach, du machst dir zuviel Sorgen. Sie hat sich in ihr Schicksal gefügt, und sie wird uns in allem gehorchen. Was bleibt ihr auch anderes übrig? Daniel hat Anweisung, sie nicht durch das Tor zu lassen, und Walter bewacht den Seiteneingang der Kirche, der zur Straße führt. Und einen anderen Fluchtweg gibt es nicht, es sei denn, sie springt über die Mauer oder über den Meole-Bach. Gewiß, es kann nichts schaden, sie auch hier gut im Auge zu behalten, aber wir müssen auch jedes Aufsehen vermeiden. Trotzdem glaube ich, daß du dich täuschst. Sie ist so eingeschüchtert, daß sie nicht den Mut haben wird, bei der Trauung ihre Einwilligung zu verweigern.«

»Das möchte ich ihr auch nicht geraten haben!« sagte Lady Picard grimmig. »Man sagt, dieser Abt Radulfus bilde sich eine Menge auf seine Befugnisse ein und mache auch mit Adligen nicht viel Federlesens, wenn er das Gefühl hat, man wolle ihn zum Narren halten. Aber ich wollte, ich könnte mir ihres Gehorsams so sicher sein wie du.«

»Ich sage dir doch, Frau, du machst dir zu viele Sorgen. Wenn sie erst einmal vor dem Altar steht, wird sie brav das tun, was wir ihr eingeschärft haben, und zwar ohne jedes Wenn und Aber.«

Agnes biß sich gedankenvoll auf die Lippe. Sie war noch immer nicht ganz überzeugt. »Gut, so mag es den Anschein haben... Und trotzdem, ich wollte, wir hätten es hinter uns. Bis ich wirklich aufatmen kann, werden noch zwei Tage vergehen.«

In Bruder Cadfaels Kräuterküche im Gartenhaus trat Bruder Oswin von einem Fuß auf den anderen, knetete seine großen Hände, die nur zu oft alles zerstörten, was sie so bereitwillig anpackten, und machte ein schuldbewußtes Gesicht. Voller dunkler Ahnungen sah Cadfael sich um – er wußte, was jetzt kam, obwohl es für Oswin schon ein Fortschritt war, überhaupt zu merken, daß er etwas falsch gemacht hatte, ohne daß man es ihm unter die Nase rieb. Die meisten Gerätschaften schienen an ihrem Platz zu sein. Das Feuer, über dem die Kräuter trockneten, brannte nicht zu hoch, es lagen keine üblen Gerüche in der Luft, und der Wein in den großen Gärflaschen blubberte leise wie gewöhnlich.

Eifrig darauf bedacht, seine Verdienste herauszustreichen, bevor er seine Verfehlung bekannte, erstattete Bruder Oswin Bericht: »Der Bruder Krankenpfleger hat die Latwergen und Puder abgeholt. Und dem Bruder Prior habe ich das Magenmittel gebracht, das Ihr für ihn zusammengestellt habt. Die Pastillen, die Ihr zum Trocknen ausgelegt habt, müßten jetzt fertig sein, und die getrockneten Kräuter für den Absud, den Ihr morgen zubereiten sollt, habe ich zerrieben.«

Aber... jetzt kamen die schlechten Neuigkeiten. Auf seinem Gesicht lag ein Ausdruck vorwurfsvoller Verwunderung: Daß er bei etwas, das er so zuversichtlich und in so wohlmeinender Absicht in Angriff genommen hatte, ein solches Pech gehabt hatte...

»Aber denkt Euch nur, wie merkwürdig... Ich verstehe gar nicht, wie das passieren konnte – gewiß war der Topf schon vorher beschädigt, obwohl ich keinen Sprung entdekken konnte. Der Hustensaft, den Ihr auf dem Feuer gelassen hattet... Ich habe genau aufgepaßt und ihn bestimmt im rechten Augenblick vom Feuer genommen, als er genau die richtige Dicke hatte, und ich habe ihn die ganze Zeit gerührt, wie Ihr mir aufgetragen hattet. Ihr wißt, daß Ihr gesagt habt, der alte Bruder Francis benötige ihn dringend, wo er doch solche Schmerzen in der Brust hat... Ich wollte den Saft schneller abkühlen lassen, um ihn noch vor Eurer Rückkehr in Flaschen füllen zu können, und darum nahm ich den Topf vom Feuer und stellte ihn in eine Schüssel mit kaltem Wasser...«

»Und der Topf zerbrach«, sagte Cadfael resigniert.

»Ja, er fiel auseinander«, gab Oswin überrascht und zerknirscht zu. »In zwei Teile, und all der schöne Honig und die Kräuter ergossen sich ins Wasser. Findet Ihr das nicht seltsam? Wußtet Ihr, daß der Topf einen Sprung hatte?«

»Mein Sohn, der Topf war vollkommen unbeschädigt und obendrein einer meiner besten. Aber weder er noch irgendein anderer darf direkt vom Feuer in kaltes Wasser gestellt werden. Wenn man Ton einer so starken Temperaturschwankung aussetzt, bricht er. Und wo wir gerade davon sprechen: Beachte bitte, daß dasselbe auch für Glasflaschen gilt«, fügte Cadfael eilig hinzu. »Wenn man sie mit einer heißen Flüssigkeit füllt, müssen die Flaschen zuvor erwärmt worden sein. Du darfst nie irgend etwas vom Feuer in die Kälte oder von der Kälte ins Feuer bringen.«

»Ich habe alles aufgewischt«, sagte Oswin kleinlaut, »und auch die Topfscherben habe ich weggeworfen. Und trotzdem, ich bin sicher, daß er irgendwo einen Sprung gehabt haben muß... Es tut mir leid, daß der Sirup verdorben ist, und heute nach dem Abendmahl will ich einen frischen ansetzen.«

Alles, nur das nicht! dachte Cadfael, sprach seinen Gedanken aber nicht aus. »Nein, mein Sohn!« sagte er mit Nachdruck. »Du mußt dich an die Ordensregeln halten und dich dem Studium der Schrift widmen. Ich werde den Sirup selbst zubereiten.« Da ihm an seinen Töpfen lag, würde er sie fortan besser vor Bruder Oswins Elan schützen müssen. »Nun lauf und bereite dich auf den Vespergottesdienst vor.«

Und so war Bruder Oswins Tolpatschigkeit der Grund dafür, daß Cadfael nach dem Abendmahl noch einmal seine Kräuterküche aufsuchte und dadurch in die Ereignisse, die darauf folgten, verwickelt wurde.

2

In prächtigen Gewändern erschienen Sir Godfrid Picard und seine Gemahlin zum Vespergottesdienst. Mit niedergeschlagenen Augen ging Iveta de Massard zwischen ihnen wie ein Lamm, das zum Opferaltar geführt wird. Eine ältliche Zofe mit einem harten Gesicht trug Lady Picards Gebetsbuch, und Sir Godfrid folgte ein Diener. Das Mädchen hatte die schönen Kleider abgelegt und war in einfache, dunkle Farben gekleidet. Ein Schleier bedeckte ihr goldblondes Haar. Während des ganzen Gottesdienstes blieb sie blaß und stumm, und nicht ein einziges Mal sah sie auf. Von seinem Platz bei den anderen Klosterbrüdern aus beobachtete Cadfael Iveta mit Neugier und Sympathie, und je länger er sie betrachtete, desto mehr wunderte er sich. Welches Verwandtschaftsverhältnis mochte zwischen ihr und jenem Kreuzritter bestehen, der seinerzeit eine Legende gewesen war, wenn auch die heutige Generation ihn vergessen zu haben schien? Wenn ein Mann vierzig Jahre in seinem Grab liegt, ist er wirklich tot.

Als die Mönche am Ende des Gottesdienstes in einer Reihe hintereinander die Kirche verließen, um im Refektorium das Nachtmahl einzunehmen, stand Iveta auf, trat mit gefalteten Händen an den Marienaltar und kniete nieder. Es schien Cadfael, als habe Agnes Picard ihr folgen wollen, sei aber von ihrem Mann, der ihr eine Hand auf den Arm legte, zurückgehalten worden, denn eben kam Prior Robert Pennant auf sie zu. Er ließ es sich nie nehmen, Gäste, die wie er zum normannischen Adel gehörten, persönlich zu begrüßen, und seine hochgewachsene, weißhaarige Gestalt strahlte vornehme Würde aus, als er nun vermutlich eine höfliche Einladung aussprach, die man nicht würde ablehnen können. Die Lady warf ihrer Nichte, die tief ins Gebet versunken war, einen scharfen, prüfenden Blick zu, bevor sie der Einladung des Priors folgte und zwischen ihm und ihrem Mann die Kirche verließ.

Cadfael aß in aller Eile. Die unschönen Ereignisse, deren Zeuge er geworden war und gegen die all seine Kräuter nichts ausrichten konnten, beschäftigten ihn immer noch. Nur gut, daß – dank Bruder Oswins Eifer – eine Arbeit auf ihn wartete, die seine volle Aufmerksamkeit erforderte.

Iveta erhob sich erst, als es einige Minuten lang still um sie und die höfliche, zuvorkommende Stimme des Priors verklungen war. Sie schlich zum Südportal der Kirche und spähte vorsichtig hinaus. Robert hatte seine Gäste in den Klosterhof geführt, um ihnen die letzten Blüten der sorgfältig gepflegten Rosen zu zeigen. Sie kehrten ihr den Rücken zu, und der westliche Wandelgang des Klosters lag offen vor ihr. Iveta raffte ihre Röcke, nahm ihren ganzen Mut zusammen und lief wie eine verschreckte Maus hinaus in den großen Hof, wo sie kurz stehenblieb und sich verzweifelt umsah. Nur sie selbst wußte, wieviel Tapferkeit und wie wenig Hoffnung sie besaß.

Sie war zum erstenmal in diesem Kloster und mit den Örtlichkeiten nicht vertraut, aber zwischen dem Gästehaus und dem Haus des Abtes sah sie zwei grüne Hecken, die einen schmalen Pfad begrenzten, und dahinter die Wipfel einiger Bäume. Dort mußten die Klostergärten sein, in denen um diese Zeit gewiß niemand mehr war. Irgendwo dort, hatte er gesagt, werde er auf sie warten, und als sie an ihm vorbeigeritten war, hatte sie ihm das verabredete Zeichen gegeben, mit dem sie ihm bedeutete, daß sie kommen werde. Warum hatte sie das getan? Es konnte ja nur ein Abschied sein. Dennoch eilte sie weiter, mit jenem verzweifelten Mut, den sie lieber schon lange zuvor, als es noch nicht zu spät war, hätte aufbringen sollen. Das feierliche Verlöbnis war bekanntgegeben – ein Vertrag, der fast so bindend war wie die Hochzeit selbst. Es war weit einfacher, sich aus dem Leben zu stehlen als aus einer solchen Abmachung.

Die dicken grünen Wände umschlossen sie und verstärkten das Zwielicht der Abenddämmerung. Sie atmete tief durch und ging langsamer. Wohin sollte sie sich wenden? Der Weg zur Rechten führte zwischen der Rückseite des Gästehauses und den Fischteichen des Klosters hindurch, und hinter dem zweiten Teich überspannte eine kleine Brücke den Mühlkanal kurz vor seiner Einmündung in den Mühlweiher. Auf der anderen Seite der Brücke führte der Weg zu einem kleinen Tor in einer altersschwachen Mauer. Sie schlüpfte hindurch und fühlte sich gleich unendlich viel sicherer, und die würzigen Duftwolken, die aufstiegen, als ihr Gewand die Blätter der Pflanzen, die dort wuchsen, streifte, gaben ihr ein seltsames Gefühl der Ruhe und des Trostes. Der umfriedete Garten war erfüllt von den aromatischen Düften von Rosmarin und Lavendel, von Minze und Thymian, von allen möglichen Kräutern, die jetzt, im Herbst, schon etwas welk geworden waren und sich auf den Winter vorbereiteten. Die meisten Blüten, die der Sommer hervorgebracht hatte, waren bereits geerntet.

Eine Hand streckte sich aus einem Laubengang und ergriff ihren Arm, und eine hastige Stimme flüsterte: »Hier entlang, schnell! Dort hinten steht eine Hütte ..., die Kräuterküche des Apothekers. Komm! Dort wird uns niemand suchen.«

Jedesmal, wenn es ihr gelungen war, ihm nahe zu sein – das war sehr selten und immer nur für kurze Zeit der Fall gewesen –, hatte schon allein seine Größe sie überrascht und beruhigt: zu seinem Kopf mußte sie aufsehen, seine Schultern waren breit, seine Arme lang und seine Hüften schmal und geschmeidig, und ihr war, als könne sein großer Schatten sie gegen alle Bedrohungen schützen wie ein gemauerter Turm. Aber sie wußte, daß das ein Wunschtraum war, daß er ebenso unglücklich und verletzbar war wie sie, und dieser Gedanke allein ließ sie mehr um ihn fürchten als um sich selbst. Wenn der Zorn hoher Herren erst einmal erregt war, waren sie sehr wohl imstande, junge Knappen zu vernichten, so groß und stark und waffenkundig diese auch sein mochten.

»Und wenn uns dort jemand findet?« flüsterte sie und klammerte sich an seinen Arm.

»Um diese Tageszeit? Kein Mensch wird uns dort suchen. Die Mönche sind jetzt beim Essen, und danach versammeln sie sich im Kapitelsaal.« Er führte sie zum Gartenhaus, unter dessen vorspringendem Dach Büschel getrockneter Kräuter hingen. Drinnen war es warm – das Holz hatte die Wärme des Tages gespeichert –, auf den Borden funkelten Gefäße aus Glas, und die schwache Glut unter dem Trockengestell glomm im Zwielicht wie ein weit entferntes, feuriges Auge. Er ließ die Tür offenstehen, so wie er sie vorgefunden hatte. Er wollte keine Spuren hinterlassen, die später auf das Eindringen von Fremden hindeuten könnten. »Iveta! Du bist wirklich gekommen! Ich fürchte ...«

»Du wußtest, daß ich kommen würde!«

»Ich fürchtete, man würde dich keinen Moment aus den Augen lassen. Hör mir zu – vielleicht haben wir nicht viel Zeit. Du wirst diesem schrecklichen alten Mann nicht ausgeliefert werden. Wenn du mir vertraust, wenn du mit mir gehen willst, dann komm morgen, um diese Stunde, wieder hierher ...«

»O Gott!« stöhnte sie leise. »Warum tun wir so, als könne es einen Ausweg geben?«

»Aber es gibt einen Ausweg, es muß einen geben!« rief er hitzig. »Wenn du wirklich willst ..., wenn du mich liebst ...«

»*Wenn* ich dich liebe, sagst du?«

Sie warf sich in seine Arme, und ihre eigenen Arme schlossen sich mit aller Kraft um seinen muskulösen jungen Körper, als Bruder Cadfael, dessen Schritte auf dem weichen Gras des gepflegten Gartenweges nicht zu hören gewesen waren, in aller Unschuld durch die Tür trat und sie aufschreckte. Er war weit verwunderter, als sie es waren, und machte, ihren Gesichtern nach zu urteilen, auf sie einen weit weniger furchteinflößenden Eindruck als die Person, für die sie ihn im ersten Augenblick gehalten hatten. Iveta wich zurück, bis ihre Schultern die Bretter der Schuppenwand berührten. Joscelin stand breitbeinig und beschützend vor ihr am Trockengestell. Beide hatten ihre Fassung rasch wiedergewonnen, aber ihre Beherztheit bestand zu mehr aus der Hälfte aus Verzweiflung.

»Ich bitte vielmals um Vergebung«, sagte Cadfael ruhig. »Ich hatte keine Ahnung, daß hier Patienten auf mich warten. Ich nehme an, der Bruder Krankenpfleger hat Euch hergeschickt. Er weiß ja, daß ich bis zur Komplet hier zu tun habe.«

Er hätte wohl ebensogut walisisch sprechen können, aber mit etwas Glück würden sie den Weg, den er ihnen zeigte, wohl sehen. Es kam ja vor, daß in scheinbar ausweglosen Situationen schlummernde Geistesgaben geweckt wurden. Und im Gegensatz zu ihnen hatte er vom Garten her das Rascheln eines Gewandes und die schnellen, gereizten Schritte einer Frau vernommen, die auf den Schuppen zukam. Cadfael stand am Trockengestell und schlug mit einem Feuerstein Funken, um sein Öllämpchen zu entzünden, als Agnes Picards hagere, furchteinflößende Gestalt in der Tür erschien. Sie hatte die Brauen zusammengezogen, so daß sie ihr Gesicht wie eine gerade Linie teilten.

Bruder Cadfael, der den Lampendocht entzündet und zurechtgestutzt hatte, füllte nun die Pastillen, die Bruder Oswin zum Trocknen ausgelegt hatte – sie bestanden aus pulverisierten Kräutern und Harz und halfen gegen Blähungen –, in ein Kästchen. Das erlaubte es ihm, seinen Rücken der Frau zuzukehren, die in der Tür stand, wenngleich ihr Erscheinen ihm keineswegs entgangen war. Da die beiden jungen Leute offensichtlich nicht imstande waren, ein vernünftiges Wort herauszubringen, fuhr er fort, für sie alle zu sprechen.

»Wahrscheinlich sind die Kopfschmerzen eine Folge der Strapazen der Reise«, sagte er beruhigend und legte den

Deckel auf das Kästchen mit den Pastillen. »Es war klug von Euch, damit zu Bruder Edmund zu gehen – Kopfschmerzen sollte man nicht auf die leichte Schulter nehmen, denn sie können Euch den nötigen Schlaf rauben. Aber ich habe ein gutes Mittel dagegen – der junge Herr hat sicher nichts dagegen, etwas warten zu müssen, bevor ich mich um die Wünsche seines Herrn kümmere...«

Joscelin, der sich endlich gefangen hatte und der drohenden Gestalt, die in der Tür stand, entschlossen den Rücken zukehrte, sagte eifrig, er werde mit dem größten Vergnügen warten, bis Lady Iveta alles erhalten habe, was sie brauche. Cadfael nahm eine kleine Schale von einem Bord und griff nach einer der Flaschen, die in einer Reihe in seinem Schrank standen. Er wollte gerade einschenken, als hinter ihm eine Stimme, so kalt und schneidend wie eine scharfe Klinge »Iveta!« rief.

Alle drei fuhren mit gut gespieltem unschuldigem Erstaunen herum. Mit mißtrauisch zusammengekniffenen Augen trat Agnes in das Gartenhaus.

»Was machst du hier? Ich habe dich überall gesucht. Wir warten mit dem Essen auf dich.«

»Eure Nichte, Mylady«, sagte Cadfael, um möglichen unbedachten Äußerungen des Mädchens zuvorzukommen, »leidet infolge der Anstrengungen der Reise an Kopfschmerzen, und der Bruder Krankenpfleger empfahl ihr, sich an mich zu wenden.« Er reichte das Schälchen Iveta, die es entgegennahm, als sei dies alles ein Traum. Sie war bleich und gefaßt – nur die Augen verrieten ihre Angst und Verzweiflung. »Trinkt es jetzt gleich, bevor Ihr etwas eßt. Nur zu – es wird Euch gut tun.«

Und das war die reine Wahrheit, ob sie nun Kopfschmerzen hatte oder nicht. Cadfael hatte ihr etwas von seinem besten Wein gegeben, den er, da er jedes Jahr nur wenig davon kelterte, für besondere Gelegenheiten aufbewahrte. Zufrieden bemerkte er das leise Erstaunen und die Andeutung eines Lächelns in ihren traurigen Augen, wenn auch beides im nächsten Augenblick schon wieder verschwunden war. Sie reichte ihm die Schale zurück und neigte kaum wahrnehmbar den Kopf. Joscelin anzusehen, wagte sie nicht.

Mit leiser Stimme sagte sie: »Ich danke Euch, Bruder. Ihr seid sehr freundlich.« Dann wandte sie sich der dunklen Gestalt zu, die sie nicht aus den Augen ließ und fuhr fort: »Es tut mir leid, daß ich Euch aufgehalten habe, Tante. Ich bin jetzt fertig.«

Agnes Picard sagte kein Wort. Sie trat lediglich kühl einen Schritt beiseite – eine stumme Aufforderung an Iveta, ihr vorauszugehen – und betrachtete ihre Nichte prüfend, als sie an ihr vorbeiging. Bevor sie sich zum Gehen wandte, warf sie dem jungen Mann einen langen, durchdringenden Blick zu, der wohl darauf abzielte, ihn von allen unbedachten Handlungen abzuhalten. Man mochte die Formen gewahrt haben, aber Agnes hatte sich nicht einen Augenblick lang täuschen lassen.

Sie waren fort, die Braut und ihre Aufpasserin, und nicht einmal das Rascheln der Gewänder war mehr zu vernehmen. In der langen Stille, die entstanden war, sahen sich die beiden Männer, die zurückgeblieben waren, hilflos an. Dann stöhnte Joscelin auf und ließ sich auf die Bank fallen, die an der Wand stand.

»Die alte Schachtel müßte noch in diesem Augenblick von der Brücke fallen und im Fischteich ertrinken! Aber es passiert eben nie das, was passieren sollte. Glaubt bitte nicht, Bruder, daß ich undankbar wäre, aber ich glaube, Eure Mühe und Kaltblütigkeit waren ganz umsonst. Sie hat mich schon seit einiger Zeit im Verdacht, und sie wird Mittel und Wege finden, mich für das, was hier vorgefallen ist, büßen zu lassen.«

»Ihr Verdacht scheint begründet zu sein«, sagte Cadfael freimütig. »Der Herr möge mir meine Lügen vergeben!«

»Aber Ihr habt nicht gelogen. Und wenn sie keine Kopfschmerzen hat, so leidet sie an etwas Schlimmerem: an

Schmerzen der Seele.« Er fuhr sich mit den Fingern durch sein blondes Haar und lehnte den Kopf an die Wand. »Was habt Ihr ihr gegeben?«

Einem Impuls folgend füllte Cadfael die Schale aufs neue und reichte sie ihm. »Hier! Ich glaube, auch Euch wird das gut tun. Der Herr mag wissen, ob Ihr es verdient habt, aber ich werde mein Urteil zurückstellen, bis ich mehr über Euch weiß.«

Joscelins geschwungene, ausdrucksvolle Augenbrauen, die wesentlich dunkler waren als sein Haar, hoben sich voll Bewunderung und Überraschung über die Qualität des Weines. Sein Gesicht war gebräunt, wie es bei blonden Menschen nur selten der Fall ist, und verriet, daß er sich oft draußen aufhielt. Die Augen, die sein Gegenüber jetzt über den Rand der Schale hinweg aufmerksam musterten, waren von jenem leuchtenden Kornblumenblau, das Cadfael von Saint Giles her in Erinnerung hatte. Er sah nicht aus wie ein Betrüger oder Verführer, sondern eher wie ein großer Junge – aufrichtig, ungeduldig, auf seine Weise schlau, aber wahrscheinlich unvernünftig. Schlauheit und Weisheit gehen nicht unbedingt Hand in Hand.

»Das ist die beste Medizin, die ich je probiert habe. Und Ihr seid nicht nur ungewöhnlich großzügig, sondern auch sehr geistesgegenwärtig gewesen«, sagte der Junge, entwaffnet von Cadfaels Offenheit, freundlich. »Dabei wißt Ihr nichts von uns – Ihr habt uns noch nie zuvor gesehen!«

»Ich habe Euch beide schon gesehen«, korrigierte ihn Cadfael. Er begann, verschiedene Kräuter abzumessen und in einen Mörser zu schütten, und schürte die Glut unter dem Trockengestell mit einem kleinen Blasebalg. »Ich muß bis zur Komplet noch einen Hustensirup bereiten. Ich hoffe, es stört Euch nicht, wenn ich jetzt gleich damit anfange.«

»Entschuldigt bitte, ich will Euch nicht im Weg sein! Ich habe Euch schon genug Unannehmlichkeiten bereitet.« Aber er wollte nicht gehen; viel lieber wollte er sein Herz ausschütten, und wem sollte er seine Sorgen anvertrauen, wenn nicht diesem liebenswürdigen Mönch, dessen Bekanntschaft er zufällig gemacht hatte und den er vielleicht nie wiedersehen würde? »Oder erlaubt Ihr mir zu bleiben?«

»Aber gerne, wenn Ihr so viel Zeit habt. Ihr steht ja im Dienst von Huon de Domville, und ich könnte mir vorstellen, daß er ein anspruchsvoller Herr ist. Ich sah Euch in Saint Giles vorbereiten. Und auch die Dame, die eben hier war, habe ich gesehen.«

»Ihr wart dort? Ich hoffe, der alte Mann ist nicht verletzt.« Er war ein guter Junge, und seine Anteilnahme war nicht gespielt. Und obwohl er bis zum Hals in Sorgen steckte, nahm er Anstoß daran, daß die Würde eines anderen verletzt worden war.

»Nein, es ist ihm nichts passiert. Menschen wie er besitzen eine solche Demut, daß man sie nicht erniedrigen kann. Der Schlag des Barons hat ihn nicht im mindesten verletzt.«

Joscelins Neugier war so geweckt, daß er für einen Augenblick seine eigenen Sorgen vergaß. »Und Ihr wart dort, bei... diesen Leuten? Ihr – verzeiht, es soll keine Beleidigung sein – habt keine Angst, zu ihnen zu gehen? Fürchtet Ihr nicht, Euch anzustecken? Ich habe mich oft gefragt, wer sich wohl um sie kümmert. Ich weiß, daß sie abseits leben müssen, aber das kann doch nicht bedeuten, daß sie ganz ausgestoßen sind.«

»Das Entscheidende an der Angst«, sagte Cadfael nach reiflicher Überlegung, »ist, daß sie sinnlos ist. In einer Notsituation ist alle Angst vergessen. Würdet Ihr Eure Hand von einem Aussätzigen zurückziehen, wenn er Euch oder Ihr ihn brauchtet, weil einer von euch in Gefahr ist? Ich bezweifle es. Manche würden das tun, gewiß – aber bei Euch bezweifle ich es. Ihr würdet zupacken und später nachdenken, und dann wäre die Angst eine reine Zeitverschwendung. Aber wenn Ihr Eurem Herrn heute abend nicht aufwarten müßt, dann bleibt und erzählt von Euch, wenn Ihr wollt. Ihr seid mir eine Erklärung, wenn nicht eine Widergutmachung schuldig für Euren unangemeldeten Besuch.«

Trotz dieser Worte war Cadfael keineswegs ungehalten über den Eindringling. Joscelin hatte ihm ganz automatisch den Blasebalg aus der Hand genommen und schürte nun das Feuer unter dem Trockengestell.

»Wir sind zu dritt«, sagte er gedankenverloren. »Simon bedient ihn heute abend bei Tisch – Simon Aguilon, der Sohn seiner Schwester –, und Guy FitzJohn, der dritte Knappe, ist heute abend auch bei ihm. Ich muß mich also nicht beeilen. Aber Ihr wißt nichts von mir, und ich glaube, Ihr habt Eure Zweifel, ob es richtig war, uns zu helfen. Ich möchte nicht, daß Ihr schlecht von mir denkt. Über Iveta könnt Ihr ohnehin nichts Schlechtes denken.« Als er ihren Namen aussprach, glitt wieder ein Schatten über sein Gesicht, und er sah schmerzerfüllt in die Glut, aus der jetzt kleine Flämmchen emporzüngelten. »Sie ist...« Er schien mit sich zu kämpfen, und schließlich brach es aus ihm heraus: »Nein, sie ist nicht vollkommen – wie könnte sie das sein? Seit ihrem zehnten Lebensjahr ist sie das Mündel der beiden! Wenn Ihr in Saint Giles wart, müßt Ihr sie gesehen haben. An jeder Seite einer, wie Drachen. Ivetas wahres Ich ist schon viel zu lange mit Füßen getreten worden. Aber wenn sie frei wäre, würde sie es wiederfinden, sie würde so tapfer und edel sein wie ihre Vorfahren. Und dann wäre es mir egal«, sagte er und sah Cadfael mit seinen strahlendblauen Augen an, »wenn sie das alles nicht mir, sondern einem anderen schenken würde. Nein, das stimmt nicht – es wäre mir überhaupt nicht gleichgültig, aber ich würde es ertragen und mich für sie freuen. Es ist diese... diese ekelhafte Geschäftemacherei, diese entwürdigende Bevormundung, die ich nicht ertragen kann!«

»Vorsicht mit dem Blasebalg! Legt ihn dort auf den Stein, das Feuer ist heiß genug. Ihr seid zu gebrauchen. Ich finde, es ist an der Zeit, daß wir uns einander vorstellen. Mein Name ist Cadfael, ich bin ein Mönch dieses Klosters und stamme aus Wales, aus Trefriw.« Cadfael goß Honig und einen Schuß Essig auf die zerstoßenen Kräuter und stellte den

Mörser ans Feuer. »Und wer seid Ihr, wenn ich fragen darf?«

»Mein Name ist Joscelin Lucy. Mein Vater ist Sir Alan Lucy, er besitzt zwei große Häuser in der Grafschaft Hereford. Wie es Sitte ist, schickte er mich mit vierzehn Jahren als Pagen zu Domville, damit ich in einem größeren Haushalt dienen lernte. Und ich will nicht behaupten, daß mein Herr schwer zufriedenzustellen ist. Ich für mein Teil kann mich nicht beklagen. Aber was die Pächter und Freisassen betrifft, die Menschen, die seiner Gerichtsbarkeit unterstehen...« Er hielt inne. »Ich kann lesen und schreiben, auch Lateinisch. Ich habe Unterricht von Klosterbrüdern bekommen und nichts davon vergessen. Ich will nicht sagen, daß mein Herr schlechter ist als andere Menschen, aber Gott weiß, daß er auch nicht besser ist. Ich hätte meinen Vater bitten sollen, mich zu einem anderen zu schicken, aber...«

Aber diese Brautwerbung, wenn sie diesen Namen überhaupt verdiente, war zwischen Domville und den Massards ausgehandelt worden, und der Junge hatte dieses zierliche, zerbrechliche, jungfräuliche Wesen zwischen den beiden Drachen, die es bewachten, gesehen und war in Liebe zu ihm entbrannt. Nur zusammen mit seinem Herrn hatte er Zugang zu ihr, wenn er sie auch nur aus der Entfernung betrachten konnte.

»Indem ich bei ihm blieb«, sagte er und stellte sich der Ausweglosigkeit seiner Situation, »konnte ich sie wenigstens sehen. Wenn ich meinen Dienst aufgekündigt hätte, wäre es mir nie gelungen, auch nur in ihre Nähe zu kommen. Also blieb ich. Und ich gebe mir Mühe, ein treuer Gefolgsmann zu sein, denn so habe ich es versprochen. Aber ist das recht, Bruder Cadfael? Ist das recht? Sie ist achtzehn Jahre alt, und ihr schaudert bei dem Gedanken an ihn, und doch scheint mir, daß er besser ist als das, was sie jetzt zu erdulden hat. Sie ist jetzt nicht glücklich, und sie wird es auch in ihrer Ehe nicht sein. Und ich liebe sie! Aber das ist ohne jede Bedeutung. Es ist nebensächlich – die Hauptsache ist, daß *sie* glücklich ist.«

»Hmmm!« brummte Cadfael mit leiser Skepsis und rührte in dem leise blubbernden Sirup. Ein süßer, aromatischer Duft erfüllte den Raum. »Das haben wahrscheinlich schon viele geschworen, wenn auch mit einem Auge auf ihren persönlichen Nutzen. Als nächstes, nehme ich an, werdet Ihr mir sagen, daß Ihr bereit seid, für sie zu sterben.«

Joscelin verzog das Gesicht zu einem jungenhaften Grinsen. »Na ja, ich würde mich nicht danach drängen! Ich würde lieber für sie *leben*, wenn sich das machen ließe. Aber wenn Ihr mich fragt, ob ich alles, was in meiner Macht steht, tun würde, um sie zu befreien, damit sie sich für einen anderen Mann ihrer Wahl entscheiden kann, dann sage ich: Ja, das würde ich! Denn nicht sie hat sich für diesen Mann entschieden – sie fürchtet sich vor dieser Ehe, und sie wird gegen ihren Willen dazu gezwungen.«

Es war nicht nötig, diese Frage weiter zu verfolgen; nichts anderes hatten ihr Gesicht und ihre Haltung ausgedrückt, als Cadfael sie zum erstenmal sah.

»Und die, denen ihr Wohlergehen mehr am Herzen liegen sollte als allen anderen, gebrauchen sie für ihre eigenen, selbstsüchtigen Zwecke. Ihre Mutter – Picards Schwester – starb, als Iveta geboren wurde, und ihr Vater, als sie zehn Jahre alt war. Ihr Onkel als nächster Verwandter wurde, wie es üblich ist, zu ihrem Vormund bestellt. Aber was heißt da Verwandter? Oh, glaubt nicht, ich sei so blind, daß ich nicht wüßte, daß es nichts Neues ist, wenn ein Vormund bei seinem Mündel nur auf den eigenen Vorteil bedacht ist, anstatt seine Mittel zu ihrem Wohl einzusetzen, und ihre Ländereien plündert, anstatt sie zu pflegen, damit sie auch in Zukunft ihren Wert behalten. Ich sage Euch, Bruder Cadfael: Iveta wird an meinen Herrn verkauft, weil sein Rat beim König Gehör findet und man durch ihn zu Ehren und Reichtümern kommen kann. Aber es geht noch um mehr. Iveta werden einmal große Ländereien gehören. Sie ist die einzige, die den Namen Massard trägt, und der ganze Besitz der Familie wird an sie übergehen. Und ich habe den Verdacht, daß Domville und die Picards ausgehandelt haben, dieses Land, das einmal der stattliche Besitz eines Kriegshelden war, unter sich aufzuteilen. Ein großes Stück davon wird gewiß bei Picard bleiben, und er wird einiges von dem, was Domville gehören wird, ordentlich ausbeuten, bevor er es überschreibt. Ein schlau eingefädeltes Geschäft – und ein schreiendes Unrecht, das man Iveta zufügt.«

Und jedes Wort, das er gesagt hatte, mochte stimmen. Derlei Dinge waren nichts Ungewöhnliches, wenn ein Kind verwaist und dadurch Erbe eines großen Besitzes geworden war, dachte Cadfael. Selbst wenn es sich um einen Jungen handelte, der noch klein war und niemanden zu seinem Schutz hatte, geschah es, daß man ihn ebenso skrupellos verheiratete wie ein Mädchen – und dies nur, weil seinem Vormund dadurch ein Vorteil erwuchs oder weil die Möglichkeit bestand, einen Rivalen zu demütigen oder Ländereien zu vereinigen, so daß man sie besser bewirtschaften konnte. Aber bei Mädchen kam das öfter vor als bei Jungen, und bei ihnen war man weniger geneigt, Zweifel an der Richtigkeit dieses Verfahrens zu äußern. Nein, kein Adliger würde auch nur einen Finger rühren, um Iveta ihr Schicksal zu ersparen. Auf diesen Gedanken würde vielleicht nur ein junger Hitzkopf wie dieser kommen, auf sein eigenes und auf ihr Risiko.

Cadfael fragte nicht, was sie miteinander zu flüstern gehabt hatten, als er sie überrascht hatte. So zornig und sorgenvoll Joscelin auch sein mochte – er hegte noch immer eine schwache Hoffnung, soviel war gewiß. Es war besser, nicht danach zu fragen und auch nicht zuzulassen, daß er diese Hoffnung aussprach, selbst wenn er es anbieten sollte. Aber eines wollte Cadfael noch wissen. ›Die einzige, die den Namen Massard trägt‹, hatte Joscelin gesagt.

»Wie hieß ihr Vater?« fragte Cadfael und rührte in dem Sirup, der langsam dicker wurde. Vor der Komplet würde er den Topf beiseite stellen, damit er langsam abkühlte.

»Hamon FitzGuimar de Massard.«

Er betonte den Vaternamen mit Stolz. Es gab anscheinend noch einige junge Leute, denen man den angemessenen Respekt vor den Namen großer Helden beigebracht hatte.

»Ihr Großvater war der Guimar de Massard, der bei der Eroberung von Jerusalem dabei war und der später in der Schlacht um Askalon gefangengenommen wurde und dort seinen Wunden erlag. Die Sarazenen haben seinen Helm und sein Schwert zurückgeschickt, und jetzt gehören sie Iveta. Sie hält sie in hohen Ehren.«

Ja, das hatten die Sarazenen getan, als Ehrung für einen tapferen Feind. Man hatte sie damals gebeten, den Kreuzrittern auch den Leichnam Massards zu übergeben, und die Bitte war mit Wohlwollen aufgenommen worden, aber dann hatten die ständigen Streitigkeiten unter den Christen dazu geführt, daß diese den Hafen Askalon verloren, und so waren die Verhandlungen um den Leichnam des Ritters im Sande verlaufen und schließlich vergessen worden. Seine ritterlichen Feinde hatten ihn in allen Ehren bestattet, und nun ruhte er im Heiligen Land. All dies hatte sich vor langer Zeit zugetragen, lange bevor diese jungen Leute geboren worden waren.

»Ich erinnere mich daran«, sagte Cadfael.

»Es ist eine Schande, daß man der letzten, die diesen großen Namen trägt, so übel mitspielt und sie um ihr Glück betrügt.«

»Da habt Ihr recht«, sagte Cadfael, nahm dem Topf vom Feuer und stellte ihn auf den gestampften Lehmboden.

»Und das muß aufhören«, sagte Joscelin erregt. »Es *muß* aufhören!« Mit einem tiefen Seufzer erhob er sich. »Es hilft nichts – ich muß zurück.« Er ließ den Blick über die Flaschen, Töpfe und gebündelten Kräuter schweifen, aus denen sich zahllose Arzneien bereiten ließen. »Habt Ihr nicht etwas hier, das ich in seinen Wein mischen könnte? In seinen oder in Picards Wein – für Iveta würde es keinen Unterschied bedeuten. Wenn nur einer von beiden sterben würde, wäre sie frei. Und die Welt wäre ein Stück besser!«

»Wenn Ihr das ernst gemeint haben solltet«, sagte Cadfael mit Nachdruck, »dann setzt Ihr Eure Seele einer großen Gefahr aus, mein Sohn. Und wenn es nicht ernst gemeint war, dann hättet Ihr es verdient, daß man Euch die Ohren langzieht. Wenn Ihr nicht so groß wärt, würde ich es sogar versuchen.«

Ein kurzes, reumütiges Lächeln glitt über das Gesicht des Jungen. »Ich könnte mich ja zu Euch hinunterbeugen«, bot er Cadfael an.

»Ihr wißt ebensogut wie ich, daß Ihr niemals etwas so Heimtückisches wie einen Mord begehen könntet, und Ihr tut Euch großes Unrecht, wenn Ihr so etwas sagt.«

»Würde ich wirklich keinen Mord begehen?« sagte Joscelin leise. Auf seinem Gesicht war nicht die Spur eines Lächelns. »Ich glaube, Ihr wißt gar nicht, wie großen Gefahren ich meine Seele aussetzen würde, wenn ich Iveta dadurch helfen könnte.«

Während der Komplet und auch danach, während der letzten halben Stunde vor dem Zubettgehen, die die Mönche in der Wärmestube verbrachten, dachte Cadfael über Joscelins Worte nach. Natürlich war es richtig gewesen, den jungen Mann zur Ordnung zu rufen und ihm mit Nachdruck zu sagen, daß er solche schwarze Gedanken, aus denen nichts Gutes entstehen konnte, von sich zu weisen hatte. Da er sich darauf vorbereitete, ein Ritter zu werden, durfte er nur Maßnahmen in Erwägung ziehen, die diesem Stand angemessen waren, und mußte alle anderen Pläne verwerfen. Was Joscelin darauf erwidert hatte, war nicht allein nur zu wahr, sondern zeugte auch von einigem Verstand: Er wäre ein großer Dummkopf, wenn er seinen Herrn nach den Regeln der Ritterschaft zum offenen Zweikampf herausfordern würde, denn Domville würde eine solche Unverschämtheit gar nicht weiter ernst nehmen, sondern ihn hinauswerfen lassen, und damit wäre die Sache erledigt. Und wie sollte er dann Iveta helfen?

Aber mußte das heißen, daß er tatsächlich imstande war, einen Mord ernsthaft in Erwägung zu ziehen? Cadfael dachte an das aufrichtige, braungebrannte Gesicht, das so völlig ungeeignet war, irgend etwas zu verbergen, und an die hitzige Art des jungen Mannes, der es gewiß nicht gewohnt war, Umwege zu gehen. Nein, Cadfael konnte nicht glauben, daß Joscelin zu einem Mord fähig war. Und doch – da war dieses zierliche blonde Mädchen mit seinem verzweifelten, resignierten Gesicht und seinen traurigen Augen. In zwei Tagen sollte die Hochzeit sein, und ihr Schicksal war so bedauernswert, daß ein oder zwei Tode erforderlich zu sein schienen, auch wenn dies vor Gott nicht zu rechtfertigen war.

Die ganze Angelegenheit ging Cadfael ebenso ans Herz wie Joscelin Lucy, denn hier ging es um Guimar de Massards Enkelin, die bis auf diese beiden Drachen, die sie bewachten, aller Verwandtschaft beraubt war. Und wie konnten die, die ihren Großvater gekannt und sein Andenken in Ehren gehalten hatten, die letzte der Massards untätig ihrem Schicksal überlassen? Nein, das war ebenso undenkbar, wie einen Kameraden verwundet und von Feinden umzingelt im Stich zu lassen.

Schüchtern betrat Bruder Oswin die Wärmestube und ließ sich neben Cadfael nieder. »Habt Ihr den Sirup schon bereitet, Bruder? Es war mein Fehler, und ich möchte ihn wiedergutmachen. Ich werde morgen früh aufstehen und ihn in Flaschen füllen. Durch meine Dummheit habe ich Euch zusätzliche Arbeit aufgebürdet, und ich würde Euch gern etwas davon abnehmen.«

Oswins Dummheit hatte Cadfael mehr Unannehmlichkeiten und Sorgen bereitet, als ihm bewußt war, aber wenigstens hatte er Cadfael daran erinnert, daß er außer der Einhaltung der Ordensregeln auch noch andere Pflichten hatte.

»Nein, nein«, sagte Cadfael eilig. »Der Sirup ist sehr gut geraten. Er kühlt jetzt ab und dickt dabei ein. Nach der Prim wird Zeit genug sein, ihn in Flaschen zu füllen. Du wirst morgen vorlesen und darfst nur an deine Pflichten und an deine Textstelle denken.«

Und laß die Finger von meinem Sirup, setzte er in Gedanken hinzu, als er sich in seine Zelle zurückzog, um zu beten. Plötzlich wurde ihm bewußt, wieviel Ähnlichkeit Bruder Oswins große Hände mit denen von Joscelin Lucy hatten. Und doch richteten die des einen nur Unheil an, während die des anderen trotz ihrer Größe außerordentliches Geschick bewiesen, sei es an den Zügeln eines großen, gescheckten grauen Pferdes, sei es mit Schwert oder Lanze, sei es beim Umarmen eines zarten, unglücklichen Mädchens.

Ob sie wohl ebenso geschickt waren, wenn es darum ging, einen Mord zu verüben?

Cadfael erwachte geraume Zeit vor der Prim. Er füllte den abgekühlten Hustensirup in Flaschen und brachte eine davon dem Bruder Krankenpfleger. Bei Tagesanbruch war es neblig und mild, aber windstill. Alle Geräusche und Bewegungen waren weich und gedämpft, nichts Ungewöhnliches ereignete sich auf dem großen Klosterhof; man ging wie jeden Tag seiner Arbeit nach, die nur durch die Prim, das Frühstück, die erste Messe, an der auch die Diener und Laienbrüder teilnahmen, und die zweite Messe unterbrochen wurde. Danach fand die tägliche Kapitelversammlung statt, die diesmal kürzer ausfiel als sonst, da für die morgige Hochzeit noch viel vorzubereiten war. So entstand eine recht lange Pause bis zum Hochamt um zehn Uhr, und Cadfael nutzte die Gelegenheit, um in seinen Kräutergarten zu gehen und dort zu überlegen, bei welchen Arbeiten Bruder Oswins gutgemeinte Zerstörungswut heute nachmittag wohl am wenigsten Schaden anrichten könnte. Die meisten Beete waren bereits abgeerntet und mußten vor dem ersten Frost umgegraben werden.

Es war noch vor zehn Uhr, und die Klosterbrüder, Schüler, Gäste und Stadtbewohner versammelten sich zum Hochamt, als Cadfael zum Klosterhof zurückkehrte. Die Picards traten gerade aus dem Gästehaus. Iveta ging stumm und schüchtern zwischen ihrem Onkel und ihrer Tante, wirkte aber – oder jedenfalls kam es Cadfael so vor – gefaßt, als habe ein leiser, kühlender Wind die lastende Stille ihrer Verzweiflung vertrieben und sie mit der Hoffnung erfüllt, es könne vielleicht doch noch ein Wunder geschehen. Die ältliche Zofe, deren Gesicht ebenso streng und abweisend war wie das ihrer Herrin, ging dicht hinter ihr. Das Mädchen war nach allen Seiten abgeschirmt.

In Begleitung von Bruder Denis, dem Aufseher des Klosterhospitals, gingen sie gemächlich auf das Südportal der Kirche zu, als die feierliche Stille von wildem Hufgetrappel zerrissen wurde, das sich vom Torhaus her näherte. Ein Reiter auf einem gescheckten grauen Pferd galoppierte mit einer solchen Geschwindigkeit auf den Hof, daß er fast den Pförtner niedergeritten hätte und die Diener auseinanderstoben wie Hennen vor dem Fuchs. Er hielt sein Pferd so abrupt an, daß die Hufe ein kleines Stück über die feuchten Pflastersteine schlitterten, ließ die Zügel los und sprang aus dem Sattel. Die blonden Haare des Reiters standen in alle Himmelsrichtungen, und seine blauen Augen blitzten, als er sich breitbeinig und mit vorgerecktem Kinn Godfrid Picard in den Weg stellte – ein junger Mann mit einer unbezähmbaren Wut.

»Mylord, dies ist *Euer* Werk! Ich werde aus dem Dienst gejagt, hinausgeworfen ohne einen Grund, ohne daß ich mir etwas hätte zuschulden kommen lassen. Man hat mir befohlen, diese Stadt noch vor Einbruch der Dunkelheit zu verlassen, und ich darf nichts mitnehmen außer meinem Pferd und meinen Satteltaschen. Dies teilt man mir kurz und bündig mit und erlaubt mir nicht, auch nur ein einziges Wort zu meiner Verteidigung zu sagen! Und ich weiß nur zu gut, wem ich das verdanke! Ihr, Ihr habt bei meinem Herrn über mich Beschwerde geführt und dafür gesorgt, daß ich hinausgeworfen werde wie ein Hund, und dafür verlange ich Genugtuung von Euch, bevor ich Shrewsbury verlasse, und zwar in einem Kampf Mann gegen Mann!«

3

Wie ein Stein, der, in einen stillen Teich geworfen, in alle Richtungen Wellen aussendet, so rief dieser Auftritt Unruhe und Erregung auf dem ganzen Hof hervor. Bruder Denis wußte nicht, was er tun sollte, ja, er wußte nicht einmal, wer dieser hochgewachsene und sehr zornige Jüngling eigentlich war. In erster Linie war ihm daran gelegen, den Frieden wiederherzustellen, aber zu seinem Leidwesen hatte er nicht die leiseste Ahnung, wie er das bewerkstelligen sollte. Picard, der dem kräftigen jungen Mann mit dem grimmigen Gesicht direkt gegenüberstand, wurde erst rot und dann blaß vor Wut. Der Weg war ihm versperrt, ausweichen wollte er nicht, und selbst wenn die aufgeregten Diener sich nicht hinter ihm zusammengeschart hätten, wäre er nicht einen Fußbreit zurückgewichen. Auch Agnes' Augen funkelten, und sie packte blitzschnell Ivetas Arm, denn das Mädchen hatte einen leisen, verzweifelten Schrei ausgestoßen und wollte vortreten – für einen Augenblick war die Maske der Unterwürfigkeit verschwunden, und das Gesicht spiegelte heftige Gefühle wieder, so wie zersplittertes Eis das Licht in allen Farben des Regenbogens reflektiert. In diesem Moment war Iveta bereit, alles außer Joscelin zu vergessen, ihm vor aller Augen zur Seite zu stehen und ihn zu umarmen – aber ihre Tante hatte sie grob zurückgerissen und sorgte mit eisernem Griff dafür, daß Iveta nicht von ihrer Seite wich. Das Mädchen fügte sich und stand stumm da – sei es aus langer Gewöhnung an den Gehorsam, sei es aus Einsicht, daß Gegenwehr ihre schwache Hoffnung nur zunichte machen würde –, und das Licht, nicht aber der Schmerz, verschwand aus seinem Gesicht. Cadfael entging das nicht, und ihn überkam ein tiefes Mitleid mit ihr. Kein junges Mädchen, das kaum den Kinderschuhen entwachsen war, sollte so leiden müssen.

Später erinnerte er sich an Ivetas Gesicht. In jenem Augenblick aber, in dem dies alles stattfand, richtete er sein Augenmerk hauptsächlich auf Joscelin Lucys äußerst unkluges jugendliches Ungestüm und Godfrid Picards schlaue, erfahrene Reife. Es würde kein so unausgeglichener Kampf werden, wie man hätte erwarten können. Der junge Mann war kräftig, zweifellos waffengewandt und stammte aus einer distinguierten, wenn auch nicht sehr einflußreichen Familie.

»An diesem Ort darf ich nicht mein Schwert gegen Euch ziehen«, sagte er mit hoher, klarer Stimme, als wende er sich an den Herold auf einem Tunierplatz. »Daher fordere ich Euch auf, Ort und Zeit für einen Zweikampf zu bestimmen. Ihr habt mich beleidigt, aufgrund Eurer Machenschaften bin ich hinausgejagt worden. Jetzt gebt mir Genugtuung, und steht für das ein, was Ihr mir zugefügt habt!«

»Unverschämter Lümmel!« stieß Picard voller Verachtung hervor. »Ich werde eher meine Hunde auf dich hetzen, als dir die Ehre anzutun, mit dir die Klingen zu kreuzen. Wenn man dich hinausgeworfen hat, weil du ein nichtsnutziger, treuloser, ränkeschmiedender, boshafter Lump bist, so geschieht dir nur Recht – sei deinem Herrn dankbar, daß er dich nicht mit der Peitsche davongejagt hat. Du bist noch glimpflich davongekommen. Nimm dich in acht, daß du nicht noch schlimmere Behandlung erfährst. Und jetzt aus meinem Weg! Pack dich fort, wie es dir befohlen wurde!«

»Ich werde nicht von hier weichen!« schwor Joscelin mit zusammengebissenen Zähnen. »Nicht bevor ich hier, vor all diesen Zeugen, gesagt habe, was ich sagen will. Und ich werde nicht gehen, weil man es mir befohlen hat. Gehört denn Huon de Domville etwa der Boden, auf dem ich stehe, und die Luft, die ich atme? Ich dränge mich nicht danach, in seinen Diensten zu stehen – es gibt andere Haushalte, die mindestens ebenso angesehen sind wie der seine. Aber ich frage Euch: War es eines Edelmannes würdig, zu ihm zu gehen und ehrlose Intrigen gegen mich zu spinnen, so daß mein Name in den Schmutz gezogen wird?«

Picard stieß einen lauten Wutschrei aus und schnippte mit den Fingern nach seinen Dienern. Sechs von ihnen, kräftig gebaute Burschen, die, nach ihrem Alter zu schließen, über Erfahrung in handgreiflichen Auseinandersetzungen verfügten, sprangen, drei auf jeder Seite, vor und bildeten einen Halbkreis.

»Schafft mir diesen unverschämten Kerl aus den Augen! Der Fluß ist nicht weit – mag er sich im Schlamm abkühlen!«

Mit raschelnden Gewändern wichen die Frauen zurück. Agnes und die Zofe zerrten Iveta weg. Grinsend, aber wachsam gingen die Diener auf Joscelin zu, der gezwungen war, einige Schritte zurückzuweichen, um nicht eingekreist zu werden.

»Bleibt, wo ihr seid!« rief er erregt. »Laßt den Feigling selbst kämpfen. Wenn ihr Hand an mich legt, wird Blut fließen.«

Er war so außer sich, daß er sein Schwert packte und die Klinge einige Zentimeter aus der Scheide zog. Cadfael war der Meinung, daß es höchste Zeit war, einzugreifen, bevor der junge Mann sich hoffnungslos ins Unrecht setzte. Bruder Denis und er wollten gerade dazwischentreten, als sich vom Kloster her die hochgewachsene Gestalt von Prior Robert näherte, dem sein Mißfallen nur allzu deutlich anzusehen war. Vom Haus des Abtes her näherte sich rasch und lautlos – und daher bislang unbemerkt – die ebenso große, aber weit ehrfurchtgebietendere Gestalt von Abt Radulfus. Sein scharf geschnittenes Gesicht und seine klugen Augen verrieten kühlen, beherrschten Zorn.

»Hohe Herren!« Mit ausgebreiteten Armen trat Robert zwischen die Parteien. »Ihr tut Euch selbst und unserem Haus große Schmach an! Schande über den, der innerhalb dieser Mauern eine Waffe berührt oder Gewalt androht!«

Dankbar für diese Wendung der Dinge zogen sich Picards

Diener in die Menge zurück. Picard selbst kochte vor Wut, hatte sich aber in der Gewalt. Joscelin schob sein Schwert sehr hastig wieder in die Scheide. Er atmete schnell und dachte nicht daran, von seinem Zorn abzulassen. Es war schwer, ihn einzuschüchtern, und noch schwerer, ihn zum Schweigen zu bringen. Er wandte sich zur Seite und sah den Abt an, der hinzugetreten war – eine hochgewachsene, dunkle, schweigsame Gestalt, die die beiden Kontrahenten ruhig musterte. Es wurde still.

»In diesem Kloster«, sagte Radulfus endlich, ohne seine Stimme zu erheben, »wird nicht gestritten. Ich will nicht behaupten, daß wir hier nie ein Wort des Zornes hören. Auch wir sind nur Menschen. Haltet Eure Männer im Zaum, Sir Godfrid. Und wenn Ihr, junger Mann, auch nur die Hand an den Schwertgriff legt, werdet ihr die Nacht im Karzer verbringen.«

Wenn auch sein Widerwille nicht zu übersehen war, so beugte Joscelin doch das Knie und senkte den Kopf. »Ehrwürdiger Vater, ich bitte um Vergebung! Obwohl ich bedroht war, hätte ich mich nicht hinreißen lassen sollen.« Selbst jetzt, da er seinen Fehler eingestand, war seine Wut unvermindert. Ein aufmerksamer Beobachter hätte sogar den Eindruck haben können, daß Joscelin Lucy eine erneute Übertretung erwog, um, wie versprochen, in eine Zelle innerhalb dieser Klostermauern gesperrt zu werden. Schlösser ließen sich öffnen, Laienbrüder konnte man bestechen oder überlisten – ja, da gab es verschiedene Möglichkeiten! Sein Charakter verbot es ihm jedoch, jemanden zu kränken, der ihm kein Unrecht getan hatte. »Ich will tun, was Ihr befehlt«, sagte er.

»Gut, dann verstehen wir uns. Also – worum geht es in diesem Streit, der unseren Frieden stört?«

Joscelin und Picard begannen gleichzeitig zu reden, aber diesmal war Joscelin so klug, dem Älteren den Vortritt zu lassen. Er biß sich auf die Lippen und sah gespannt in das Gesicht des Abtes, während Picard, wie er es erwartet hatte, voller Verachtung seine Sicht der Dinge schilderte.

»Ehrwürdiger Vater, dieser unverschämte Knappe ist von seinem Herrn hinausgeworfen worden, weil er ein nachlässiger, nichtsnutziger Bursche ist, und nun beschuldigt er mich, ich hätte Lord Domville eben diesen Rat gegeben – und in der Tat hielt ich es für meine Pflicht, dies zu tun. Ich habe nämlich feststellen müssen, daß er in dreister Art versucht hat, meiner Nichte seine Gesellschaft aufzudrängen, und so den Frieden meines Hauses empfindlich gestört hat. Da er mit seiner verdienten Entlassung nicht einverstanden ist, kam er hierher, um mich zu beleidigen. Er hat nicht mehr bekommen, als er verdient hat, aber er will keine Lehre daraus ziehen. Das ist alles«, sagte er verächtlich.

Cadfael bewunderte die Selbstbeherrschung, mit der Joscelin sich schweigend diese Schmähungen anhörte. Voller Ehrfucht sah er Radulfus an und wartete, bis dieser ihn aufforderte zu reden. Er schien in diesen wenigen Momenten einen gesunden Respekt vor der Klugheit und der Gerechtigkeit des Abtes bekommen zu haben. Offenbar war er überzeugt, daß man kein Urteil über ihn sprechen würde, bevor man ihn nicht gehört hatte, und es war besser, sich zu beherrschen, denn seine Verteidigung würde um so glaubwürdiger sein.

»Nun, junger Herr?« sagte Radulfus. Man konnte nicht mit Bestimmtheit sagen, daß er lächelte – sein Gesicht blieb ruhig und ausdruckslos; aber in seiner Stimme schwang eine Spur von Nachsicht mit.

»Ehrwürdiger Vater«, sagte Joscelin, »alle Angehörigen und Diener unserer beiden Häuser sind hierhergekommen, um einer Hochzeit beizuwohnen. Die Braut habt Ihr gesehen.« Iveta war schon längst fortgezerrt und ins Gästehaus gebracht worden. »Sie ist achtzehn Jahre alt. Mein Herr – das heißt: mein *ehemaliger* Herr! – geht auf die Sechzig zu. Vor acht Jahren starben ihre Eltern, und man bestellte ihren Onkel zu ihrem Vormund. Sie ist die Erbin großer Ländereien, die seitdem von ihrem Onkel verwaltet werden.« Seine Aussage nahm eine Wendung, die niemand erwartet hatte, aber die Picards, die nur zu gut wußten, worauf er hinauswollte, kochten vor Wut und wollten ihm ins Wort fallen. Aber Radulfus runzelte die Stirn und gebot ihnen mit erhobener Hand Schweigen. Notgedrungen gehorchten sie.

»Ehrwürdiger Vater, ich bitte Euch: Helft Iveta de Massard!« Joscelin war nicht mehr aufzuhalten. »Das Land, das ihr gehört, umfaßt vier Grafschaften und fünfzig Herrenhäuser – es ist ein fürstliches Erbe. Ihr Onkel und ihr Bräutigam haben es unter sich aufgeteilt, man hat aus dieser Heirat ein Geschäft gemacht, ohne ihr Einverständnis, gegen ihren Willen! Sie hat gar keinen Willen mehr, man hat sie gezwungen sich zu unterwerfen! Mein Vergehen ist, daß ich sie liebe, und ich hätte sie aus diesem Gefängnis befreit...«

Cadfael war nahe herangetreten, um seine letzten Worte verstehen zu können, aber für die meisten anderen waren sie gewiß in dem schrillen Protestgeschrei untergegangen, in dem Agnes Picards Stimme am lautesten klang. Sie schrie lauter als alle anderen, und Joscelin konnte sie nicht übertönen. In diesem Durcheinander erklang plötzlich Hufschlag, und Reiter, deren Zahl aller Aufmerksamkeit auf sich zog, ritten mit jener Zielstrebigkeit, die das Kennzeichen eines amtlichen Auftrages ist, auf den Hof. Niemand hörte mehr auf Joscelins Anschuldigungen oder Picards Erwiderung; aller Augen waren auf das Tor gerichtet.

Zuerst kam Huon de Domville. Die Muskeln in seinem Gesicht waren angespannt wie der Bizeps eines Ringers, und seine kleinen, schwarzen bösen Augen blitzten. Dicht hinter ihm ritt Gilbert Prestcote, den König Stephen als Sheriff von Shropshire eingesetzt hatte – ein hagerer, harter Ritter mittleren Alters, der das scharfgeschnittene Gesicht eines Falken hatte und dessen schwarzer, gegabelter Bart von Grau durchzogen war. Ihm folgten ein Sergeant und sieben oder acht Bewaffnete – ein beeindruckendes Aufgebot. Nachdem Prestcote und seine Männer das Tor durchritten hatten, hielten sie an und stiegen ab.

»Da haben wir ihn ja!« rief Domville und zeigte triumphierend auf Joscelin, der sprachlos vor Verwunderung dastand. »Da ist der Übeltäter! Ich wußte doch, daß er Unruhe stiften würde, wo er nur kann, bevor er sich aus dem Staub macht. Packt ihn, Sheriff! Packt ihn, und nehmt ihn in Haft!«

Bis dahin hatte seine ganze Aufmerksamkeit Joscelin gegolten, und so war ihm entgangen, daß der Abt selbst unter den Anwesenden war. Jetzt fiel sein Blick auf die schmucklos gekleidete, schweigende Gestalt, und er stieg vom Pferd und zog mit brüskem Respekt seinen Hut. »Mit Eurer Erlaubnis, Ehrwürdiger Vater! Wir kommen in einer Sache, die keinen Aufschub duldet, und ich bin untröstlich, daß wir wegen dieses Übeltäters den Frieden Eures Hauses stören müssen.«

»Die Störung, die *er* bisher hervorgerufen hat«, erwiderte Radulfs kühl, »schien mir nicht von jener Art zu sein, die das Eingreifen eines Sheriffs und seiner bewaffneten Männer erfordert. Ich habe vernommen, daß er sich einer Übertretung schuldig gemacht hat und dafür zur Rechenschaft gezogen worden ist. Ihn aus Euren Diensten zu entlassen ist Euer Recht. Ihn darüber hinaus zu verfolgen scheint mir etwas übertrieben. Es sei denn, Ihr hättet weitere Beschuldigungen gegen ihn vorzubringen.« Er sah Prestcote fragend an.

»In der Tat liegt noch mehr gegen ihn vor«, sagte der Sheriff. »Lord Domville berichtete mir, daß, seit diesem Knappen befohlen wurde, seine Sachen zu packen und das Haus zu verlassen, ein Gegenstand von großem Wert verschwunden und unauffindbar geblieben ist. Es besteht ein begründeter Verdacht, daß dieser Mann ihn gestohlen haben könnte, um seinem Herrn Schaden zuzufügen und sich für seine Entlassung zu rächen. So lautet die Beschuldigung.«

Joscelin starrte ihn verblüfft an. Die Beschuldigung reizte ihn fast zum Lachen – er war nicht wütend darüber und hatte offensichtlich keine Angst. »Ich etwas stehlen?« stieß er voller Verachtung hervor. »Ich würde mich sogar weigern, das unbedeutendste Ding, das ihm gehört, auch nur anzurühren! Wenn ich könnte, würde ich nicht einmal den Staub, der auf seinem Hof liegt, an meinen Stiefeln davontragen. Er befahl mir zu gehen, und das tat ich. Ich bin nicht einmal lange genug geblieben, um alles einzupacken, was mir gehört. Alles, was ich mitgenommen habe, ist das, was ich am Körper trage und was in meinen Satteltaschen ist.«

Mit erhobener Hand gebot ihm der Abt zu schweigen. »Mylord, um was für einen wertvollen Gegenstand handelt es sich? Wie groß ist er? Seit wann wird er vermißt?«

»Es ist das Hochzeitsgeschenk für meine Braut«, antwortete der Baron, »ein goldenes, mit Perlen besetztes Kollier. Es hätte in der Hand eines Mannes Platz, wenn man es einmal aus seinem Kästchen genommen hat. Ich wollte es dem Mädchen heute, nach der Messe, geben, aber als ich es holen wollte, war das Kästchen leer. Das war vor knapp einer Stunde, glaube ich, denn wir verschwendeten noch Zeit damit, es zu suchen, obwohl das leere Kästchen uns hätte verraten müssen, daß das Kollier nicht verlorengegangen, sondern gestohlen worden war. Und außer diesem Nichtsnutz, den ich hinausgeworfen hatte und der mir bei seiner Entlassung noch kecke Widerworte gab, hat kein anderer mein Haus verlassen. Ich beschuldige ihn dieses Diebstahls, und ich will, daß ihn die ganze Härte des Gesetzes trifft.«

»Wußte denn dieser junge Mann von dem Kollier und wo es aufbewahrt wurde?« fragte der Abt.

»Ja, Ehrwürdiger Vater«, antwortete Joscelin bereitwillig. »Alle drei Knappen wußten es.«

Am Tor erschienen weitere Reiter. Sie gehörten zu Domvilles Gefolge, das seinem Herrn nicht so schnell hatte folgen können. Unter ihnen waren auch Simon und Guy, die, nach ihrem Gesichtsausdruck zu urteilen, keineswegs darauf bedacht waren, Aufmerksamkeit zu erregen oder irgendwie aktiven Anteil am Geschehen zu nehmen. Sie hielten sich im Hintergrund und wirkten unsicher und unglücklich – was sie wohl auch waren.

»Aber ich habe es nicht angerührt«, fuhr Joscelin mit Bestimmtheit fort. »So, wie ich das Haus verlassen habe, stehe ich vor Euch. Nehmt mich mit und durchsucht mich, wenn Ihr wollt – Ihr werdet nichts finden, das nicht mir gehört. Und dort steht mein Pferd mit den Satteltaschen – durchsucht auch sie. Der Abt soll Zeuge sein. Nein«, rief er, als er sah, daß Domville auf das graue Pferd zuging, »Ihr nicht, Mylord! Ich will nicht, daß die Hände meines Anklägers meine Sachen durchwühlen. Ein Unparteiischer soll die Durchsuchung vornehmen. Trefft Ihr die Wahl, Ehrwürdiger Vater.«

»Das ist nur gerecht«, sagte der Abt. »Robert, seid so gut und tut, was erforderlich ist.«

Prior Robert neigte würdig den Kopf und ging gemessenen Schrittes auf das Pferd zu, um die Aufgabe, die ihm zugewiesen worden war, zu erfüllen. Zwei von Prestcotes Männern machten die Satteltaschen los, und als das Pferd, das durch die vielen Menschen nervös geworden war, unruhig auf der Stelle trat, stieg Simon kurz entschlossen von seinem Pferd, nahm die Zügel des Grauschimmels und beruhigte ihn. Die Satteltaschen lagen offen auf den Pflastersteinen des Hofes. Prior Robert griff in die erste und zog die Kleidungsstücke hervor, die ihr wütender Besitzer kaum eine Stunde zuvor ohne viel Umstände hineingestopft hatte. Der Sergeant neben Prestcote nahm sie entgegen und prüfte sie: Leinenhemden, Umhänge, Schuhe, einige Lederbänder zum Ausbessern von Rüstungen, Handschuhe...

Noch einmal fuhr Prior Robert mit seiner Hand in die Tasche, um zu zeigen, daß sie leer war. Dann beugte er sich über die zweite. Joscelin stand breitbeinig da; er schenkte der Durchsuchung kaum Beachtung, und auf seinem stolzen, sonnengebräunten Gesicht lag ein hochmütiges Lächeln. Seine Mutter, dachte Cadfael, würde über die Art, wie er die Hemden behandelte, die sie für ihn genäht hatte, wohl harte Worte finden, wenn er nach Hause kam. *Wenn* er nach Hause kam...

Und was, wenn man ihn nach Hause gehen ließ? Was hatte dann das Mädchen zu erwarten, das von der Zofe, die offenbar als eine Art Gefängniswärterin diente, weggebracht und irgendwo eingeschlossen worden war? Bei all dem, was hier verhandelt wurde, war sie die abwesende Zeugin. Niemand fragte sie, was sie wußte oder was sie dachte. Sie war kein Mensch, sondern lediglich eine wertvolle Handelsware.

Aus der zweiten Satteltasche kamen ein kostbares, aber zerknittertes Festtagsgewand, verschiedene Gürtel und Schwertgehenke, ein blauer Umhang mit Kapuze, weitere Hemden, ein Paar Schuhe aus weichem Leder und ein ebenfalls blaues Paar Strümpfe zum Vorschein. Die Mutter, die ihm diese Kleidung genäht hatte, schien gut zu wissen, was ihrem blonden, blauäugigen Jungen stand. Unter den Kleidungsstücken lag ein in dünne, geschnitzte Holzdeckel gebundenes Buch, das Gebetbuch des jungen Mannes. Cadfael erinnerte sich, daß er gesagt hatte, er könne lesen.

Schließlich zog Prior Robert ein kleines Bündel aus feinem Leinen hervor und begann, es auf seiner Hand zu entfalten. Verwundert und anerkennend sah er auf.

»Es ist ein Medaillon aus einer silbernen Jakobsmuschelschale. Der Besitzer muß einmal zum Schrein des heiligen Jakob nach Compostella gepilgert sein.«

»Mein Vater hat es mir gegeben«, sagte Joscelin.

»Das wäre alles. Auch diese Tasche ist leer.«

Mit einem Triumphschrei trat Domville plötzlich vor. »Und was ist das? Da ist noch etwas in den Stoff eingewickelt – ich habe etwas glitzern sehen...« Er zog an dem herabbaumelnden Ende des Tuches und riß es dem Prior fast aus der Hand. Das silberne Medaillon fiel zu Boden, das Tuch entfaltete sich, und etwas glitzerte und fiel, entrollte sich im Fallen wie eine kleine, goldene Schlange – und vor Joscelins Füßen lagen die golden glänzenden Glieder und die mattschimmernden Perlen des Kolliers.

Er war wie vor den Kopf geschlagen und starrte sprachlos auf das kleine, kostbare Ding, das ihn anklagte. Als er schließlich aufsah und die Blicke der Umstehenden bemerkte – die hämische Freude Domvilles, die grimmige Zufriedenheit des Sheriffs, die Trauer und Resignation des Abtes und die stumme Anklage aller anderen –, da schüttelte er sich und erwachte aus seiner Erstarrung. Laut schrie er, daß nicht er das Kollier gestohlen habe, daß nicht er es gewesen sei, der es in seinen Sachen versteckt habe. Aber er stritt es nur einmal ab, denn er erkannte sogleich, wie schlüssig dieser Beweis erscheinen mußte und wie zwecklos sein Leugnen war. Er dachte daran, den Degen zu ziehen und sich den Weg freizukämpfen, sah aber den strengen, enttäuschten Blick des Abtes und gab diesen Gedanken wieder auf. Nein, nicht hier! Er hatte geschworen, innerhalb dieser Mauern keine Waffe zu gebrauchen. Im Augenblick blieb ihm also nichts anderes übrig, als sich zu fügen. Draußen vor dem Kloster würde es etwas anderes sein, und je mehr er sie in Sicherheit wiegte, desto weniger Vorsichtsmaßnahmen würden sie treffen. Stumm und widerstandslos ließ er sich von dem Sergeant und seinen Mänern festnehmen.

Sie nahmen ihm sein Schwert und seinen Dolch ab und hielten ihn an beiden Armen fest, aber da sie so zahlreich waren und er nicht an Flucht zu denken schien, machten sie sich nicht die Mühe, ihn zu binden. Domville sah mit einem bösen Lächeln zu, ließ sich jedoch nicht herab, sich zu bükken und das Schmuckstück aufzuheben. Simon ließ die Zügel des Grauschimmels los, eilte herbei und hob das Kollier für seinen Herrn auf. Dabei warf er Joscelin einen unsicheren, ängstlichen Blick zu, sagte aber kein Wort. Die Picards betrachteten das Ganze mit offensichtlicher Genugtuung. Ein Hindernis war aus ihrem Weg geräumt, und zwar – wenn Domville darauf drängte – für immer. Ein solcher Diebstahl, der darüber hinaus auch noch mit einem Treuebruch verbunden war, auch wenn der Dieb zum Zeitpunkt seiner Tat bereits aus den Diensten seines Herrn entlassen war, konnte einen Mann das Leben kosten.

»Ich verlange, daß er die ganze Strenge des Gesetzes zu spüren bekommt«, sagte Domville und sah den Sheriff mit einem gebieterischen Blick an.

»Das Urteil wird Sache des Gerichts sein«, erwiderte Prestcote kurz und wandte sich seinem Sergeant zu. »Bringt ihn in die Burg. Ich muß noch mit Sir Godfrid Picard und dem Ehrwürdigen Abt sprechen – ich werde nachkommen.«

Willig und mit hängendem Kopf ließ der Gefangene sich abführen. Zwei stämmige Bewaffnete hielten seine Arme. Klosterbrüder, Gäste und Diener machten ihnen Platz, und beklommenes Schweigen begleitete den kleinen Zug.

Cadfael war ebenso sprachlos wie alle anderen. Es fiel ihm schwer, zu glauben, daß der nun als Verbrecher abgeführte Joscelin derselbe junge Mann war, der eben erst so streitlustig auf den Hof galoppiert war oder der sich als kühner Liebhaber ins Lager der Feinde geschlichen hatte, um mit einem Mädchen, das zu verängstigt war, sich das zu nehmen, wonach ihr Herz verlangte, eine Verzweiflungstat zu planen. Nach Cadfaels Überzeugung gab es so plötzliche Umwandlungen nicht. Einem Impuls folgend, ging er zum Tor, um die Männer des Sheriffs mit ihrem Gefangenen im Auge zu behalten. Als er sich auf den Weg machte, hörte er hinter sich Simon Aguilon fragen: »Soll ich den Grauschimmel wieder in unseren Stall bringen, Sir? Wir können ihn doch nicht hier lassen – er hat ja nichts getan.« Seinem Tonfall konnte man nicht entnehmen, ob er der Meinung war, der Besitzer dieses Pferdes habe sich etwas zuschulden kommen lassen, aber Cadfael glaubte es nicht. Gewiß war er nicht der einzige, der, was diesen Diebstahl betraf, seine Zweifel hatte.

Joscelin und seine Bewacher näherten sich dem Kopf der Brücke, als Cadfael durch das Tor trat und ihnen eilig folgte. Auf dem Hügel jenseits des Severn glänzten die feuchten Häuserdächer und Türme von Shrewsbury, die über die lange Stadtmauer hinausragten, im fahlen Sonnenlicht, und ganz rechts sah man die hochaufragende, massive Burg, das Gefängnis, in das der junge Mann nun gebracht wurde. Seit dem Ende des Sommers hatte es heftige Regenfälle gegeben, und von den Bergen in Wales hatten sich solche Wassermassen herabgewälzt, daß die Ufer der Flußinseln überspült waren. Die Zugbrücke auf der Klosterseite, die im Fall eines Angriffs aufgezogen werden konnte, war jetzt heruntergelassen, und es herrschte ein reges Kommen und Gehen, denn die letzte Ernte war gerade eingebracht worden. Obst und Viehfutter wurden in die Stadt gebracht, und wer Wintervorräte anlegen wollte, hatte nun Gelegenheit dazu. Drei Reiter bahnten dem Gefangenen und seinen Bewachern den Weg, drei weitere folgten ihnen, aber Joscelin und die beiden, die ihn festhielten, gingen zu Fuß – nicht gerade schnell, denn kein normaler Gefangener sehnt sich danach, in eine Zelle gesperrt zu werden, aber auch nicht langsam, denn wenn er gar zu gemächlich ging, wurde er derb von den Männern des Sheriffs angetrieben. Karren und Fußgänger machten ihnen Platz, und viele blieben stehen, um zu gaffen. Manche waren so neugierig, daß sie den Zug ein Stück begleiteten und den nachfolgenden Reitern den Weg versperrten.

Es hatte schon des öfteren Spannungen zwischen den Stadtbewohnern und dem Sheriff des Königs gegeben, und Prestcotes Sergeant hütete sich, den streitbaren Bürgern, die sich schon manches Mal zu wehren gewußt hatten, zu drohen oder die Peitsche gegen sie einzusetzen. Als der Gefangene das enge Tor im Turm der Zugbrücke durchschritten hatte und die Schaulustigen den Weg versperrten, begnügten sich die drei Reiter, die den Schluß des Zuges bildeten, daher damit, höflich zu bitten, man möge sie durchlassen. Zwischen ihnen und dem Gefangenen entstand eine größere Lücke. Cadfael, der sich an den Pferden vorbeigeschlängelt und zu den Schaulustigen in der Tordurchfahrt gesellt hatte, konnte sehen, was nun geschah.

Joscelin trottete noch immer mit gesenktem Kopf zwischen seinen Bewachern. Die Gruppe hatte jetzt die Mitte der Brücke erreicht, wo das Geländer nur hüfthoch war. Er schien zu stolpern, und die drei berittenen Bogenschützen vor ihm legten einige Meter zurück, bevor sie es merkten. Auf der linken Seite der Brücke stand ein Karren, so daß die ganze Gruppe nach rechts ausweichen mußte. Als er in der Nähe des Geländers war, spannte Joscelin plötzlich die Muskeln an, wirbelte die beiden Männer, die ihn festhielten, nach rechts, so daß sie das Gleichgewicht verloren, bevor sie noch recht wußten, was eigentlich geschehen war, riß sich los und sprang über einen der am Boden liegenden Männer hinweg auf das Brückengeländer. Einer der Männer versuchte, seinen Fuß zu packen, aber Joscelin versetzte ihm einen so kräftigen Fußtritt, daß er zurücktaumelte. Bevor ihn irgend jemand festhalten konnte, sprang er mit einem kühnen Satz in den Fluß und war verschwunden.

Er hatte mutig und überlegt gehandelt, und Bruder Cadfael, der alles gesehen hatte, konnte ihm dafür nur Bewunderung zollen. Obwohl er keinen Beweis hatte, war er plötzlich davon überzeugt, daß Joscelin Lucy nichts mit dem Verschwinden des Kolliers zu tun gehabt hatte. Wahrscheinlich hatte Agnes ihrem Mann von dem geheimen Treffen im Kräutergarten erzählt, und dieser wiederum hatte den Bräutigam von der Gefahr in Kenntnis gesetzt. Daraufhin hatte Domville den jungen Mann entlassen, und diese Entlassung hatte nur den Zweck gehabt, ihn mit einer falschen Anschuldigung verfolgen zu können, so daß man ihn ins Gefängnis werfen konnte, wo er den sorgfältig ausgearbeiteten Plänen nicht mehr im Weg sein würde. Sie konnten es sich nicht leisten, ihn frei herumlaufen zu lassen. Er mußte verschwinden.

Und nun war er verschwunden, aber auf *seine* Weise, durch einen wagemutigen Sprung in den Fluß. Wie Dutzende anderer beugte sich auch Cadfael über das Brückengeländer und hielt atemlos flußabwärts nach dem Flüchtigen

Ausschau. Einige von denen, die alles mitangesehen hatten, ergriffen für ihn Partei. Es würden sich immer zahlreiche gesetzestreue Bürger finden, die jeden Gefangenen bejubelten, dem es gelang, aus dem Gewahrsam des Sheriffs zu entkommen.

Der Sergeant, der für diese Flucht zur Verantwortung gezogen werden würde, stieß einen Wutschrei aus und brüllte seinen Männern Befehle zu. Zwei von ihnen sollten das linke, drei andere das rechte Flußufer hinabreiten, um den Flüchtigen, ganz gleich, wohin er sich wendete, abzufangen. Beide Verfolgungstrupps mußten jedoch einen kleinen Umweg machen, während der reißende Severn, der schneller floß, als sie reiten konnten, den flüchtigen Gefangenen mit sich trug. Unter den Bewaffneten, die auf der Brücke geblieben waren, befanden sich zwei Bogenschützen, und auf den Befehl des Sergeant spannten sie eilig ihre Bogen und traten an die Brüstung, wo sie sich unter den Schaulustigen Platz schafften, um ungehindert schießen zu können.

»Schießt, sobald er auftaucht!« rief der Sergeant. »Verwundet ihn, wenn es geht, aber wenn es sein muß, tötet ihn!«

Es vergingen einige Minuten. Die Reiter hatten das Ufer erreicht und ritten am Fluß entlang, und immer noch war der entflohene Gefangene nicht zu sehen.

»Er ist ertrunken!« meinte einer, und einige der Frauen, die stehengeblieben waren, stießen einen tiefen Seufzer aus.

»Ist er nicht!« rief ein Gassenjunge, der mit dem Bauch über dem Brückengeländer hing. »Seht doch, dort! Er kann schwimmen wie ein Otter!«

Weit flußabwärts war Joscelins hellblonder, nasser Kopf für einen Moment aufgetaucht. Eine kleine Fontäne spritzte auf, als ein Pfeil dicht neben ihm ins Wasser fuhr, aber da war er bereits wieder untergetaucht, und als er wieder zum Vorschein kam, um Luft zu holen, war er schon fast außer Schußweite. Ein zweiter Pfeil schlug weit hinter ihm ein, und er hielt sich, für alle sichtbar, in der Mitte des Stromes und ließ sich treiben. Er schien sich im Wasser ebenso gewandt zu bewegen wie an Land. Halbwüchsige Jungen machten aus sicherer Entfernung spöttische Bemerkungen über die Zielsicherheit der Bogenschützen, während der Anblick des hoch aus dem Wasser gereckten Armes, der den Zuschauern auf der Brücke zum Abschied zuwinkte, ein nur halb unterdrücktes Gelächter hervorrief.

Die Reiter an beiden Ufern waren hoffnungslos zurückgefallen. Zwei ritten auf dem Weg, der am Fuß der Stadtmauer und am Weinberg des Abtes entlangführte, drei galoppierten auf dem Weg bei den Obst- und Gemüsegärten des Klosters, die zwischen dem Fluß und jenen Feldern lagen, die seit alters die ›Gaye‹ hießen. Es bestand keine Aussicht mehr, daß sie Joscelin Lucy einholten – die Reiter waren nicht einmal so schnell wie die Blätter, die in der Mitte des Flusses trieben. Der Severn floß lautlos, aber sehr schnell.

Alles versuchte nun, noch einmal den Kopf des Flüchtigen auszumachen, der aus dieser Entfernung aussah wie eine Schaumblase über einer Untiefe. Er war jetzt kaum noch zu erkennen, und im nächsten Augenblick war er ganz verschwunden. Er war wieder getaucht, dachte Cadfael, der ebenfalls angestrengt Ausschau hielt, um sicherzugehen, daß niemand sah, welchem Ufer er sich zuwandte oder wo er an Land ging. Er hatte den Weinberg hinter sich gelassen, und die Mauern der Burg, an deren Fuß Gestrüpp und kleine Bäume wuchsen, ragten zu seiner Linken auf, während das rechte Ufer hinter den Obstgärten dicht bewaldet war. Es war ziemlich klar, für welches Ufer er sich entscheiden würde, aber er ließ sich nicht mehr sehen. Cadfaels Blick blieb an der Stelle hängen, die die beste Deckung bot – und richtig: Er nahm dort eine Bewegung wahr. Er hatte zwar nicht direkt eine menschliche Gestalt gesehen, aber die Blätter der Bäume, die über das Wasser hingen, hatten sich für einen Augenblick bewegt, und einige kleine Wellen verrieten, daß Joscelin sich dort an Land gezogen und in den Wald geschlagen hatte.

Für Bruder Cadfael gab es nichts mehr zu sehen oder zu tun. Er erinnerte sich an die Pflichten, die auf ihn warteten, kehrte den spottenden Gassenjungen und den fluchenden Männern des Sheriffs den Rücken und machte sich auf den Weg zurück zum Kloster. Es hatte wenig Sinn, sich jetzt mit der Frage zu beschäftigen, wie es nun mit Joscelin weitergehen würde – waffenlos, wie er war, ohne Pferd, Geld oder trockene Kleidung. Man würde sicherlich überall nach ihm suchen, und wenn er klug war, würde er, zu Fuß oder sonstwie, so schnell wie möglich aus der Gegend von Shrewsbury verschwinden. Und doch bezweifelte Cadfael stark, daß Joscelin Lucy etwas so Naheliegendes und Vernünftiges tun würde.

Bruder Cadfael war keineswegs überrascht, festzustellen, daß die Neuigkeiten ihm vorausgeeilt waren. Kurz vor dem Torhaus kam ihm Gilbert Prestcote mit finsterem Gesicht entgegen, dicht gefolgt von seinen restlichen Männern. Er hatte nichts gegen Joscelin Lucy, und sein Verhalten deutete darauf hin, daß Huon de Domville nicht gerade seine Sympathien genoß, aber die Unfähigkeit seines Sergeant war für ihn eine bittere Pille. Falls der Gefangene nicht bald wieder ergriffen wurde, standen den Pechvögeln, die ihn bewacht hatten, schwere Zeiten bevor.

Während der Staub, den ihre Stiefel aufwirbelten, sich legte, trat der Bruder Pförtner vorsichtig auf die Straße, sah ihnen nach und wiegte, als Cadfael auf ihn zuging, bedenklich den Kopf. »Also ist der Dieb ihnen doch noch entwischt! Jetzt wird die Hölle los sein – er wird die ganze Garnison nach ihm ausschicken. Und zu Fuß wird er den Reitern kaum entkommen können. Sein eigenes Pferd hat der andere junge Herr wieder zum Haus des Bischofs gebracht.«

Also waren Huon de Domville, Simon Aguilon, Guy FitzJohn und alle Knechte und Bedienstete wieder aufgebrochen, und wenn die Nachricht von der Flucht bis jetzt erst das Torhaus erreicht hatte, dann glaubten sie gewiß noch, der Dieb sei in sicherem Gewahrsam.

»Von wem hast du es erfahren?« fragte Cadfael. »Wer immer es war – er muß sofort losgelaufen sein, ohne abzuwarten, was weiter geschehen würde.«

»Zwei Laienbrüder kamen gerade mit den letzten Äpfeln von der Gaye. Sie sahen ihn springen und kamen sofort, um die Neuigkeit zu erzählen. Aber du bist nicht viel später dran als sie.«

Also hatte es sich noch nicht weiter als bis hier herumgesprochen. Es waren viele Menschen auf dem Hof – Klosterbrüder, Diener und Gäste, die aufgeregt miteinander redeten – und einige gingen zum Fluß, um zu sehen, ob sich dort etwas Neues tat. Wenn Huon de Domville von der Flucht erfuhr, würde er seiner Wut nicht hier Luft machen. Cadfael entging nicht, daß Godfrid und Agnes Picard im Eingang des Gästehauses standen und leise etwas erörterten. Ihre Gesichter waren wachsam und angespannt, und aus ihren Blicken sprachen Berechnung und Unruhe. Diese Entwicklung gefiel ihnen nicht; ihnen wäre es am liebsten gewesen, der Störenfried säße hinter Schloß und Riegel und wartete auf ein Gerichtsverfahren, bei dem er zum Tode verurteilt werden konnte, wenn Huon de Domville seinen Einfluß geltend machte.

Iveta war nirgends zu sehen. Ohne Zweifel hatte man sie drinnen eingesperrt, wo sie von Agnes' Zofe bewacht wurde. Dort blieb sie auch während der nächsten Stunden, obwohl ihr Onkel und ihre Tante geschäftig zwischen dem Haus des Abtes, dem Gästehaus und dem Torhaus hin und her gingen. Einmal ritt Picard aus und kehrte erst nach fast einer Stunde zurück. Gewiß war er im Haus des Bischofs gewesen, um sich mit Domville zu beraten. Während des frühen Nachmittages widmete sich Cadfael so halbherzig seinen Aufgaben, daß er sogar vergaß, Bruder Oswin im Auge zu behalten, und zu seinem großen Erstaunen stellte er fest, daß sein Gehilfe diesmal nichts verschüttet, zerbrochen oder verbrannt, ja nicht einmal irrtümlich wertvolle Pflanzen ausgerissen hatte. Das mochte natürlich ein gnädiges Walten der Vorsehung sein, die dadurch Verständnis zeigte für Cadfaels anderweitige Sorgen – es konnte jedoch ebensogut ein milder Tadel dafür sein, daß er seinem Schüler zu scharf auf die Finger sah.

Sein Problem war schnell dargelegt, aber schwer zu lösen. Sollte er zu Abt Radulfus gehen und ihm berichten, was er am vorangegangenen Abend gehört und gesehen hatte? Sich aufgrund so dürftiger Beweise in die Angelegenheiten wildfremder Menschen einzumischen war immer eine gefährliche Sache, auch wenn es in bester Absicht geschah. Der junge Mann mochte ebensogut ein Glücksritter sein, der aus niederen Beweggründen versucht hatte, Iveta zu überreden, mit ihm durchzubrennen; gewiß war er attraktiv genug, um ihr Herz zu gewinnen. Doch obwohl Cadfael sich jede erdenkliche Mühe gab, alle Beteiligten von allen möglichen Seiten und ohne Vorurteile zu betrachten, gelang es ihm nicht, in den Picards Gefühle von Wärme und Zärtlichkeit für das Mädchen zu entdecken.

Das Problem löste sich von selbst, als Abt Radulfus während des Nachmittages nach ihm schickte. Leicht verwundert, aber nicht sehr besorgt, machte Cadfael sich auf den Weg, denn er war zu dem Schluß gekommen, daß Lügen, auch wenn sie gut gemeint waren, nicht immer leicht vergeben wurden. Außerdem wäre es unklug, Agnes Picard zu unterschätzen, auch wenn er, abgesehen davon, daß er Öl auf sehr stürmische Wogen gegossen hatte, bis jetzt nichts unternommen hatte, was ihre Kreise hätte stören können.

»Man hat sich bei mir über Euch beschwert, Bruder Cadfael«, sagte der Abt und sah von seinem Schreibpult auf. Seine Stimme war wie immer kühl, klar und höflich, und auf seinem Gesicht lag eine unergründliche Ruhe. »Nein, Euer Name wurde nicht genannt, aber ich möchte vermuten, daß es sich bei dem Bruder, der gestern abend nach dem Essen noch im Kräutergarten zu tun hatte, um niemand anderen als Euch handeln kann.«

Cadfael zögerte nicht mit der Antwort. »Ja, ich war dort.« Bei Radulfus war es immer am besten, offen und direkt zu sein.

»In Gesellschaft von Lady Iveta und jenem jungen Mann, nach dem man jetzt den Wald am Fluß durchsucht? Vielleicht habt Ihr bei dieser gewiß etwas ungewöhnlichen Zusammenkunft gar Pläne geschmiedet?«

»Weder das eine noch das andere«, erwiderte Cadfael. »Ich überraschte sie in meinem Schuppen – zu meinem wie zu ihrem Bedauern. Und einige Augenblicke später kam Lady Picard hinzu. Daß ich mein Bestes getan habe, eine harte Auseinandersetzung zu verhindern, will ich nicht leugnen. Es zog ein schwerer Sturm herauf. Laßt es mich so sagen: Ich habe ein oder zwei Pfeile abgeschossen, damit die Wolken platzten.«

»Eine Version«, sagte der Abt gelassen, »habe ich von Sir Godfrid gehört, der sie zweifellos von seiner Gemahlin hatte. Jetzt laßt mich Eure hören.«

Cadfael erzählte ihm alles, an das er sich erinnern konnte, erwähnte jedoch nicht, daß Joscelin gedroht hatte, er werde auch vor einem Mord nicht zurückschrecken. Hitzköpfige junge Männer mochten so etwas sagen, auch wenn ihre Gesichter und ihr Verhalten sie Lügen straften. Als er geendet hatte, runzelte Radulfus die Stirn, sah ihn lange an und dachte nach.

»Was Euren Umgang mit der Wahrheit betrifft, Bruder Cadfael, so überlasse ich das Eurem Beichtvater. Aber glaubt Ihr tatsächlich, daß dieses Mädchen vor seinen Verwandten Angst hat? Daß sie zu einer Verbindung gezwungen wird, die sie selbst niemals eingehen würde? Ich habe selbst gehört, was der Beschuldigte gesagt hat. Aber er hätte großen Gewinn daraus ziehen können, wenn es ihm gelungen wäre, sie vor dieser Heirat zu entführen, und seine Motive mögen so schändlich sein, wie Gier eben immer ist. Ein schöner Mensch ist nicht unbedingt auch ein guter Mensch. Es kann sehr wohl sein, daß ihr Onkel nur das Beste für sie will, und dann wäre es eine Sünde, das verhindern zu wollen.«

»Und doch gibt es einen Umstand«, gab Cadfael zu bedenken, »der mich mit Sorge erfüllt: Die junge Frau ist nie allein – immer wird sie von ihrem Onkel und ihrer Tante abgeschirmt. Sie hat kaum etwas zu sagen, denn immer spricht ein anderer für sie. Ich wäre beruhigt, wenn Ihr, Ehrwürdiger Vater, nur ein einziges Mal unter vier Augen mit ihr sprechen könntet, so daß sie Gelegenheit hat, frei auszusprechen, was sie fühlt und denkt.«

Nach kurzem Nachdenken gab der Abt mit ernstem Gesicht zu: »Was Ihr sagt, hat einiges für sich. Vielleicht ist es nur übermäßige Fürsorge, die sie so einengt, aber nichtsdestoweniger sollte sie selbst gehört werden. Wie wäre es, wenn ich dem Gästehaus einen Besuch abstatten würde? Vielleicht ergäbe sich dann eine Gelegenheit, allein mit ihr zu sprechen. Auch mich würde das beruhigen. Ich will Euch nicht verschweigen, daß Sir Godfrid mir versichert hat, dieser junge Edelmann habe den freien Zutritt zum Haus, der ihm als Knappe seines Herrn gewährt wurde, dazu mißbraucht, dem bis dahin mit allem einverstandenen Mädchen den Hof zu machen und ihm mit Aufmerksamkeiten und Komplimenten den Kopf zu verdrehen. Wenn es sich so verhält, dann werden die Vorkommnisse des heutigen Morgens ihr die Augen geöffnet und Anlaß gegeben haben, ihr Verhältnis zu ihm zu überdenken.«

Den Worten und dem Verhalten des Abtes war nicht zu entnehmen, ob er dem, was seine Augen gesehen hatten, glaubte und den Diebstahl als erwiesen betrachtete. Radulfus war zu scharfsinnig, um nicht auch andere Möglichkeiten in Erwägung zu ziehen.

»Ich habe vor«, fuhr er fort, »den Bräutigam und seinen Neffen sowie Sir Godfrid Picard für heute abend zum Essen einzuladen, und ich könnte die Einladung selbst überbringen. Warum sollte ich es nicht gleich tun?«

Ja, warum nicht? Insgeheim zufrieden mit dem Verlauf des Gesprächs trat Cadfael gemeinsam mit dem Abt hinaus in den nebligen Herbstnachmittag. Radulfus war ein Aristokrat, dessen Stellung der eines Barons entsprach, und er hatte eine strenge Auffassung von der Pflicht junger Leute, sich von den Menschen leiten zu lassen, die als Autorität über sie eingesetzt waren. Er war jedoch keineswegs blind für die Tatsache, daß Eltern oder Erzieher, die mit diesem Privileg ausgestattet waren, oft nicht zum Besten der Kinder handelten. Wenn er Gelegenheit hatte, nur für einige Augenblicke mit Iveta unter vier Augen zu sprechen, würde er gewiß ihr Vertrauen gewinnen. Eine solche Gelegenheit würde sie nicht verstreichen lassen. In diesem Kloster war er der Herr, und wenn er seine Hand schützend über sie hielt, würde nicht einmal ein König es wagen, etwas zu unternehmen.

Sie gingen durch den Garten des Abtes auf den großen Hof und wandten sich dem Gästehaus zu. Cadfael hätte sich verabschiedet und wieder in seinen Garten begeben, aber sein Blick fiel auf Iveta, die auf einer Bank am Refektoriumsgebäude saß und in einem Gebetbuch las, das sie auf den Knien hielt. Ihr blondes Haar leuchtete im fahlen Licht der Sonne. Die Situation strafte alles, was Cadfael eben gesagt hatte, Lügen: sie war allein, und niemand vom Haushalt ihres Onkels war in der Nähe.

Radulfus ging auf sie zu. Vielleicht hatte sie das Rascheln seiner Kutte gehört – er bemühte sich nicht, sich ihr geräuschlos zu nähern –, denn sie sah auf, und ihr Gesicht war vollkommen ruhig. Ihre Haut war so blaß, daß es schwer zu sagen war, ob sie bleicher als gewöhnlich war, aber als sie den Abt auf sich zukommen sah, lächelte ihr Mund, und sie erhob sich, um ihn zu begrüßen. Cadfael hielt sich dicht hinter Radulfus. Er konnte kaum glauben, geschweige denn verstehen, was er sah.

»Es freut mich, Euch so ruhig und gefaßt zu sehen, meine Tochter«, sagte Radulfus sanft. »Ich fürchtete, die Aufregungen des heutigen Morgens hätten Euer Herz beschwert, und das ausgerechnet jetzt, da Ihr vor einem so wichtigen und feierlichen Schritt steht und Ruhe und Muße braucht, um Euch über Eure Zukunft klar zu werden. Ich glaube, Ihr hattet eine höhere Meinung von diesem jungen Mann, als er verdiente, und wart auf eine solche Entdeckung nicht vorbereitet. Gewiß bereitet Euch das Kummer.«

Sie sah ihn mit offenem Gesicht und ruhigen, aber leeren Augen an und sagte: »Ja, Ehrwürdiger Vater, ich habe nie schlecht über ihn gedacht. Aber ich habe meine Zweifel jetzt überwunden. Ich weiß, was meine Pflicht ist.« Ihre Stimme war sehr leise, aber fest und entschlossen.

»So macht Ihr Euch keine trüben Gedanken über die morgige Hochzeit? Auch ich, mein Kind, habe eine Pflicht gegenüber allen, die sich hier aufhalten. Ein jeder, der will, kann zu mir kommen. Wenn Ihr mir irgend etwas sagen wollt, so tut es unbesorgt – ich werde Euch anhören, und niemand wird Euch hindern oder Euch ins Wort fallen. Solange Ihr hier in diesem Kloster seid, gilt meine Sorge Eurem Seelenfrieden, Eurem Glück, und wenn Ihr wieder aufbrecht, werde ich für Euer Wohlergehen beten.«

»Ich glaube Euch«, sagte Iveta, »und danke Euch dafür. Aber ich habe meinen Entschluß gefaßt, Ehrwürdiger Vater. Ich sehe meinen Weg deutlich vor mir, und ich werde nicht mehr von ihm abweichen.«

Der Abt sah sie lange und ernst an. Ruhig begegnete sie seinem Blick, und um ihren Mund spielte ein leichtes, entschlossenes Lächeln. Da sich vielleicht keine andere Gelegenheit mehr ergeben würde, wollte Radulfus noch einmal bestätigt haben, was er gehört hatte. »Ich weiß, daß diese Heirat sehr im Sinne Eures Onkels und Eurer Tante ist und daß der Bräutigam Euch in Stellung und Vermögen ebenbürtig ist. Aber ist diese Heirat auch in Eurem Sinne, meine

Tochter? Ist es Euer freier Wille, Lord Domville zu heiraten?«

Ihre großen, irisblauen Augen wurden noch größer. Mit unschuldiger Verwunderung sah sie ihn an und sagte: »Ja, natürlich, Ehrwürdiger Vater. Natürlich ist das mein freier Wille. Ich tue, was ich als richtig und gut erkannt habe und tun sollte, und ich tue es aus ganzem Herzen.«

4

Als Domville nach dem Essen für eine Stunde schlafen ging, um seine Verdauung zu entlasten und seine Wut abzukühlen, nutzte Simon Aguilon die Gelegenheit und schlich sich davon. Er eilte durch den Garten, vorbei an den Scheunen und Obstgärten, schlüpfte durch die Tür in der Gartenmauer und verschwand im Wald, der zwischen der Klostersiedlung und dem Fluß lag. Irgendwo weit flußabwärts, so hatten die, die es gesehen hatten, gesagt, sei Joscelin ihren Blikken entschwunden, und ganz in der Nähe der Stelle, wo man ihn zuletzt gesehen hatte, mußte er an Land gegangen sein. Gewiß hatte er sich für das rechte Ufer entschieden, das der Burg gegenüberlag. Warum hätte er sich in die Höhle des Löwen begeben sollen, selbst wenn dort ebenfalls Büsche und Bäume Deckung boten? Nein, unterhalb der Gaye, auf dem rechten Ufer des Flusses, gab es weit bessere Verstecke.

Natürlich wurde nach ihm gesucht, aber methodisch und ohne Eile. Zunächst hatte man Wachen an allen Straßen postiert, die von der Stadt wegführten, und andere Bewaffnete patrouillierten zu Pferde zwischen diesen Punkten. Diesen Ring würde er kaum durchbrechen können, und so konnten sie es sich leisten, das Land innerhalb dieses Ringes langsam und gründlich abzusuchen. Er hatte weder Pferd noch Waffen und auch keine Möglichkeit, sich eins von beiden zu verschaffen. Als man Domville die Nachricht von der Flucht überbracht hatte, war ihm der Gedanke gekommen, Joscelin könne sich heimlich, bei Nacht, seinen Grauschimmel holen, um leichter fliehen zu können, und so hatte er das Pferd aus dem großen Stall, in den Simon es gebracht hatte, holen lassen und angeordnet, es solle getrennt von den anderen Tieren in einem verschließbaren Stall untergebracht werden. Joscelins Ergreifung schien nur noch eine Frage der Zeit.

Simon bahnte sich einen Weg tief in das Gestrüpp, das den Severn weiter flußabwärts säumte, bis er glaubte, in der Nähe der Stelle zu sein, an der Joscelin ans Ufer gekrochen war. Hier war das Unterholz sehr dicht, und er stieß auf zwei kleine Bäche, die in den Fluß mündeten. Da Joscelin ohnehin schon durchnäßt gewesen war, hatte er, für den Fall, daß man ihn mit Hunden suchte, wahrscheinlich eines dieser Bachbetten benutzt, um in den Wald vorzudringen. Simon folgte dem zweiten Bach aufwärts, tief in den Wald hinein. Als er stehenblieb, um zu lauschen, hörte er nichts als den Gesang der Vögel. Mit gespitzten Ohren stand er da und begann, ein Tanzlied zu pfeifen, das Domvilles Kaplan, der musikalisch begabt und in der Volksmusik ebenso bewandert war wie in der Liturgie, ihnen beigebracht hatte.

Leise vor sich hinpfeifend, hatte Simon etwa eine Viertelmeile zurückgelegt, als im dichten Gestrüpp zu seiner Rechten etwas raschelte. Eine Hand hatte die Zweige beiseite gebogen, und ein Augenpaar spähte vorsichtig hinaus.

»Joss?« flüsterte er. Auch wenn die Verfolger noch nicht in dieser Gegend waren, konnte es sein, daß ein Bauer, der hier Holz suchte, sie hörte und Alarm schlug. Doch nichts regte sich im Wald.

»Simon?« Er war mißtrauisch. »Bist du ihr Lockvogel? Ich habe dieses verdammte Kollier nie auch nur angerührt!«

»Das habe ich auch nicht einen Augenblick lang geglaubt. Leise, bleib in Deckung!« Simon trat näher an das Gebüsch heran, damit sie im Flüsterton sprechen konnten. »Ich bin allein, ich habe nach dir gesucht. So durchnäßt, wie du bist, kannst du heute nacht nicht hier draußen bleiben. Ich kann dir dein Pferd nicht bringen, der Stall ist abgesperrt. Und alle Straßen werden überwacht. Du mußt dich noch ein, zwei Tage verstecken, bis sich die ganze Aufregung etwas gelegt hat. Und nach der Hochzeit morgen wird *er* ohnehin nichts mehr von dir wollen.«

Die Blätter der Büsche bebten, als Joscelin voller Wut und Abscheu auf einen Ast schlug. Morgen war der Tag der Entscheidung. »Aber *ich* bin mit *ihm* noch lange nicht fertig«, stieß er mit zusammengebissenen Zähnen hervor. »Gott ist mein Zeuge: Wenn sie sie tatsächlich mit ihm verheiraten, kann ich sie immer noch zur Witwe machen.«

»Sei still, du Dummkopf! Paß auf, was du sagst! Wenn dich nun jemand hört! Ich werde dich nicht verraten, und ich werde dir helfen, wie ich nur kann, aber... Sei still und laß mich nachdenken!«

»Ich komme schon allein zurecht«, sagte Joscelin und kam vorsichtig aus seinem Versteck. Er war schmutzig und durchnäßt, und sein blondes Haar klebte an seinem Kopf. An den Schläfen war es schon getrocknet und stand in störrischen Wirbeln ab. »Du bist ein guter Freund, Simon, aber ich rate dir, wegen mir kein unnötiges Risiko auf dich zu nehmen.«

»Was soll ich denn tun?« Simon klang verzweifelt. »Soll ich etwa einfach warten, bis sie dich fangen? Paß auf: Im Augenblick ist der sicherste Schlupfwinkel, der einzige Ort, an dem sie dich nie vermuten werden, das Grundstück des Bischofs. Natürlich kannst du dich nicht im Haus oder in den Ställen verstecken, aber auch im Garten wärst du völlig sicher. Alle anderen Scheunen und Schuppen werden sie durchsuchen. Am Ende des Grundstücks, neben der Tür, durch die ich mich hinausgeschlichen habe, steht eine Hütte, in der das Heu von der hinteren Wiese gelagert wird. Dort hättest du es warm und trocken, und ich könnte dir etwas zu essen bringen. Die Tür kann man von innen verriegeln, so daß niemand von außen in den Garten kommen kann. Und irgendwann könnte ich dir dann auch Briar bringen... Was hältst du davon?«

Es war ein guter Plan, und Joscelin war seinem Freund dankbar und zeigte sich sofort einverstanden. Er sagte allerdings nicht, daß es im Augenblick kaum etwas gab, das er weniger brauchte als ein Pferd, denn er hatte nicht die Absicht, irgendwohin zu gehen, bevor es ihm nicht gelungen war, Iveta zu retten. Und wenn sich das als unmöglich erweisen sollte, dann wollte er lieber alle Hoffnung und auch sein Leben verlieren, als sich durch Flucht entziehen.

»Du bist ein echter Freund, und ich werde es dir nicht vergessen. Aber paß auf dich auf – es reicht, wenn einer von uns in Gefahr ist. Hör zu!« Er packte Simon am Arm und schüttelte ihn leicht. »Wenn es sich zum Schlechten wendet und man mich aufstöbert und gefangennimmt, dann weißt du nichts davon. Ich habe mich allein durchgeschlagen, hast du verstanden? Du kannst alles abstreiten – ich werde es dir nicht übel nehmen. Wenn du Essen für mich beiseite geschafft hast, werde ich sagen, daß ich es gestohlen habe und daß du nichts damit zu tun hast. Du wirst nichts auf dich nehmen, hast du gehört? Versprich mir das! Ich müßte mich schämen, wenn ich dich in diese Sache hineinziehen würde.«

»Aber man wird dich nicht finden«, sagte Simon mit Nachdruck.

»Ich weiß, aber du mußt es mir versprechen.«

»Na gut, wenn du darauf bestehst. Dann werde ich dich also schmoren lassen – oder wenigstens nur heimlich versuchen, dir zu helfen. Ich bin, wie die meisten, nicht gerade versessen darauf, meine Haut zu Markte zu tragen. Ich werde schon aufpassen, so oder so. Also komm jetzt, solange noch alles ruhig ist und man mein Fehlen nicht bemerkt hat.«

Da sie keine Umwege machen mußten, war der Rückweg zur Gartenmauer kürzer, und es gab überall Deckung. Einoder zweimal begann Simon, der voranging, leise zu pfeifen und Joscelin versteckte sich im Gebüsch. Aber jeder Alarm war schnell wieder vorbei, und die Geräusche, die ihn ausgelöst hatten, stammten von Vögeln oder kleinen Tieren, die im trockenen Unterholz raschelten. Die Tür in der Mauer war offen, wie Simon sie zurückgelassen hatte. Er trat als erster in den Garten, sah sich vorsichtig um und gab dann

Joscelin ein Zeichen, worauf dieser schnell hineinschlüpfte. Simon verriegelte hinter ihm die Tür und zeigte ihm den niedrigen Heuschober in der Nähe der Mauer. Drinnen roch es nach trockenem Gras, und der feine Staub, den ihre Füße aufwirbelten, kitzelte und stach in der Nase.

»Hierher wird niemand komen«, sagte Simon leise. »In den Ställen liegt noch genug Heu. Es ist warm und trokken hier. Sei leise und geh nicht hinaus! Mein Onkel ist heute beim Abt zum Abendessen eingeladen, und ich werde ihn begleiten, aber vorher bringe ich dir noch etwas zu essen und zu trinken. Du kannst dich mit dem Heu abtrocknen.«

»Mir kommt es vor wie ein Palast«, sagte Joscelin und drückte dankbar den Arm seines Freundes. »Ich werde dir das nicht vergessen. Was auch immer geschehen wird – ich werde immer wissen, daß ich einen Freund habe, auf den ich mich verlassen kann und der nicht glaubt, daß ich ein Dieb bin. Aber denk daran: Wenn es zum Schlimmsten kommt, werde ich lieber allein untergehen, als dich mit mir hinabziehen.«

»Überlaß Simons Wohlergehen getrost einem, der ihn liebt wie sich selbst, und kümmere du dich um das deinige. Ich komme schon zurecht«, sagte der junge Mann mit einem selbstbewußten Lächeln. »Aber jetzt muß ich gehen. Er wird bestimmt schon nach mir rufen, damit ich ihm helfe, sich für den Vespergottesdienst anzukleiden. Das ist der Preis, den er dafür zu zahlen hat, daß er mit dem Abt speist.«

Bruder Cadfael sah sie beim Vespergottesdienst: Huon de Domville trug ein kostbares, in Rot und Schwarz gehaltenes Gewand, der Kanonikus Eudo wirkte unerschütterlich zurückhaltend und asketisch, wie ein viel jüngerer Prior Robert, der nach Heiligkeit strebte, aber nichtsdestoweniger auch weltliche Dinge wohl im Auge behielt, und auf dem sonnengebräunten, offenen Gesicht unter den Locken des athletisch gebauten jungen Knappen Simon Aguilon, der sich diskret im Hintergrund hielt, lag – wohl infolge der ungewöhnlichen Ereignisse des Tages – ein ernster Schatten.

Auch die Picards nahmen am Gottesienst teil, aber Cadfael fiel auf, daß weder die Braut noch die Zofe gekommen war. Am späten Nachmittag hatte er Iveta zweimal gesehen, aber beide Male wieder in Begleitung ihres Onkels und ihrer Tante. Sie hatte ruhig und gefaßt gewirkt, ihr Gesicht war blaß, aber stolz und selbstbewußt gewesen, und immer schien jenes leichte Lächeln um ihre Lippen zu spielen; aber nur jenes eine Mal war sie wirklich allein und ohne Aufsicht gewesen und hatte Gelegenheit gehabt, frei auszusprechen, was sie dachte und empfand. Und das hatte sie getan und gesagt, was niemand erwartet hatte. Es führte kein Weg daran vorbei: sie war zutiefst enttäuscht von Joscelin Lucy und hatte mit einer Entschlossenheit, die man ihr auf den ersten Blick nicht zugetraut hätte, alle Gedanken an ihn aus ihrem Herzen verbannt. Sie hatte sich für die Heirat entschieden – möglicherweise mit bitteren Nachgedanken an einen weit angenehmeren Traum, der sich jedoch beim Erwachen als Illusion erwiesen hatte.

Aber wenn es so war, dann war sie viel zu arglos, viel zu leicht zu überzeugen, fand Cadfael. War nicht in Benjamins Sack ein Becher versteckt gewesen, der den Vorwand für seine Gefangennahme lieferte? Und war nicht seit biblischen Zeiten dieselbe List immer und immer wieder angewendet worden? Aber sie war noch sehr jung, und vielleicht war ihre Liebe so unschuldig gewesen, daß es keiner großen List bedurft hatte, ihre allzu schnell verschenkte Zuneigung ins Gegenteil zu verkehren. Das Schlimme an einem so offensichtlichen Verdacht, wie er gegen Joscelin Lucy bestand, war jedoch, daß er sich als begründet erweisen konnte.

Er sah die Gäste nach dem Vespergottesdienst zum Haus des Abtes gehen. Agnes Picard kehrte ins Gästehaus zurück. Für Cadfael gab es im Augenblick nichts zu tun. Er begab sich zum Abendessen der Mönche ins Refektorium und danach in den Kapitelsaal, wo aus der Heiligen Schrift vorgelesen wurde, aber aus irgendeinem Grund mangelte es ihm sowohl an Appetit als auch an Konzentration.

Das Essen beim Abt war zweifellos ausgezeichnet, aber danach blieben die Gäste nicht sehr lange bei ihm sitzen. Nach der Komplet hatte Cadfael noch seine Kräuterküche abgesperrt, bevor er sich zu Bett legte, und wollte gerade ins Dormitorium gehen, als er im Schein der Torlaterne sah, daß Domville und sein Knappe die Pferde bestiegen und sich von Picard verabschiedeten, um zum Haus des Bischofs zurückzukehren. Der Kanonikus Eudo verbrachte offenbar die Nacht im Haus des Abtes, um mit diesem noch alle Einzelheiten der morgigen Hochzeitszeremonie zu besprechen.

Der joviale Klang ihrer Stimmen verriet, daß sie Wein getrunken hatten, wenn auch gewiß nicht übermäßig viel, denn Radulfus schätzte Mäßigkeit und ließ nur so viel servieren, wie er für angemessen erachtete. Im gelben Licht der Laterne waren die drei Gestalten in allen Einzelheiten zu erkennen. Das Gesicht des Barons verriet seine ausschweifende Zügellosigkeit, aber dennoch zeugte seine Erscheinung von körperlicher und geistiger Kraft und von einem erheblichen Reichtum. Er war keineswegs ein kleiner, unbedeutender Mann. Picard dagegen war in jeder Hinsicht zierlicher – ein dunkler, listiger, fähiger Mann, dessen Verschlagenheit eine gute Ergänzung zu Domvilles brutaler Kraft bildete. Gemeinsam konnten diese beiden jedem Gegner die Stirn bieten. Der junge Mann besaß ein ausgeglichenes Temperament. Er wartete geduldig und beflissen und war anscheinend in eigene Gedanken versunken. Gewiß freute er sich schon auf sein Bett.

Cadfael sah ihn den Steigbügel seines Herrn halten und glaubte fast, sein unterdrücktes Gähnen zu hören, bevor Domville sein Pferd in Bewegung setzte. Dann bestieg auch Simon Aguilon behende sein Pferd und lenkte es, die Zügel in einer Hand haltend, neben das Domvilles. Der Knappe war gewiß stocknüchtern und war sich wahrscheinlich bewußt, daß es seine Aufgabe war, seinen Herrn sicher nach Hause und ins Bett zu bringen. Picard hob eine Hand und winkte ihnen nach. Die beiden Pferde trabten gemächlich zum Tor hinaus, und dann verklang das Trappeln der Hufe auf der Straße, die durch die Klostersiedlung führte, langsam in der Ferne.

In der Klostersiedlung herrschte Dunkelheit. Nach mehreren nebligen Nächten hatte der mondlose Himmel, an dem die Sterne funkelten, aufgeklart. Die Luft war klar und kalt. In ein oder zwei Fenstern leuchtete Kerzenschein. Am Tor zum Haus des Bischofs warfen die Bäume zu beiden Seiten der Straße tiefe, dunkle Schatten.

Die beiden Reiter hielten auf der Straße vor dem Tor an. Obwohl sie leise sprachen, trugen ihre Stimmen weit in der Stille der Nacht. »Geh schon hinein, Simon«, sagte Domville. »Mir steht der Sinn nach etwas frischer Luft. Die Knechte sollen sich schlafen legen.«

»Und Eure Kammerdiener, Sir?«

»Sie sollen sich auch schlafen legen. Sag ihnen, ich brauche sie erst wieder morgen früh, eine Stunde nach der Prim, es sei denn, ich rufe nach ihnen. Das sind meine Anweisungen, und ich erwarte, daß sie befolgt werden.«

Der junge Mann antwortete nichts und neigte den Kopf. In der Dunkelheit war die Bewegung kaum wahrzunehmen. Der Mann, der sich hier, so gefährlich nahe der Stadt, im Schatten verborgen hielt, hörte das leise Rascheln eines Umhangs und das Klirren des Geschirrs, als ein Pferd sich bewegte. Gehorsam lenkte Simon sein Pferd auf den Hof, und Domville schüttelte die Zügel und ritt, zunächst im Schritt, dann aber in einem leichten, zielstrebigen Trab, in Richtung Saint Giles.

Auf der grasbewachsenen Böschung folgte ihm der Schatten mit langen, geräuschlosen, unregelmäßigen Schritten. Für einen Lahmen, dessen Fuß die Krankheit zerfressen hatte, war er überraschend schnell, doch er konnte nicht lange

Schritt halten. Aber solange er das stete Hufgetrappel hören konnte, folgte er dem Reiter durch die Klostersiedlung, an dem Hospital und der Kirche vorbei, und dann weiter auf der Landstraße, die nach Worcester führte. Plötzlich erstarb das Geräusch, das sich stetig entfernt hatte, und der Mann hielt kurz inne, um zu bestimmen, nach welcher Seite der Reiter von der Straße auf einen grasbewachsenen Nebenweg abgebogen war. Bis zu dieser Stelle setzte er seinen Weg, langsamer als zuvor, fort.

Rechts der Straße fiel das Gelände zu jenem Tal ab, das vom Meole-Bach und dem Mühlkanal, der von diesem abzweigte, durchflossen wurde. Auf der Böschung standen in größeren Abständen Bäume und Büsche, während der Baumbestand unten im Tal dichter war. Ein grasbewachsener Weg führte hinunter. Er war so breit und eben, daß man auch nachts bequem auf ihm reiten konnte, besonders jetzt, da die Sterne funkelten und gut die Hälfte der Blätter bereits gefallen waren. Diesen Weg war Huon de Domville geritten – aber die Nacht war still, und es war nichts zu hören oder zu sehen.

Langsam ging der alte Mann nach Saint Giles zurück, wo seine Leidensgenossen schliefen und er der einzige war, der die Nacht durchwachte. Er ging nicht ins Haus, obwohl die Vordertür nie verriegelt war, für den Fall, daß ein Unglücklicher in der Kälte der Nacht eine Zuflucht suchte. Vor Morgengrauen mochte es recht kühl werden, aber die Nacht war ruhig und von süßen Düften erfüllt. In solch einer stillen Nacht ließ sich gut nachdenken, und Kälte machte dem Mann nichts aus. Draußen vor dem Zaun, an der Friedhofsmauer, lag ein großer Haufen getrocknetes Gras, das von der Böschung zwischen dem Hospital und der Straße stammte. In ein oder zwei Tagen würde es in die Scheune gebracht werden und dort als Futter und Streu für die Tiere Verwendung finden. Der alte Mann wickelte sich in seinen Umhang und setze sich mit dem Rücken zum weichen, wärmenden Heuhaufen auf den Boden. Die Klapper, die in seinem Gürtel steckte, legte er neben sich. Weit und breit war kein Mensch, den er vor einem Aussätzigen hätte warnen müssen.

Er schlief nicht. Er saß hochaufgerichtet mit im Schoß gefalteten Händen da, die verstümmelte Linke in der unversehrten Rechten. Nichts in dieser Nacht war so still und reglos wie er.

Joscelin hatte eine Weile im Heu geschlafen. Simon hatte ihm, wie versprochen, Brot, Fleisch und Wein gebracht, und auch seine Kleider waren inzwischen getrocknet; er hatte oftmals unbequemer geschlafen. Nur seine Gedanken ließen ihm keine Ruhe. Simon hatte natürlich leicht reden, als er ihm versprach, ihm in ein oder zwei Tagen, unter dem Vorwand, der Grauschimmel brauche Bewegung, sein Pferd zu bringen. Er würde zwar so seinem Freund zur Flucht verhelfen, wenn der Eifer der Männer des Sheriffs nachgelassen hatte, wie es ja zwangsläufig der Fall sein würde. Aber was hatte er, Joscelin, davon? Morgen schon sollte Iveta geopfert werden, und eine Flucht ohne sie kam für ihn nicht in Frage. Er war Simon dankbar, daß er ihn zu diesem Schlupfwinkel geführt hatte, und zweifellos war es auch nur vernünftig, sich nicht von hier fortzurühren, bis sich alles beruhigt hatte. Das war ein gutgemeinter Rat, aber Joscelin hatte nicht die Absicht, ihn anzunehmen. Gegen eine Atempause hatte er nichts einzuwenden, aber er mußte etwas unternehmen, um die Trauung morgen früh um zehn Uhr zu verhindern, sonst war alles verloren.

Hier war er nun – mutterseelenallein. Er wurde verfolgt, man würde auf ihn schießen, wenn er sich zeigte, er hatte weder eine Waffe noch einen Plan, und es blieb ihm nur eine Galgenfrist von einigen Stunden.

Er kam schnell zu dem Schluß, daß er hier, in diesem Heuschober, nichts unternehmen konnte und daß er dieses Versteck nur im Schutz der Dunkelheit würde verlassen können. Selbst wenn er sich einen Dolch hätte verschaffen und unbemerkt ins Haus, in Domvilles Schlafgemach, hätte schleichen können, wäre ihm das kaum von Nutzen gewesen. Über einen Mord ließ sich leicht reden, aber Bruder Cadfael hatte vollkommen recht gehabt: Er war nicht fähig, einen Menschen zu töten – jedenfalls nicht heimlich und hinterrücks. Und wenn er Domville offen zum Zweikampf herausforderte, würde der ihm nur ins Gesicht lachen, bevor er ihn dem Sheriff übergab – und zwar nicht aus Feigheit, das mußte man ihm lassen. Es gab auf dieser Welt kaum etwas, vor dem Domville Angst hatte, und auf dem Turnierplatz gab es nicht viele, die ihm gleichkamen. Ich bin zwar kein schlechter Schwertkämpfer, dachte Joscelin, aber obwohl er so viel älter ist als ich, würde er mich ohne große Schwierigkeiten besiegen. Nein, nicht aus Angst, sondern aus Verachtung würde er meine Herausforderung ablehnen.

Es sei denn..., es sei denn, ich würde ihn vor dem Abt und dem Kanonikus und den Gästen und allen anderen beleidigen, ihm ins Gesicht schlagen, irgend etwas tun, das seine Würde verletzt und ihm eine Schmach zufügt, die nur durch einen öffentlichen Zweikampf ausgelöscht werden kann. Dafür würde er nicht mehr den Sheriff und das Gesetz bemühen, dafür würde er davon absehen, mich auf langsamere Art zu vernichten, und nur noch danach trachten, mein Herz mit seinem Schwert zu durchbohren. Dafür würde er Iveta und die Hochzeit und alles andere vergessen – jedenfalls so lange, bis er die Beleidigung gerächt hätte. Und was noch mehr ist: Wenn ich ihn so weit bringen könnte, wäre er gezwungen, sich an alle Regeln zu halten, mir Atempausen zu lassen, mir ein Schwert zu geben, das ebenso lang ist wie das seine, und mich ehrenhaft zu töten. Denn das muß man ihm lassen – mit Waffen kämpft er fair, auch wenn er anscheinend keine Bedenken hat, mich mit erfundenen Beschuldigungen und falschen Beweisen zu vernichten.

Und wer weiß..., wer weiß? Vielleicht geben mir Ivetas

Gebete und mein Zorn – denn schließlich hat er mich übel behandelt! – so viel Kraft, daß ich ihn doch besiegen kann. Dann wäre wenigstens sie frei, selbst wenn ich aufgrund seiner falschen Anschuldigungen aufgehängt werde.

Wenn er die Sache ehrlich betrachtete, war er mit diesem Schluß allerdings nicht sehr zufrieden, und das nicht einmal nur deshalb, weil er diesem Schicksal nur zu gern entgangen wäre. Nein, Iveta mußte nicht nur von ihrem verabscheuungswürdigen Bräutigam, sondern auch von ihrem Vormund befreit werden, dem ausschließlich an ihrem Erbe, nicht aber an ihr selbst gelegen war, und der sie dem nächsten passenden Brautwerber ebenso schnell verkaufen würde, wie er sie Domville verkauft hatte. Aber selbst ein Aufschub war ein Lichtblick. Alles konnte sich ändern. Vielleicht starb Picard bald. Es kam jetzt nur darauf an, die Hochzeit zu verhindern!

Wenn er etwas erreichen wollte, mußte er sich irgendwie in die Nähe des Klosters schleichen und dort seinen Plan in die Tat umsetzen. Der Weg über die Klostersiedlung kam nicht in Frage, denn auf der Straße würde man ihn sehen, und das Torhaus und die Seitentür, durch die die Gemeinde Zutritt zur Kirche hatte, würden bewacht werden, soviel war sicher. Das Kloster war von hohen Mauern umgeben, ausgenommen die Seite, an der der Meole-Bach entlangfloß, und den konnte er durchwaten oder durchschwimmen. Wasser stellte für Joscelin kein Hindernis dar. Wenn es ihm gelang, die Straße zu überqueren, war der Weg in das Tal frei, und er würde sich auf der anderen Seite des Baches bis zum Kloster schleichen können. Dort gab es Büsche und Baumgruppen, die ihm Deckung gewähren würden. Und der Sheriff würde ihn ohnehin zunächst flußabwärts suchen.

Raschelnd erhob er sich von seinem Heulager. Der trockene Staub stieg ihm in die Nase, und er unterdrückte ein Niesen. Für einen Mann, der drauf und dran war, sich einem Baron in den Weg zu stellen und ihn zum Zweikampf herauszufordern, bot er gewiß einen lächerlichen Anblick, aber darin lag seine einzige Hoffnung. Und um diese Hoffnung am Leben zu erhalten, mußte er über die Straße und in die Bachniederung gelangen, solange es noch dunkel war. Schuldbewußt dachte er an Simon, der es gut mit ihm meinte und ihn hierher gebracht hatte, damit er wie ein Hase in der Sasse wartete, bis die Gefahr vorüber war.

Er hatte keine Ahnung, wie lange die Nacht noch dauern würde, aber als er vorsichtig die Tür des Heuschobers öffnete und in den Garten sah, war es noch immer beruhigend dunkel. Die Stille paßte nicht so gut in seinen Plan; das Rascheln einer leichten Brise in Büschen und Bäumen hätte das Geräusch seiner Schritte besser verdeckt. Und sobald er aus dem Schatten der hohen Mauer getreten war, kam ihm die Dunkelheit nicht mehr so undurchdringlich vor wie zuvor. Aber dies war seine einzige Chance, und es war kein Laut zu hören. Er schob den Riegel des Gartentors zurück, öffnete es, schlüpfte hindurch und tastete sich an der Garteneinfriedung entlang. Einige Bäume und ein Fußweg trennten das Grundstück vom Nachbarhaus, und auf diesem Weg kam er zur Straße. Er hielt inne und lauschte. Hier, über der Straße, hing ein schwacher Lichtschimmer – die Nacht mußte doch schon weiter vorgerückt sein, als ihm lieb sein konnte. Er mußte sich beeilen.

Leichtfüßig rannte er über die Straße und hatte schon fast das Gras auf der anderen Seite erreicht, als sein Fuß an einen Stein stieß, der mit einem kratzenden Geräusch beiseite rollte. Irgendwo in der Klostersiedlung rief jemand etwas, ein anderer antwortete leiser, und er hörte das Geräusch rennender Füße auf sich zukommen. Das mußten die Wächter sein, die auf den Straßen außerhalb der Stadt patrouillierten. Joscelin rannte weiter, den steilen, grasbewachsenen Abhang hinunter, an dessen Fuß der Mühlkanal floß, blieb jedoch stehen und ging hinter einem Busch in Dekkung, als er von unten Rufe von Männern hörte, die den anderen oben auf der Straße antworteten. Auch dieser Weg war ihm also versperrt. Dort unten waren zwei der Männer, die das Gelände zwischen den Straßen absuchten, und sie kletterten jetzt eilig den Abhang hinauf auf ihn zu.

Noch hatte ihn keiner von ihnen gesehen, aber ihm blieb nur eine Hoffnung: Er mußte in kürzester Zeit einen möglichst großen Vorsprung vor seinen Verfolgern gewinnen, und das bedeutete, daß er auf der Straße fliehen mußte. Nur dort konnte er hoffen, schneller zu sein als die Männer des Sheriffs. So schnell er konnte, kletterte er den Abhang hinauf und rannte auf dem grasbewachsenen Seitenstreifen der Straße in Richtung Saint Giles. Hinter sich vernahm er die Rufe der Männer unten im Tal und hörte, was die anderen oben auf der Straße antworteten: »Der Dieb! Schnell, kommt herauf!«

Die beiden auf der Straße rannten ihm nach, aber er hatte einen guten Vorsprung und war zuversichtlich, daß er ihnen entkommen und ein gutes Versteck kurz vor dem Wachtposten finden würde, der gewiß an jeder Straße aufgestellt worden war. Aber im nächsten Augenblick hörte er ein Geräusch, das ihm das Blut in den Adern gefrieren ließ: Hinter ihm ertönte Hufgetrappel, das gerade vom weichen, grasbewachsenen Boden auf die harte Straße überwechselte. Die beiden Wachen aus der Bachniederung waren beritten.

»Hinterher! Er ist auf der Straße – ihr könnt ihn leicht einholen!« schrie einer von denen, die ihn zu Fuß verfolgten.

Sie jagten im Galopp heran, und jetzt bestand keine Hoffnung mehr, ihnen zu entkommen. Es hatte auch keinen Zweck, die Straße zu verlassen, denn zu viert würden sie ihn bestimmt finden. Er rannte, so schnell er konnte, erreichte Saint Giles und sah sich verzweifelt nach einem Versteck um, konnte jedoch keines entdecken. Zu seiner Linken erhob sich auf der Böschung der aus Weidenruten geflochtene Zaun des Hospitals, an den sich die Friedhofsmauer anschloß. Hinter ihm stießen seine Verfolger, obwohl sie ihm noch nicht allzu nahe gekommen waren, Triumphschreie aus. Die Kurve, die die Straße hier machte, hatte ihn ihren Blicken entzogen.

Aus der Dunkelheit an der Friedhofsmauer rief ihn plötzlich eine leise, aber energische Stimme an: »Hierher! Schnell!«

Instinktiv schlug Joscelin die Richtung ein, aus der die Stimme gekommen war. Keuchend stolperte er die Böschung hinauf und wurde von einem langen Arm gepackt. Eine schlanke, große Gestalt in einem weiten, dunklen Umhang hatte sich vom Boden erhoben und grub hastig eine Höhlung in einem Heuhaufen, der an der Mauer aufgeschichtet war. »Hier!« sagte die Stimme, die ebensowenig zu erkennen war wie das Gesicht. »Versteck dich hier!«

Kopfüber wühlte Joscelin sich in den Heuhaufen. Er fühlte, wie der alte Mann sich wieder auf den Boden setzte, seinen Umhang um sich zog und sich gegen den Heuhaufen lehnte, fühlte durch die Kleidung und das Heu hindurch das gerade, knochige Rückgrat. Bestimmt war es ein Mann, und bestimmt war er alt. Die leise Stimme, wenn sie auch klang, als sei sie durch irgend etwas gedämpft, hatte sich angehört wie die eines alten Mannes, aber die Schultern, die sich jetzt gegen ihn preßten, waren ebenso breit wie die Joscelins. Eine Hand streckte sich durch das raschelnde Heu nach hinten und packte sein Knie, um ihn daran zu erinnern, daß er sich keinesfalls bewegen durfte, und Joscelin erstarrte sofort. Den Mann, der ihn versteckt hatte, umgab eine eigenartige Stille – er strahlte eine Ruhe aus, die sich durch die Berührung auf Joscelin zu übertragen schien.

Sie kamen. Das Hufgetrappel wurde immer lauter, und dann hörte er, wie das erste Pferd so abrupt gezügelt wurde, daß die Hufe auf dem Kies der Straße rutschten. Joscelin war sicher, daß seine Verfolger den Mann an der Mauer bemerkt hatten; es war jetzt schon etwas heller geworden, und sie konnten die menschenleere Straße, die vor ihnen lag, weit übersehen. Er hörte einen Mann absteigen und hielt, in der Gewißheit, daß er jetzt gleich die Böschung hinaufsteigen würde, den Atem an.

»Unrein!« rief der alte Mann warnend und schlug laut die Klapper. Es wurde wieder still. Der Mann hatte innegehalten.

Der zweite Mann auf der Straße lachte. »Er müßte ja verrückt sein, wenn er sich bei den Aussätzigen verstecken würde, um nicht ins Gefängnis zu kommen.« Dann erhob er seine Stimme – wer alt und krank war, war gewiß auch schwerhörig. »Heh, du da! Wir verfolgen einen Burschen, der wegen Diebstahls gesucht wird. Er ist in diese Richtung geflohen. Hast du ihn gesehen?«

»Nein«, sagte der alte Mann. Seine Worte, die durch das Gesichtstuch gedämpft waren, kamen langsam heraus, als habe er Mühe, sie zu formen, aber mit Geduld und Konzentration gelang es ihm, deutlich zu sprechen. »Ich habe keinen Dieb gesehen.«

»Wie lange sitzt du schon hier? Hast du irgend jemanden vorbeikommen sehen?«

»Ich war die ganze Nacht hier«, antwortete der Mann langsam. »Hier ist niemand vorbeigekommen.«

Inzwischen hatten die beiden anderen, die ganz außer Atem waren, die Reiter eingeholt. Leise beratschlagten die vier Männer. »Er muß sich in die Büsche geschlagen haben und zurückgelaufen sein«, sagte einer. »Ihr geht zurück und sucht rechts der Straße. Wir reiten weiter bis zum Posten, um sicherzugehen, daß er uns nicht durch die Finger geschlüpft ist. Dort kehren wir um und suchen das Gelände links der Straße ab.«

Die Pferde setzten sich wieder in Bewegung, und langsam entfernte sich das Getrappel der Hufe. Die beiden Unberittenen schienen umgekehrt zu sein und suchten jetzt unter den Bäumen, wobei sie mit Stöcken in den Büschen stocherten, um ihr Opfer aufzuscheuchen. Es entstand eine lange Stille, und Joscelin hatte Angst, etwas zu sagen.

»Du kannst beruhigt sein, sie sind fort«, sagte der alte

Mann schließlich, ohne den Kopf zu wenden. »Aber vorerst müssen wir bleiben, wo wir sind.«

»Aber ich habe etwas zu erledigen«, sagte Joscelin leise und beugte sich vor, um seinen Mund möglichst dicht an das Ohr des Mannes zu bringen. »Ich danke Euch von ganzem Herzen, daß Ihr mich versteckt habt, aber ich muß es noch vor Tagesanbruch irgendwie schaffen, ins Kloster zu kommen, sonst ist die Freiheit, die ihr mir bewahrt habt, nichts wert. Ich habe dort etwas zu erledigen, um jemand anderem zu helfen.«

»Und was könnte das sein?« fragte der alte Mann ruhig.

»Ich muß, wenn es irgendwie möglich ist, die Hochzeit verhindern, die heute stattfinden soll.«

»Ah!« sagte die geduldige, bedächtige Stimme. »Warum? Und wie willst du das anstellen? Nein, du darfst dich jetzt noch nicht bewegen – sie werden zurückkommen, und hier muß alles genauso aussehen wie vorher: ein alter Aussätziger, der die Nacht draußen verbracht hat, weil er lieber Sterne als ein Dach über dem Kopf hat.« Das Heu raschelte; es klang, als habe der Mann einen tiefen Seufzer getan. »Hast du verstanden, warum sie weitergeritten sind? Hast du Angst vor Aussätzigen, mein Junge?«

»Nein«, antwortete Joscelin, überlegte kurz und verbesserte sich: »Ja! Ich hatte Angst, zumindest dachte ich es. Ich weiß nicht. Ich weiß nur, daß ich noch mehr Angst davor habe, bei dem, was ich tun muß, zu versagen.«

»Wir haben viel Zeit«, sagte der alte Mann. »Wenn du mir etwas erzählen willst – nur zu, ich höre.«

Nur einem wie diesem, dem er durch eine Fügung des Schicksals begegnet war und dem er sofort vertraute, konnte Joscelin sein Herz ausschütten. Plötzlich schien es das natürlichste Ding der Welt zu sein, sich diesem alten Mann vorbehaltlos anzuvertrauen und nichts von seiner verbotenen Liebe, dem Unrecht, das ihm geschehen war, und dem noch größeren Unrecht, das man Iveta zufügen wolle, zu verschweigen. Mitten in der Erzählung drückte die Hand wieder warnend auf sein Knie, und wenig später ritten die beiden Männer des Sheriffs wieder vorbei in Richtung Shrewsbury. Als der Hufschlag verklungen war, fuhr Joscelin fort, wo er innegehalten hatte.

»Und darum wolltest du dich irgendwo im Kloster verstecken«, sagte der Alte, als Joscelin geendet hatte, »um dann plötzlich vorzutreten und deinen ehemaligen Herrn so zu beleidigen, daß er keinen Zweikampf würde ablehnen können, ohne sein Gesicht zu verlieren?«

»Ich sehe keinen anderen Ausweg«, seufzte Joscelin. Insgeheim mußte er aber zugeben, daß sein Plan, so formuliert, nicht besonders erfolgversprechend klang.

»Dann laß dir nur Zeit bis zum Tagesanbruch«, sagte Lazarus. »Eine Klapper, ein Umhang und ein Gesichtstuch können dich ebenso gesichtslos und namenlos machen wie jeden anderen. Aber eines kann ich dir sagen: Huon de Domville hat heute nacht nicht in seinem Bett geschlafen. Er ist hier vorbei ausgeritten und ein Stück weiter die Straße hinunter nach rechts abgebogen. Ich habe die ganze Nacht hier verbracht, und wenn er keinen anderen Weg genommen hat, ist er noch nicht zurückgekehrt. Ich nehme an, daß er auf demselben Weg zurückreiten wird, und bevor er hier vorbeigekommen ist, wird kein Bräutigam vor dem Altar erschecken. Wir können ja abwechselnd nach ihm Ausschau halten, damit wir seine Rückkehr nicht verpassen. Aber was, wenn er nicht kommt?«

Es war die seltsamste Nacht, die Joscelin je erlebt hatte, und auch der seltsamste Tagesanbruch. Die Strahlen der aufgehenden Sonne durchbrachen den leichten Nebel, der mit dem ersten Licht des Tages aufgekommen war, aber unten, in der Niederung, auf der anderen Seite der Straße, lag er in dichten Schwaden. Von Huon de Domville jedoch war weit und breit nichts zu sehen.

»Bleib in deinem Versteck«, sagte Lazarus schließlich, »bis ich wieder da bin.« Er erhob sich und ging in das Hospital, um gleich darauf mit einem Mantel, wie er ihn trug, und einem blauen Gesichtstuch aus Leinen zurückzukehren. »Du kannst jetzt herauskommen und das anziehen. Oder fürchtest du dich, das Gewand eines Toten zu tragen? Er liegt auf dem Friedhof dort drüben. Wenn einer hier stirbt, bleiben seine Kleider im Hospital – es sind genug davon da. Das Unterkleid wird verbrannt, aber den Mantel wäscht man aus, damit ein anderer ihn tragen kann. Der, dem dies gehört hat, muß ziemlich groß gewesen sein. Du wirst sehen, daß dir dieser Mantel paßt.«

Wie ein Kind oder wie einer, der einen so seltsamen Traum erlebt, daß er seinem Führer bedingungslos vertrauen muß, tat Joscelin alles, was der Alte ihm sagte. In diesem Zustand kam es ihm nicht merkwürdig vor, einem Aussätzigen von seinen Sorgen zu erzählen, eine Kutte anzuziehen, die auch ihn zu einem Aussätzigen machte und dadurch schützte, und sich, ohne Furcht oder Abscheu zu empfinden, in das Hospital führen zu lassen, in dem diese Unglücklichen lebten. Er hatte die Hand, die sich ihm hingestreckt hatte, mit Dankbarkeit ergriffen. Er fragte nicht einmal, wie seine Anwesenheit unter den anderen Aussätzigen unentdeckt bleiben sollte. Gewiß war ihre Zahl bekannt, und er war zu groß, um übersehen zu werden. Vielleicht hatte Lazarus bereits dem einen oder anderen Bescheid gegeben, vielleicht aber merken es Menschen, die überall ausgeschlossen sind, auch instinktiv, wenn einer der Ihren in Not ist, und tun alles, um ihm zu helfen – jedenfalls nahmen die Aussätzigen Joscelin in ihre Mitte und verbargen ihn, als sie sich zur Prim in der Kirche versammelten.

Rings um sich her sah er alle möglichen Verstümmelungen und Entstellungen, und er stellte fest, daß ihn eine große, bis dahin nicht gekannte Demut überkam. Es war lange her, daß er dem Gottesdienst mit einer solchen Ergriffenheit gelauscht und sich wirklich als Mitglied einer Gemeinde gefühlt hatte.

Lazarus hatte dem kleinen Bran die Aufgabe übertragen, die Straße draußen im Auge zu behalten. Der Junge kannte den Mann, nach dem er Ausschau halten sollte, ja nur zu gut. Alles wurde Joscelin von anderen abgenommen, und da er ihre Hilfe im Augenblick nicht ablehnen und auch keine Gegenleistungen anbieten konnte, blieb ihm nichts anderes übrig, als wie die anderen demütig den Kopf zu neigen und Gott von ganzem Herzen für die Gnade zu danken, die er ihm heute erwies. Und das tat er auch.

5

Sie hatten Iveta schon früh geweckt, denn schließlich mußte sie sorgfältig zurechtgemacht werden. Agnes und Madlen badeten sie, kleideten sie an und schmückten sie. Sie flochten ihr blondes Haar zu einem Dutzend schimmernder Zöpfe, die von einem feingesponnenen Netz zusammengehalten wurden, und setzten ihr ein goldenes, mit Edelsteinen besetztes Diadem auf. Ein Schleier aus gesponnenem Gold hing über ihren Nacken und ihre Schultern und floß wie ein glänzender Wasserfall über die Goldstickerei ihres Kleides. Stumm, mit ausdruckslosem Gesicht, ließ sie alles über sich ergehen, und ihr Gesicht war so bleich, daß ihr Elfenbeinschmuck dagegen stumpf wirkte. Gehorsam drehte und wendete sie sich, neigte den Kopf, wenn man sie dazu aufforderte, und tat alles, was man ihr sagte. Als sie fertig war, stellte man sie in die Mitte des Zimmers, wo sie dastand wie eine Heiligenfigur, an deren Gewand jedes Fältchen dort saß, wo es hingehörte, und befahl ihr, sich nicht zu bewegen, damit die Pracht keinen Schaden nahm. Sie rührte sich nicht vom Fleck und beklagte sich mit keinem Wort, während Agnes und Madlen sich in nicht weniger kostbare Gewänder kleideten.

Ihr Onkel kam, ging mit kritisch zusammengekniffenen Augen um sie herum, zupfte an den Falten ihres Schleiers, damit er noch symmetrischer über ihre Schultern fiel, und gab seiner Zufriedenheit Ausdruck. Wenig später kam der Kanonikus Eudo, heuchlerisch und scheinheilig wie immer, beglückwünschte sie nicht so sehr zu ihrer Schönheit und ihrem herrlichen Gewand als vielmehr zu dem großen Glück, das ihr zuteil wurde, und ermahnte sie, sie müsse ihrem Onkel und ihrer Tante dankbar dafür sein, daß sie diesem Glück den Weg bereitet hätten. Die Gäste trafen ein, bewunderten und beneideten sie und gingen, um ihre Plätze in der Kirche einzunehmen.

Um zehn Uhr – sonst begann um diese Zeit das Hochamt – nahmen die Diener hinter ihr Aufstellung, und sie ging an Picards Arm zum Hauptportal des Gästehauses, um von dort ihrem Bräutigam zugeführt zu werden, sobald dieser erschien.

Nur ein Umstand störte den perfekt geplanten und bis zu diesem Augenblick reibungslosen Ablauf der Feierlichkeiten: Der Bräutigam kam nicht.

Während der ersten zehn Minuten wagte niemand, nicht einmal Picard, einen Seitenblick oder ein Murmeln. Huon de Domville war ein Mann, der sich nicht nach den Regeln anderer richtete, sondern selbst Regeln aufstellte, und obwohl diese Heirat für ihn zweifellos gewinnbringend war, empfand er sie doch als unter seinem Stand. Diese Verspätung war äußerst unhöflich, aber niemand zweifelte daran, daß er kommen würde. Als jedoch weitere zehn Minuten verstrichen waren und noch immer kein Hochzeitszug im Tor erschienen oder von der Straße her das Trappeln vieler Hufe zu vernehmen war, wurde man langsam unruhig. Iveta stand in der großen Tür des Gästehauses, bemerkte die Verwirrung, die alle in ihrer Umgebung ergriffen hatte, und begann aufzuatmen. Sie ließ sich nichts anmerken – aber ihr Gesicht bekam wieder etwas Farbe, und ihr Mund entspannte sich, so daß ihre Lippen aussahen wie Rosenblätter.

Gemessenen Schrittes trat Kanonikus Eudo aus der Kirche, aber seine eleganten Bewegungen konnten seine Aufregung nicht verbergen. Er sprach leise mit Picard, der die Stirn in ärgerliche Falten gelegt hatte. Bruder Cadfael, der sich verspätet hatte und aus dem Garten herbeieilte, um seinen Platz unter den Klosterbrüdern einzunehmen, sah nur die Braut und konnte seine Augen nicht von diesem kleinen, goldenen Püppchen abwenden, das sie aus ihr gemacht hatten. Unter all dem Brokat und den Goldfäden schienen nur ihr kleines Gesicht und der Hoffnungsfunke echt zu sein, der sich aus den Tiefen ihrer leuchtenden, irisblauen Augen emporarbeitete.

Sie war eine der ersten, die das eilige Hufgetrappel auf der Straße hörte, und wenn sie es auch nicht wagte, den Kopf zu wenden, so richtete sie doch ihre Augen auf Simon Aguilon, der in Festkleidung auf den Hof ritt, dem Bruder Pförtner die Zügel seines Pferdes zuwarf und mit großen Schritten und offenbar sehr aufgeregt auf das Portal des Gästehauses zuging.

»Mylord, ich bitte um Vergebung! Ich weiß auch nicht..., etwas ist nicht in Ordnung.« Er zog den Kanonikus Eudo hinzu, und die drei steckten die Köpfe zusammen, während Agnes mit gerunzelter Stirn die Ohren spitzte. Was gesagt wurde, war allerdings ohne große Mühe zu verstehen. Auch der Abt und der Prior waren aus der Kirche getreten und warteten in einiger Entfernung mit beherrschten, aber ungehaltenen Gesichtern. Man würde ihnen sehr bald eine Erklärung geben müssen.

»Gestern nacht, als wir von hier zum Haus des Bischofs zurückritten... Natürlich tat ich, was er mir befahl. Ich stelle seine Anordnungen nie in Frage – wie könnte ich das? Er sagte, ihm stehe der Sinn danach, ein wenig auszureiten, und ich solle den Dienern sagen, sie sollten zu Bett gehen, denn er brauche ihre Dienste heute nacht nicht mehr, sondern erst, wenn er heute morgen nach ihnen riefe. Also tat ich, wie er mir befohlen hatte. Ich dachte, er würde in seinem Bett liegen, wenn sein Kammerdiener ihn weckte. Ich selbst hatte verschlafen. Die anderen weckten mich eine gute halbe Stunde nach der Prim und sagten, er sei nicht da und sein Bett unberührt.« Der junge Mann hatte seine Stimme erhoben, so daß alle Umstehenden ihn hören konnten. Niemand unterbrach ihn – aller Aufmerksamkeit war auf Simon Aguilon gerichtet.

»Ehrwürdiger Vater«, wandte sich Simon mit einer hastigen Verbeugung an den Abt, »wir fürchten, daß meinem

Herrn etwas zugestoßen ist. Seit er mir befahl, mich zu Bett zu begeben, hat ihn niemand mehr gesehen. Und gewiß wäre er ohne Verspätung hier eingetroffen, wenn er gekonnt hätte. Er muß sich irgendwie verletzt haben – vielleicht durch einen Sturz vom Pferd... Es ist gefährlich, nachts auszureiten, aber er hatte eine Vorliebe dafür. Ein loser Stein oder der Eingang zu einem Fuchsbau...«

»Er ließ Euch also am Haus des Bischofs zurück«, fragte Radulfus, »und ritt allein weiter?«

»Ja, in Richtung Saint Giles. Aber ich weiß nicht, welchen Weg er danach eingeschlagen hat oder wo er hin wollte, wenn er überhaupt ein Ziel hatte. Er hat mir nichts gesagt.«

»Zunächst wäre es vielleicht das beste, man würde diese Straße absuchen und sich erkundigen, ob ihn jemand gesehen hat«, bemerkte Radulfus trocken.

»Das haben wir getan, Ehrwürdiger Vater, jedoch ohne Erfolg. Der Superior des Hospitals hat ihn nicht gesehen, und wir haben die Straße noch weiter abgesucht, ohne ihn zu finden. Bevor wir die Suche weiter ausdehnen, wollte ich Euch, aus Höflichkeit, Bescheid geben. Aber ich habe mit einem der Unteroffiziere des Sheriffs gesprochen, der mit einer Patrouillie den Wald nach dem Gefangenen durchsuchte, der ihnen entkommen ist, und er und seine Männer werden auch nach meinem Herrn Ausschau halten. Er hat einen Mann ausgeschickt, dem Sheriff zu berichten, was vorgefallen ist. Ihr werdet verstehen, Ehrwürdiger Vater, daß ich nicht wagte, zu früh Alarm zu schlagen oder irgend etwas in Zweifel zu ziehen, das mein Herr tut, aber ich glaube, es ist jetzt an der Zeit, eine gründliche Suche nach ihm zu beginnen. Vielleicht liegt er irgendwo verletzt und kann sich nicht aus eigener Kraft erheben.«

»Das ist auch meine Meinung«, sagte der Abt und wandte sich höflich Agnes Picard zu, die aufmerksam neben ihrem Mann stand und eine Hand besitzergreifend auf Ivetas brokatdurchwirkten Ärmel gelegt hatte. »Ich bin sicher, daß unsere Sorgen sich als grundlos erweisen und wir Mylord

Domville unversehrt finden werden. Es war gewiß nur eine Kleinigkeit, die ihn aufgehalten hat. Dennoch wäre es gut, wenn Ihr mit Eurer Nichte wieder hineingehen und Euch in Euren Gemächern ausruhen würdet, während diese Herren – und die Mönche unseres Klosters, wenn sie es wollen – ausziehen und nach dem Bräutigam suchen.«

Agnes nickte kurz und besorgt und verschwand mit ihrer Nichte im Haus. Die Türen ihrer Gemächer schlossen sich hinter ihnen. Die ganze Zeit hatte Iveta nicht ein Wort gesagt.

Sie sattelten ihre Pferde, stiegen auf und ritten zum Tor hinaus. An der Suche beteiligten sich alle Männer, die als Gäste an den Hochzeitsfeierlichkeiten teilnehmen wollten, die Knechte und Pagen, die zum Haus des Bischofs gehörten, eine Abteilung bewaffneter Männer von der Burg, viele der jüngeren Klosterbrüder und Novizen und einer der Klosterschüler, der die Neuigkeiten gehört und sich versteckt hatte, bevor irgend jemand ihn sehen und in die Schule schikken konnte. Natürlich würde er später wahrscheinlich dafür büßen müssen, aber im Augenblick war er bereit, dieses Risiko auf sich zu nehmen.

Die Berittenen begaben sich zu der Stelle, wo Domville sich von seinem Knappen verabschiedet hatte, um dann in Richtung Saint Giles weiterzureiten. Da sich die Straße gabelte, teilten sie sich in zwei Gruppen und begannen, das Gelände rechts und links der beiden Straßen zu durchkämmen. Diejenigen, die zu Fuß gingen, suchten auf den Nebenwegen, die sich durch den Wald am Fluß oder am Mühlkanal vorbei in das Tal des Meole-Baches und dann weiter durch Gras- und Baumland zogen.

Dieser Gruppe schloß Cadfael sich an. Die Männer schwärmten aus, um so viel Gelände wie möglich abzusuchen, und gingen vom Klostergelände zu beiden Seiten des Baches in südlicher Richtung. In dieser mit vielen Bäumen bestandenen Gegend würde ein Reiter offenes Gelände oder gute Wege bevorzugen, und obendrein war Domville vom Haus des Abtes aufgebrochen, und daher war es sinnlos, das Gelände in unmittelbarer Nähe des Klosters genau abzusuchen. Also beeilten sie sich, das Kloster hinter sich zu lassen und befanden sich bald unterhalb des Hospitals. Hinter den Büschen, die die Straße säumten, war der kleine Turm der Kirche gerade noch zu erkennen.

Ab hier setzten sie ihren Weg langsamer fort und zogen die Kette weiter auseinander, um einen möglichst großen Teil des Geländes zu durchkämmen. Sie kannten hier jeden noch so kleinen Weg und folgten jedem ein Stück weit. Sicher waren die Männer auf der anderen Seite der Straße ebenso weit vorgedrungen und setzten ihren Weg in derselben Richtung fort, aber bis jetzt war noch kein Ruf erklungen, der die anderen herbeirief oder die Suche für beendet erklärte.

Inzwischen waren sie etwa eine halbe Meile hinter Saint Giles, und das mit kleinen Baumgruppen bestandene Gras- und Weideland ging langsam in Wald über. Die hohe Böschung der Straße war hier ziemlich steil, und erst ein gutes Stück weiter, wo der Abhang flacher wurde, führten Wege quer zu der Richtung, die die Männer eingeschlagen hatten, in die Niederung hinunter. Bald kamen sie an einen breiten, grasbewachsenen Weg, der in südwestlicher Richtung von der Straße abzweigte und sich dort, wo der Wald dichter wurde, etwas verengte. Er querte die beiden Bäche, die hier schmal und steinig waren, und führte, wie Cadfael jetzt einfiel, in den Großen Wald, der einige Meilen entfernt war.

Sie hatten diesen Weg gerade erreicht, als der Junge, der ihnen in seinem Eifer vorausgeeilt war, aufgeregt den Weg entlang gerannt kam und mit dem Arm hinter sich deutete.

»Da hinten steht ein Pferd auf einer Lichtung, mit Sattel und Zaumzeug, aber ohne Reiter!«

Er jagte wieder zurück, die Männer ihm dicht auf den Fersen. Der Weg führte gut sichtbar weiter durch den dichten Wald und verbreiterte sich plötzlich zu einer kleinen, grasbewachsenen Lichtung. Und hier stand, friedlich weidend, Huon de Domvilles großer schwarzer Hengst, der jetzt, angesichts der vielen Männer, die auf ihn zukamen, verwundert den Kopf hob. Das Geschirr war in Ordnung, und der Hengst zeigte keine Verletzung, aber von seinem Reiter fehlte jede Spur.

»Wenn er in der Nähe seines vertrauten Stalls gewesen wäre«, sagte der Junge aufgeregt und nahm stolz die Zügel, »wäre er nach Hause gelaufen, und man hätte gemerkt, daß irgend etwas nicht in Ordnung ist. Aber er kennt sich hier nicht aus, und darum ist er einfach stehengeblieben, als er keine Angst mehr hatte.«

Das klang vernünftig, und der Junge brannte darauf, die Suche fortzusetzen. Es konnte jedoch gut sein, daß das, was sie finden würden, nichts für die Augen eines Kindes war. Cadfael warf Bruder Edmund, der neben ihm stand, einen Blick zu und sah, daß dieser denselben Gedanken hatte. Wenn Pferd und Reiter durch ein Mißgeschick getrennt worden waren und sie das Pferd als erstes gefunden hatten, war Huon de Domville wahrscheinlich auf dem Rückweg gewesen, als das Unglück sich ereignete; und wenn er die ganze Nacht dort gelegen hatte, wo das Pferd ihn abgeworfen hatte, war sein Zustand ernst. Er war ein zäher, entschlossener Mann, der sich durch eine geringfügige Verletzung nicht aufhalten lassen würde.

»Ein Pferd, das sich erschreckt, dreht sich nicht um, sondern rennt geradeaus weiter«, fuhr der Junge fort. »Das stimmt doch, oder? Sollen wir weitergehen?«

»Du«, sagte Cadfael, »darfst das Pferd zum Haus des Bischofs bringen und den Leuten dort sagen, wo wir es gefunden haben. Und danach gehst du auf dem schnellsten Weg zum Unterricht. Wenn du dir eine gute Geschichte einfallen läßt, bekommst du vielleicht nicht einmal eine Strafe.«

Der Junge machte ein enttäuschtes Gesicht und begann zu widersprechen.

»Los!« befahl Cadfael kurz und schnitt alle Einwände ab.

»Du darfst ihn reiten. Hier, gib deinen Fuß her... so!« Er verschränkte die Hände und hob den Jungen in den Sattel, bevor dieser Zeit hatte, sich zu entscheiden, ob er sich freuen oder entrüstet sein sollte. Das Gefühl, auf einem guten Pferd zu sitzen, gab schließlich den Ausschlag: Mit zufriedener, wichtiger Miene nahm er die Zügel, ignorierte die Steigbügel, die viel zu lang für ihn waren, grub dem Hengst die Fersen in die Seiten und schnalzte so lässig mit der Zunge, als reite er alle Tage ein so gutes Pferd.

Als sie ihm lange genug nachgesehen hatten, um sicher zu sein, daß er tun würde, wie man ihn geheißen hatte, und nicht gleich wieder vom Pferd fiel, setzten sie ihren Weg fort. Am Ende der Lichtung verschwand der Weg wieder zwischen Bäumen. Wo das Gras nicht so dicht wuchs und der Boden weich war, sahen sie hier und da einen Hufabdruck. Sie hatten etwa eine Viertelmeile zurückgelegt, als Bruder Edmund, der an der Spitze ging, plötzlich anhielt.

»Da ist er.«

Huon de Domvilles muskulöser, schwerer Körper lag mit ausgebreiteten Armen auf dem Rücken. Der Kopf ruhte auf den Wurzeln einer großen Eiche. Die Bäume standen hier dicht, und die tiefen Schatten verschluckten die bunten Farben seiner Kleider, so daß das gerötete Gesicht mit den weit aufgerissenen, blutunterlaufenen Augen auf einem Meer grüner Dunkelheit zu schwimmen schien. Die brutale Kraft, die es ausgestrahlt hatte, schien geschmolzen zu sein wie das Wachs einer Kerze. Es war gut gewesen, das Kind zurückzuschicken, bevor es ihnen vorauseilen und in seiner Unschuld diesen Fund machen konnte, der ihm zu früh eine Ahnung vom Bösen in der Welt gegeben hätte.

Cadfael schob Edmund beiseite, trat vor und kniete neben dem reglosen Körper nieder, und einen Augenblick später folgte Edmund ihm und kniete auf der anderen Seite. Er war es gewöhnt, alten Menschen beim Sterben Beistand zu leisten, aber dabei handelte es sich um einen Tod, der durch hingebungsvolle Pflege und die Anwesenheit vertrauter, geliebter Menschen so sanft wie möglich sein sollte. Dieses abrupte Ende eines Mannes in der Blüte seiner Jahre aber erschreckte und entsetzte ihn. Die beiden Novizen und der Laienbruder, die ihnen gefolgt waren, traten näher heran und blieben schweigend stehen.

»Ist er tot?« fragte Bruder Edmund und im selben Moment wurde ihm bewußt, wie töricht diese Frage war.

»Seit einigen Stunden schon, wahrscheinlich seit dem Morgengrauen. Er fühlt sich kühl an, aber noch nicht kalt.« Cadfael fuhr mit der Hand unter den schweren Kopf, um ihn anzuheben, und spürte klebriges, geronnenes Blut. Hoch auf dem Hinterkopf, hinter dem linken Ohr und über dem Haarkranz, der den kahlen Schädel umgab, fand er eine Platzwunde, aus der das jetzt langsam trocknende Blut geflossen war. Dort, wo der Kopf gelegen hatte, und noch eine Handbreit darüber, fanden sich auf der Rinde der Eiche blutverschmierte Spuren des Aufschlags. Vorsichtig tastete Cadfael die Wunde ab, konnte aber keine Stelle entdecken, die einem Druck nachgab – der Schädelknochen schien unverletzt geblieben zu sein.

»Er hat einen schweren Sturz vom Pferd getan«, vermutete Edmund, der ihm zusah, »und ist mit dem Kopf gegen diese Wurzel geschlagen. Könnte ein solcher Sturz ihn getötet haben?«

»Das wäre möglich«, sagte Cadfael geistesabwesend, hielt es aber für verfrüht, zu sagen, daß Domvilles Tod nicht auf den Sturz zurückzuführen war.

»Und dann hat er hier bewußtlos in der Kälte gelegen...«

»Nein, er war nicht die ganze Nacht hier«, sagte Cadfael. »Das Gras unter ihm ist feucht vom Tau. Und wenn er gestürzt ist, dann rückwärts, und nicht nach vorn. Sein Pferd ist nicht gestrauchelt.« Der Leichnam lag nämlich schräg über dem Pfad, der Kopf ruhte an einem Baum rechts davon, und die Beine waren in Richtung des Baches ausgestreckt. »Es ist am frühen Morgen geschehen, und er wurde nach hinten aus dem Sattel geschleudert. Gewiß war er auf dem Rückweg zum Haus des Bischofs. Der Weg ist gut, jedenfalls für einen, der ihn kennt, aber ich vermute, daß es schon begann, hell zu werden, denn der schwere Sturz deutet darauf hin, daß er schnell geritten ist.«

»Sein Pferd wird sich aufgebäumt haben«, sagte Bruder Edmund. »Vielleicht hat irgendein kleines Tier es erschreckt...«

»Schon möglich.« Cadfael ließ Domvilles Kopf sinken, so daß er wieder dort ruhte, wo die Rinde des Baumes vom Blut verkrustet war. »Seit dem Sturz hat er sich nicht mehr bewegt«, sagte er mit Bestimmtheit. »Nur die Absätze seiner Stiefel haben sich hier im Todeskampf tief in den Boden gegraben.«

Ohne den Leichnam weiter zu untersuchen, erhob er sich, schritt auf dem Weg auf und ab und musterte die Bäume, die den Weg säumten. Einer der Novizen war umgekehrt und ging den Männern des Sheriffs entgegen, die gewiß vom Haus des Bischofs aufgebrochen waren, sobald der Junge mit Domvilles Pferd dort eingetroffen war. Man würde eine Bahre oder eine ausgehängte Tür brauchen, um den Leichnam zu transportieren. Cadfael entfernte sich einige Meter weit auf dem Weg und ging dann langsam auf die große Eiche zu, wobei er alle Bäume rechts und links des Weges ein gutes Stück über seinem Kopf eingehend untersuchte. Edmund sah ihm verständnislos zu.

»Wonach suchst du, Cadfael?«

Aber was immer es auch gewesen war – er hatte es bereits gefunden. Etwa vier Schritte von den Füßen des Toten entfernt blieb er stehen und betrachtete zwei Bäume, die einander gegenüber standen.

»Kommt her und seht euch das an, damit ihr es später bezeugen könnt.«

An jedem der Bäume war in derselben Höhe ein dünner Einschnitt in der Rinde zu erkennen.

»Zwischen diesen Bäumen war ein Seil gespannt – genau in Höhe der Kehle eines mittelgroßen Mannes auf einem großen Pferd, obwohl es ihn auch hätte stürzen lassen, wenn es in Brusthöhe angebracht gewesen wäre.Der Weg ist gut, und es war hell genug – also ritt er wahrscheinlich in einem leichten Galopp, denn sonst wäre er nicht mit solcher Wucht vom Pferd geschleudert worden. Ihr seht ja, wie weit er durch die Luft geflogen ist. Wahrscheinlich werden wir den Abdruck des Seils auf seiner Kehle finden.«

Schweigend folgten sie ihm zum Leichnam und sahen entsetzt zu, als er den Kragen des Mantels aufschlug und Domvilles Kehle freilegte. Unter dem Bart am fleischigen, muskulösen Hals war nicht nur der dunkelrote Einschnitt zu sehen, den das Seil hinterlassen hatte, sondern auch der dunkel angelaufene Abdruck zweier Hände. Die beiden Daumen hatten übereinander auf dem Adamsapfel gelegen, und, wie der Bluterguß, der sich dort gebildet hatte, bewies, den Kehlkopf eingedrückt.

Sie starrten noch in entsetztem Schweigen auf denToten, als sich verschiedene Stimmen, von denen die des Sheriffs die lauteste war, auf dem Weg näherten. Die vier auf der Lichtung hatten einen grausigen Fund gemacht, aber bisher wußten nur sie, wie ungeheuerlich dieses Verbrechen war.

Cadfael schloß den Kragen über dem Hals des Toten und wandte sich mit seinen Gefährten Gilbert Prestcote und seinen Männern zu.

Nachdem der Sheriff alles in Augenschein genommen hatte, was Cadfael ihm zu zeigen hatte, hob man Huon de Domville auf eine Tragbahre und bedeckte sein Gesicht mit einem Zipfel des Mantels. Wo er gelegen hatte, steckte man ein aus zwei Stöcken gefertigtes Kreuz in den Boden, um die Stelle später besser wiederzufinden und noch einmal absuchen zu können. Dann trug man ihn zurück, allerdings nicht zum Haus des Bischofs, sondern zum Kloster, wo er von den Mönchen, die eigentlich Zeugen seiner Trauung hätten sein sollen, hergerichtet und in der Einsegnungskapelle aufgebahrt werden würde.

Bran, der, wenn er seine Kutte ablegte, zumindest auf den ersten Blick nicht von den anderen Kindern aus der Klostersiedlung zu unterscheiden war, kehrte von einem Erkundungsgang auf der Straße zurück, um den beiden großen, verschleierten Männern, die, ihre Klappern im Gürtel, an der Friedhofsmauer saßen, Bericht zu erstatten: »Sie haben ihn gefunden. Ich habe gesehen, wie sie ihn zurücktrugen. Sie haben ihn am Haus des Bischofs vorbeigetragen, und ich habe mich nicht getraut, ihnen weiter zu folgen.«

»Tot oder lebendig?« fragte Lazarus in seiner bedächtigen, durch das verwaschene blaue Gesichtstuch gedämpften Stimme. Der Junge hatte bereits Bekanntschaft mit dem Tod gemacht – es war nicht nötig, vorsichtige Umschreibungen zu gebrauchen.

»Sein Gesicht war zugedeckt«, sagte Bran und setzte sich neben die Männer auf den Boden. Er spürte das angespannte Schweigen des anderen, neuen Mannes, von dem man nur wußte, daß er jung und gesund war, und fragte sich, warum er zitterte.

»Sprich nicht«, sagte Lazarus ruhig. »Du hast eine Atempause und sie ebenfalls.«

Die Männer des Sheriffs setzten die Bahre im großen Hof des Klosters ab, und alle, die Huon de Domville gekannt hatten, eilten aufgeregt herbei und bildeten mit entsetzt geweiteten Augen einen stummen Kreis um den Leichnam. Keiner außer dem Sheriff, seinen Männern und Abt Radulfus, der sich energisch einen Weg durch die Menge bahnte, wagte es, näher heranzutreten. Picard kam mit einem wider alle Vernunft hoffnungsvollen Gesicht aus dem Gästehaus gestürzt und erstarrte beim Anblick der verhüllten Gestalt. Zögernd folgten ihm die beiden Frauen. Iveta sah aus, als werde sie im nächsten Augenblick unter dem Gewicht ihrer golddurchwirkten Gewänder zusammenbrechen, trat aber an die Bahre, ohne die Augen abzuwenden. Sie wollte Gewißheit haben. Dieser Tod mochte entsetzlich sein, aber für sie bedeutete er Leben. Warum hatte sie gestern ihre wahren Gefühle verborgen?

»Ehrwürdiger Vater«, sagte Prestcote, »wir bringen traurige Nachrichten. Mylord Domville ist tot. Diese Brüder Eures Klosters haben ihn gefunden. Er ist auf dem Waldweg, der nach Beistan führt, vom Pferd gestürzt. Sein Pferd graste unversehrt ein Stück weiter – es steht jetzt wieder in seinem Stall. Huon de Domville wurde abgeworfen und schlug mit dem Kopf gegen eine Baumwurzel. Es scheint, als sei er auf dem Heimweg gewesen, als das geschah. Ich bitte Euch, für seine Seele zu beten und Euch seines Leichnams anzunehmen, bis alles weitere geklärt ist. Unter den Hochzeitsgästen ist sein Neffe, und auch der Kanonikus ist ein Verwandter von ihm ...«

Simon stand stumm neben der Bahre. Er sah die reglose Gestalt zu seinen Füßen an, neigte den Kopf und schluckte hart.

»Die Ereignisse dieses Tages haben eine schlimme Wendung genommen«, sagte Radulfus ernst. »Unser Beileid gilt allen, die von diesem tragischen Verlust betroffen sind, und ich möchte sie bitten, unsere Gastfreundschaft, den geistlichen Beistand unseres Ordens und die Ungestörtheit unseres Gästehauses so lange in Anspruch zu nehmen, wie es ihnen beliebt. Dies ist eine Zeit der inneren Einkehr und des Gebets. Der Tod begleitet uns jeden Tag unseres Lebens, und wir sollten ihn nicht als Drohung, sondern als das Tor betrachten, das wir alle auf unserem Weg zur Gnade Gottes durchschreiten werden. Es gibt nicht mehr dazu zu sagen. Es ist besser, sich schweigend dem Willen Gottes zu beugen.«

»Mit Verlaub, Ehrwürdiger Vater«, sagte Picard mit einer Stimme, die zwar sehr höflich und respektvoll, aber auch kühl wie eine Klinge aus feinem Stahl klang. Cadfael hatte, allerdings mit wenig Erfolg, versucht, in seinem Gesicht zu lesen – er fand Entsetzen, Wut und Enttäuschung darin, gewiß, aber auch Berechnung. »Sollen wir hinter diesem

Schicksalschlag wirklich den Willen Gottes vermuten? Huon de Domville kennt diese Gegend, er besitzt ein Jagdhaus in der Nähe, nicht weit vom Großen Wald. Sein Leben lang hat er weder bei Tag noch bei Nacht einen Reitunfall gehabt. Sollen wir etwa glauben, daß er ausgerechnet am Vorabend seiner Hochzeit weniger vorsichtig gewesen ist als sonst, da Ihr doch ebensogut wie ich wißt, daß er nüchtern und noch keineswegs müde war, als er von hier aufbrach? Er sagte seinem Knappen, er wolle vor dem Zubettgehen noch etwas ausreiten – gewiß kein großes oder gefährliches Unternehmen. Und jetzt wird sein Leichnam gefunden, der Leichnam eines gesunden, kräftigen Mannes im besten Alter! Nein, ich kann nicht glauben, daß es ein Unfall war! Hier ist etwas Böses im Spiel, und ich werde nicht ruhen, bevor ich herausgefunden habe, was dahinter steckt!«

Es schien, als habe Prestcote absichtlich nicht die ganze Wahrheit erzählt, um zu sehen, ob einer der Zuhörer sich erleichtert darüber zeigte, daß Domvilles Tod einem Unfall zugeschrieben wurde. Wenn er solche Anzeichen entdeckte, als er seinen Blick mit zusammengekniffenen Augen über die Gesichter der Umstehenden schweifen ließ, so hatte er darin mehr Erfolg als Bruder Cadfael, der sich in der gleichen Absicht umsah. Nirgends bemerkte er auch nur einen Hauch von Schuld oder Angst in einem Gesicht, sondern nur – wie nicht anders zu erwarten – Trauer und Bestürzung.

»Ich habe mit keinem Wort gesagt, daß es ein Unglück war«, sagte der Sheriff unverblümt. »Nicht einmal daß er vom Pferd fiel, war ein Zufall. In Höhe seines Halses war zwischen zwei Bäumen ein Seil über den Weg gespannt. Aber er wurde nicht durch den Sturz getötet. Wer immer diesen Hinterhalt vorbereitet hatte, war dort, um sein Werk zu vollenden, solange Mylord Domville noch bewußtlos war. Er wurde von den Händen eines Mannes erwürgt.«

Die Menge schwankte, als werde sie von einem heftigen

Wind geschüttelt, und einige schnappten hörbar nach Luft. Der Abt sah auf und starrte Prestcote an.

»Wollt Ihr damit sagen, daß es Mord war?«

»Ja, es war ein kaltblütig geplanter und ausgeführter Mord.«

»Und wir wissen auch, wer der Mörder ist!« Picard beugte sich vor und erhob triumphierend seine Stimme. »Habe ich es nicht gesagt? Dies ist das Werk des Diebes, den Domville aus seinen Diensten entlassen hatte. Mit diesem Mord hat er sich rächen wollen. Wer sonst käme in Frage? Niemand anders hegte einen Groll gegen Domville. Joscelin Lucy ist der Mörder!«

In seinem Rücken leuchtete plötzlich ein golddurchwirktes Gewand auf. Hinter ihm stand Iveta und sah ihn zornig an. Sie, die gestern noch ein Opferlamm gewesen war, hatte sich in eine Wildkatze verwandelt. Ihre irisblauen Augen funkelten wie Amethyste. Ihre Stimme klang hoch und herausfordernd, ja sogar triumphierend und verächtlich, als sie rief:

»Das ist eine Lüge! Ihr wißt, Ihr alle wißt, daß das nicht stimmen kann! Habt Ihr vergessen? Wenn einer unschuldig ist, dann er, denn er sitzt seit zwei Tagen in der Burg von Shrewsbury im Gefängnis, und die Anschuldigung, die ihn dorthin gebracht hat, ist ebenso falsch wie die, die jetzt gegen ihn vorgebracht wird! Aber Gott sei Dank wird der Gefängnisschließer bezeugen können, daß Joscelin dieses Verbrechen nicht begangen haben kann.«

Im ersten Augenblick war Bruder Cadfael so benommen, als habe er einen Schlag auf den Kopf erhalten. Dann begann er langsam zu verstehen. Jetzt begriff er, warum sie die Fragen des Abts mit solch ruhiger Entschlossenheit beantwortet hatte. Man hatte sie abgeschirmt und ihr nichts von Joscelins Flucht erzählt, obwohl ihr dies eine Freude und ein Trost gewesen wäre. Und jetzt, da sie aus der vermeintlichen Gewißheit, daß Joscelin im Gefängnis saß, Trost schöpfte, würden sie ihr die Wahrheit ins Gesicht schleudern. Und sie waren schon dabei, Agnes wie immer schriller und bösartiger als ihr Mann.

»Dumme Gans, er ist *nicht* gefangen. Er ist geflohen, noch bevor sie ihn über die Brücke gebracht hatten, und er hat nur auf eine Gelegenheit gewartet, Rache zu üben...«

»Ein Dieb war er, und jetzt wird man ihn hetzen wie einen Wolf, denn er hat deinen Bräutigam ermordet! *Dafür wird er hängen*!«

Alle Lebenskraft, alle Zuversicht verschwand aus ihrem Gesicht. Einen Augenblick lang stand sie ganz still, und nur ein einziges Mal formten ihre Lippen ein lautloses »Nein!« Dann färbten sich ihre Wangen weißer als Schnee. Sie legte eine Hand auf ihr Herz und fiel zu Boden wie ein von einem Pfeil durchbohrter Vogel – ein kleines Häufchen zerknitterter Brokatstoff.

Die Zofe Madlen kam eilig herbei, und alle Frauen beugten sich über den kleinen, zerbrechlich wirkenden Körper. Picard stieß einen Schrei aus, der eher wütend als besorgt klang, beugte sich hinab, packte sie am Handgelenk und wollte sie hochzerren. Der Vorfall war ihm peinlich – er wollte das Mädchen aus seinen Augen und aus seinem Sinn haben. Cadfael fühlte sich verpflichtet, einzugreifen, bevor sie Iveta zwischen all diesen Röcken erstickten oder ihr einen Arm ausrenkten. Er drängte sich durch die Umstehenden hindurch und schob sie mit ausgebreiteten Armen zurück.

»Gebt ihr doch Luft! Sie ist in Ohnmacht gefallen, man darf sie jetzt nicht aufrichten!«

Bruder Edmund, der mit solchen Anfällen Erfahrung hatte, assistierte ihm, und da Abt Radulfus anwesend war, konnten die Gäste die tatkräftige Hilfe derer, die sich in diesem Kloster um die Kranken kümmerten, kaum zurückweisen. Selbst Agnes hielt sich, wenn auch mit kühlem, reserviertem Gesicht, zurück, als Cadfael sich neben Iveta kniete, ihren Kopf mit den Armen stützte und sie möglichst bequem bettete. »Gebt mir einen Mantel, damit ich etwas unter ihren Kopf legen kann. Und wo ist Bruder Oswin?«

Sogleich zog Simon seinen Mantel aus und rollte ihn zu einem Kissen zusammen, und Oswin löste sich aus der Gruppe von Novizen, die das Schauspiel mit großen Augen betrachteten, und eilte herbei.

»Geh und hol mir das Fläschchen mit Minz- und Klee-Essig, von dem Bord neben der Tür, und eine Flasche Bitterkräuterwasser! Und beeil dich!«

Vorsichtig bettete er ihren Kopf auf Simons zusammengerollten Mantel und begann, ihre Handgelenke zu reiben. Ihr kleines, spitzes Gesicht war so durchscheinend und weiß wie Eis. Oswin kam in einem beflissenen Trab herbeigeeilt und hatte darüber hinaus die richtigen Arzneimittel geholt. Es bestand also doch noch Hoffnung für ihn. Bruder Cadfael hielt das Fläschchen mit Essig, der beißend nach Minze und Sauerklee roch, unter Ivetas Nase und sah, wie die Nasenflügel bebten und sich weiteten. Iveta stieß ein flaches Husten aus, und die scharfen Linien ihrer Backenknochen und ihres Kinns wurden langsam weicher. Ihr Onkel, der sie der Pflege der beiden Ärzte überlassen hatte, setzte seine Tirade fort.

»Kann es denn irgendeinen Zweifel geben? Er ist ohne Waffen entkommen, und hat keine Möglichkeiten, sich welche zu beschaffen. Nur ein Mann, dem keine anderen Mittel zur Verfügung stehen, tötet mit seinen bloßen Händen. Er ist ein großer, starker Kerl und könnte eine solche Tat wohl ausführen. Niemand sonst hatte einen Grund, Huon de Domville zu hassen, aber *er* hegte einen bitteren Groll gegen ihn, und dies ist seine Rache gewesen. Jetzt geht es um seinen Kopf! Jetzt muß er wie ein tollwütiger Hund gejagt und, wenn es sein muß, niedergeschossen werden, denn er stellt für jeden, der sich ihm nähert, eine Gefahr dar. Mit dieser Tat hat er sein Leben verwirkt.«

»Meine Männer sind dabei, Feld und Wald nach ihm zu durchsuchen«, sagte Prestcote kurz, »und zwar seitdem eine Patrouille gemeldet hat, daß heute früh ein Mann bei der Klostersiedlung aufgestöbert wurde. Es war zwar noch nicht hell, und sie haben ihn nur ganz kurz gesehen, aber ich für mein Teil bezweifle, daß es Lucy war. Wahrscheinlich handelte es sich eher um einen kleinen Hühnerdieb, der nachts die Höfe unsicher macht. Aber die Suche geht weiter und wird erst eingestellt werden, wenn wir ihn gefaßt haben. Ich habe alle Männer ausgeschickt, die ich entbehren kann.«

»Auch meine Männer stehen zu Eurer Verfügung«, bot Picard ihm an, »und auch die von Huon de Domville. Wir alle sind verpflichtet, seinen Mörder zu stellen. Ihr zweifelt doch gewiß nicht daran, daß Joscelin Lucy sein Mörder ist?«

»Es scheint auf der Hand zu liegen. Diese Tat scheint aus einem verzehrenden Haß geboren zu sein, und wir wissen nicht, wer als Täter außerdem in Frage käme.«

Cafael kümmerte sich weiterhin um Iveta, aber nichts von dem, was gesagt wurde, entging ihm: Weder die knappen Worte des Abtes noch Picards rachsüchtige Ausbrüche oder die besonnenen Bemerkungen, die Prestcote über die fortgesetzte und ausgeweitete Suche nach Joscelin Lucy machte – der junge Mann wurde jetzt von allen verfügbaren Männern gejagt. Plötzlich sah Cadfael, daß die Farbe in Ivetas Gesicht zurückkehrte, und er bemerkte das zarte Flattern der Augenlider und das Beben der Schatten, den die langen, goldblonden Wimpern auf die Backenknochen warfen. Sie schlug ihre irisblauen Augen auf und sah ihn mit verständnislosem Schrecken an. Ihre Lippen öffneten sich. Wie zufällig legte er seinen Finger darauf und schloß kurz seine Augen. Die Gefahr, in der Joscelin schwebte, schärfte ihre Sinne weit mehr als die fast ausweglose Situation, in der sie selbst steckte. Ihre Augenlider, die von feinen Adern durchzogen waren wie die Blüten von Glockenblumen, senkten sich wieder, und sie lag da wie eine Bewußtlose, zeigte jedoch die ersten Anzeichen des Erwachens.

»Sie kommt gleich wieder zu sich. Wir können sie jetzt hineinbringen.«

Cadfael hob sie auf, bevor Picard oder Simon oder irgendein anderer ihn daran hindern konnte.

»Wenn sie erwacht ist, sollte sie sich einige Stunden ausruhen. Es war eine tiefe Ohnmacht.« Er staunte, wie leicht sie war – gewiß wogen ihre kostbaren Gewänder mehr als sie selbst. Und obwohl Iveta, dieses zierliche Geschöpf, so heldenhaft für Joscelin Lucy eingetreten war, schien sie, was ihr eigenes Schicksal betraf, resigniert zu haben. Selbst eine Anklage wegen Diebstahls, selbst eine Zelle in der Burg spendeten ihr anscheinend Trost, wenn dadurch die unendlich viel schwerere Anklage wegen Mordes vermieden werden konnte. Wenn sie wieder zu Bewußtsein gekomen war, würde sie zwischen der Angst um Joscelins Leben, das infolge dieses Mordes tatsächlich auf dem Spiel stand, und der Hoffnung, es könne ihm gelingen, zu fliehen, da er bis jetzt ja noch auf freiem Fuß war, hin und her gerissen werden. So, wie die Dinge lagen, konnte Iveta de Massard hoffen – aber wie lange noch?

»Würdet Ihr mir den Weg zeigen, Mylady...?«

Agnes raffte ihr kostbares Gewand und ging ihm voraus in ihr eigenes Gemach im Gästehaus. Man konnte nicht behaupten, dachte Cadfael, daß ihr nichts an ihrer Nichte lag. Schließlich stellte Iveta ihr größtes Kapital dar, und ihren weltlichen Besitz zu verteidigen, war sie immer bereit. Ihr hervorstechendstes Gefühl Iveta selbst gegenüber war jedoch Ungeduld und Mißbilligung. Zu dieser Stunde hätte sie bereits verheiratet sein sollen, und damit wäre ein einträgliches Geschäft besiegelt gewesen. Andererseits stellte sie immer noch einen erheblichen Wert dar, mit all den von ihrem Vater ererbten Besitztümern, Vorrechten und Wertgegenständen, zu denen auch das Schwert und der Helm des Paladins Guimar de Massard gehörten. Beides hatten die edelmütigen Sarazenen den Kreuzrittern zurückgegeben, und beide Erbstücke waren vermutlich die einzigen Gegenstände in Ivetas Besitz, die Picard nicht begehrte.

»Legt sie hier auf das Bett.« Agnes hatte, wie ihre mißtrauisch zusammengekniffenen Augen verrieten, keineswegs vergessen, daß er der Klosterbruder war, über dessen Mitwisserschaft sie beim Abt Klage geführt hatte; aber das war nun ohne Bedeutung, da Joscelin Lucy als Mörder gesucht wurde und Agnes' Seelenfrieden nicht mehr gefährden konnte. »Gibt es noch irgend etwas, das ich tun könnte?« Iveta lag auf ihrem zugedeckten Bett und seufzte leise. So viel Gold, dachte Cadfael, – als sei sie kein Mensch, sondern ein Schmuckstück.

»Wenn Ihr mir einen kleinen Becher geben könntet, damit ich ihr etwas von diesem Kräuterauszug einflößen kann, wenn sie wieder bei Bewußtsein ist. Es ist ein gutes, bitteres Stärkungsmittel und verhindert weitere Ohnmachtsanfälle. Und außerdem wäre es, glaube ich, gut, wenn es hier etwas wärmer wäre. Ein kleiner Holzkohleofen würde ausreichen.«

Ihr blieb nichts anderes übrig, als seine Bitten zu erfüllen. Sie würde ihn, wenn auch vielleicht nicht länger als fünf Minuten, mit Iveta allein lassen müssen. Ihre Zofen hatten draußen in der Halle gewartet. Agnes verließ das Zimmer, um ihre Anweisungen zu geben.

Iveta schlug die Augen auf. Das war derselbe Bruder, der sie und Joscelin im Schuppen überrascht hatte! Auf dem Hof hatte sie seine Stimme erkannt und sich mit jenem kurzen Blick vergewissert. Als sie jetzt versuchte zu sprechen, stiegen ihr die Tränen in die Augen. Aber er hörte ihr zu.

»Sie haben mir nichts erzählt! Sie haben gesagt, er könnte für den Diebstahl zum Tode verurteilt werden...«

»Ich weiß«, sagte Cadfael.

»Sie haben gesagt, wenn ich nicht alles täte, was sie wollten, wenn ich nicht alle Fragen richtig beantwortete, so daß niemand Verdacht schöpfte, würde Huon darauf drängen, daß er gehängt würde...«

»Ja, nur ruhig. Ja, ich weiß.«

»Aber wenn ich alles so täte, wie sie es wollten, würde er freigelassen werden...«

Ja, sie war bereit gewesen, sich – ihren Körper, ihren Willen, ihre Hoffnungen – zu verkaufen, damit Joscelin gerettet würde. Auch sie besaß Mut und Entschlossenheit.

»Ihr müßt ihm helfen!« sagte sie, und ihre großen Augen leuchteten wie blaue Blumen. Ihre kleine Hand, deren Knochen so zart schienen wie die eines Vogels, schloß sich um die Cadfaels. Der Griff war erstaunlich fest. »Er ist kein Dieb und kein Mörder..., das weiß ich!«

»Ich werde tun, was in meiner Macht steht!« flüsterte Cadfael und beugte sich über sie, um sie vor Agnes, die gerade eintrat, zu verbergen. Iveta reagierte schnell – sie verstummte und lag mit geschlossenen Augen da; ihre Hand war reglos ausgestreckt wie zuvor. Erst einige Minuten später schlug sie die Augen wieder auf und antwortete leise und verwundert, als Agnes sie, mit leichter Sorge, aber ohne große Freundlichkeit, fragte, wie es ihr jetzt gehe. Cadfael gab ihr seinen bitteren, aromatischen Trank ein.

»Sie muß jetzt schlafen«, sagte er beim Gehen, denn ihm lag daran, ihr die Ruhe zu verschaffen, die sie brauchte, und ihr die Gesellschaft von Menschen zu ersparen, deren Gegenwart für sie eine Qual war. »Solche Anfälle sind eine starke Belastung für den Körper. Wenn es der Ehrwürdige Vater gestattet, werde ich vor dem Vespergottesdienst noch einmal nach ihr sehen und ihr einen Sirup bringen, der sie gut schlafen läßt.«

Dies wenigstens würden sie ihr zugestehen. Sie befand sich in ihrer Gewalt und konnte nicht entfliehen, aber im Augenblick konnte man nichts anderes mit ihr anfangen. Domville war tot, und es waren jetzt neue Erwägungen erforderlich. Man würde sich nach einem anderen geeigneten Bräutigam umsehen müssen. Nein, sie war nicht erlöst – aber sie hatte eine Atempause. Nun war Zeit, die Umstände dieses gewaltsamen Todes zu untersuchen und sich Gedanken über das Schicksal jenes unglücklichen jungen Mannes zu machen, dem die Schuld daran zugeschoben wurde. Es waren noch viele Fragen unbeantwortet, die zum Teil noch gar nicht gestellt worden waren.

Gegen Mittag kam einer der Bewaffneten, die die Felder und Gärten hinter den Häusern auf der nördlichen Seite der Klostersiedlung abgesucht hatten, zu seinem Sergeant und sagte: »Es gibt nur einen einzigen Garten in diesem ganzen Gebiet, den wir noch nicht abgesucht haben, und zwar den von Bischof de Clinton. Ich glaube, es wäre ein guter Gedanke, dort nachzusehen.« Und als man ihm vorhielt, nur ein Verrückter könne auf die Idee kommen, sich in der Höhle des Löwen zu verstecken, verteidigte er sich mit Entschiedenheit.

»Das ist gar nicht so verrückt! Stellt Euch vor, der Bursche könnte Euch hören, wie Ihr Euch über diesen Gedanken lustig macht! Wenn er sich dort versteckt hält, würde *er* derjenige sein, der darüber lacht, daß Ihr das nicht für möglich haltet. Der Ort, der nicht in Frage zu kommen scheint, ist genau der Ort, der das beste Versteck für ihn abgibt. Und vergeßt nicht, daß sein Pferd noch dort ist, und wer sollte bei diesem ganzen Durcheinander schon darauf achten, daß der Stall auch wirklich abgeschlossen ist?«

Der Sergeant mußte zugeben, daß diese Möglichkeit vielleicht doch nicht so abwegig war, und befahl seinen Männern, den Garten, die Stallungen und Schuppen, die Obstgärten, mit einem Wort: das ganze Gelände innerhalb der Mauern zu durchsuchen. Schließlich öffnete man auch den Heuschober an der rückwärtigen Mauer. Zwar fand man Joscelin Lucy nicht mehr, aber man stieß auf Spuren, die eindeutig bewiesen, daß jemand sich dort versteckt hatte: ein Stück Brot und einen halb aufgegessenen Apfel sowie einen klar erkennbaren Abdruck, den ein schlanker Körper im Heu zurückgelassen hatte. Joscelin Lucy kannte diesen Ort, und die Tür in der Gartenmauer war nicht verriegelt. Jeder konnte sich denken, wer der verschwundene Besucher gewesen war.

Der Mann, der darauf bestanden hatte, auch hier zu suchen, bekam zwar keine Belobigung für eine Festnahme, konnte sich aber Hoffnungen auf eine Beförderung machen und war alles in allem nicht unzufrieden mit dem Ausgang dieser Sache.

6

Huon de Domville lag nackt unter einem Leintuch in der Friedhofkapelle aufgebahrt, und um die Bahre herum standen der Abt, der Prior, der Sheriff, der Neffe und Knappe des Toten, Sir Godfrid Picard, der zu dieser Zeit eigentlich schon Domvilles angeheirateter Verwandter hätte sein sollen, und Bruder Cadfael.

Simon Aguilon war soeben erst von der anstrengenden Suche nach dem Mörder zurückgekehrt und trug noch immer Mantel und Handschuhe. Er sah erschöpft und sorgenvoll aus, was nur zu verständlich war, da er als nächster Verwandter des Ermordeten bestimmen mußte, was weiter zu geschehen hatte. Picard kaute auf seinem schwarzen Bart und wog die Verluste und die Möglichkeiten, die sich ihm nunmehr eröffneten, gegeneinander ab. Radulfus stand reglos da und widmete seine ganze Aufmerksamkeit dem, was Cadfael zu sagen hatte.

Der Abt war ein Mann der Welt und der Kirche. Er verfügte über einen reichen Erfahrungsschatz, hatte aber bisher keine Bekanntschaft mit jener Art von Gewalt gemacht, die für Bruder Cadfael, der Soldat und Seemann gewesen war, nichts Neues war. Was Radulfus von den meisten welterfahrenen Männern unterschied, war, daß er genau wußte, welche Lücken sein Wissen aufwies, und daher bereit war, sich von anderen belehren zu lassen. Seine erste Sorge galt der Ehre und dem Ruf seines Klosters, und in diesem Fall mußte der Gerechtigkeit Genüge getan werden. Was Prior Robert betraf, so war er als Normanne außer sich darüber, daß ein normannischer Adliger ermordet worden war. Er wollte auf seine Art ebensosehr wie Picard, daß dieses Verbrechen gesühnt wurde.

»Die Kopfverletzungen allein«, sagte Bruder Cafael und

legte seine Hand auf das gewaschene und gekämmte Haar des Toten, »wären nicht tödlich gewesen. Aber infolge des Schlages war er benommen und dem Angriff wehrlos ausgeliefert. Und nun, seht hier...« Er schlug das Leintuch zurück, so daß Domvilles breite Brust und die kräftigen Oberarme entblößt waren. »Er fiel auf den Rücken, der Kopf schlug gegen die Wurzeln des Baumes, die Arme und Beine waren ausgestreckt. So fanden wir ihn – Sheriff Prestcote wird das bestätigen. Da er bekleidet war, konnte ich nicht sehen, was ich Euch nun zeigen werde. Betrachtet die Innenseite seiner Oberarme – seht Ihr die runden blauen Flecken dort? Nun stellt Euch vor, diese Arme seien seitlich ausgestreckt, und Ihr werdet Euch denken können, woher der Bewußtlose diese Blutergüsse hatte: Sein Mörder kniete sich auf die Arme seines Opfers und erwürgte ihn.«

»Hätte der Schmerz ihn nicht aus der Bewußtlosigkeit erwachen lassen müssen?« fragte der Abt ernst. Er hatte aufmerksam zugesehen, als Cadfael mit seinen kräftigen, gebräunten Fingern die Spuren zeigte, die der Mörder hinterlassen hatte.

»Er hat gewiß versucht, sich zu wehren.« Cadfael dachte an die Furchen, die Domvilles Stiefelabsätze in den weichen Waldboden gegraben hatten. »Aber es war lediglich der Körper, der sich wehrte, so wie Verwundete zucken, wenn man ihnen weitere Verletzungen beibringt, die abzuwehren sie nicht mehr die Kraft haben. Lord Domville war besinnungslos und konnte den Angreifer nicht abwerfen. Außerdem war der Mörder stark und entschlossen. Seht hier, wo beide Daumen, einer über dem anderen, gelegen haben: der Adamsapfel ist eingedrückt.«

Er hatte bisher noch keine Gelegenheit gehabt, den Abdruck der Hände, die Domville erwürgt hatten, genauer zu untersuchen. Unterhalb des gestutzten Bartes hatte das Seil eine dunkelrote Linie hinterlassen. Das Blut war inzwischen abgewaschen worden, und die dunklen Würgemale waren deutlich zu sehen.

»Es sieht so aus, als sei der Verbrecher ein grausamer, rachsüchtiger Mann«, sagte Prestcote.

»Oder ein sehr ängstlicher«, bemerkte Cadfael. »Einer, der zu einer Verzweiflungstat greift, einer Tat, die ihm gar nicht ähnlich sieht, die ohne große Vorbereitungen ausgeführt wurde. Vielleicht wollte er Lord Domville gar nicht töten.«

»Es könnte sein, daß Ihr von ein und demselben Mann sprecht«, sagte Radulfus bedächtig. »Gibt es noch irgend etwas, das der Leichnam uns über den Mörder verraten kann?«

Cadfael bemerkte etwas, das er bis dahin übersehen hatte: Auf der linken Seite des Halses, etwa dort, wo der Mittelfinger der rechten Hand des Mörders gelegen haben mußte, war quer über dem Würgemal eine kleine Wunde zu sehen, als habe sich dort ein scharfkantiger Stein in das Fleisch gedrückt. Cadfael betrachtete die kleine, unbedeutende Wunde und kam zu dem Schluß, daß sie wahrscheinlich keineswegs unbedeutend war.

»Eine kurze Schnittwunde«, sagte er und untersuchte sie genauer. »Und gleich daneben hat sich etwas tief in die Haut eingedrückt. Der Täter trug einen Ring am mittleren oder am Ringfinger der rechten Hand. Nach der Größe des Eindrucks zu schließen muß es ein Ring mit einem großen Stein gewesen sein. Und er muß recht locker am Finger gesessen haben, denn er hat sich beim Zugreifen gedreht. Gewiß trägt der Mörder ihn am Mittelfinger, denn wenn er am Ringfinger zu lose säße, hätte er ihn gewiß auf den Mittelfinger gesteckt. Ich kann mir nicht vorstellen, wie es sonst zu einer solchen Verletzung gekommen sein könnte.« Er sah auf in die aufmerksamen Gesichter der Umstehenden. »Hat Joscelin Lucy jemals einen solchen Ring getragen?«

Picard zuckte die Schultern. Nach einigem Nachdenken sagte Simon: »Ich kann mich nicht erinnern, einen solchen Ring an ihm gesehen zu haben. Aber ich kann auch nicht mit Sicherheit sagen, daß er nie einen hatte. Ich werde Guy fragen – vielleicht weiß er es.«

»Wir werden das feststellen«, sagte der Sheriff. »Habt Ihr sonst noch etwas bemerkt?«

»Nein, sonst fällt mir nichts mehr ein. Außer, daß es sich vielleicht lohnen würde, herauszufinden, was Lord Domville zu dieser Zeit auf diesem Waldweg zu tun hatte.«

»Aber wir wissen nicht, wann der Mord verübt wurde«, gab Prestcote zu bedenken.

»Das stimmt. Wir können nicht genau sagen, wie lange er schon tot war – es bleibt ein Spielraum von mehreren Stunden. Allerdings war der Boden unter ihm feucht. Es gibt jedoch einen anderen Punkt, der von Interesse ist: Alle Zeichen deuten darauf hin... Nein, wir wollen unserer Sache nicht allzu sicher sein, darum will ich lieber sagen: Alle Zeichen *scheinen* darauf hinzudeuten, daß er auf dem Heimweg war, als er überfallen wurde. Dieser Hinterhalt wurde gelegt, bevor er die Stelle erreicht hatte. Wer immer ihm dort auflauerte und ihn dann tötete, mußte daher wissen, wo Lord Domville gewesen war und auf welchem Weg er zurückkehren würde.«

»Oder er ist ihm im Schutz der Dunkelheit gefolgt und hat dann seinen Plan in die Tat umgesetzt«, sagte der Sheriff. »Wir wissen inzwischen, daß Lucy sich in einem Heuschober im Garten des Bischofs verborgen, sein Versteck aber nach Einbruch der Dunkelheit verlassen hat. Er könnte seinem Herrn in böser Absicht gefolgt sein. Wie die ganze Dienerschaft wußte auch er, daß Domville hier im Kloster zu Abend essen würde. Es war ihm also ein leichtes, in einem Versteck auf seine Rückkehr zu warten, und als er sah, daß Domville allein weiterritt und seinen Knappen zu Bett schickte, nahm er die Gelegenheit wahr, Rache zu nehmen. Es bleibt kaum ein Zweifel, daß Lucy der Mann ist, den wir suchen.«

Es gab nichts mehr zu sagen. Überzeugt, daß seine Schlußfolgerungen richtig waren, nahm der Sheriff seine

Suche wieder auf; und angesichts der Tatsachen, dachte Cadfael, konnte man ihm keinen Vorwurf machen – der Fall schien eindeutig. Huon de Domvilles Leichnam wurde Bruder Edmund und seinen Helfern übergeben, und man erteilte Martin Bellecote, dem Tischlermeister der Stadt, den Auftrag, einen Sarg anzufertigen, denn schließlich mußte er in einem ordentlichen Sarg und mit standesgemäßer Pracht beerdigt werden – ganz gleich, ob das Begräbnis hier oder anderswo stattfinden sollte. Sein Leichnam konnte über den Mörder keine weiteren Aufschlüsse geben.

Das jedenfalls dachte Cadfael, bis er in seinem Schuppen Bruder Oswin von dem gewaltsamen Tod und der Untersuchung erzählte, als sie die Bohnen für die Aussaat im nächsten Frühjahr aussortierten. Oswin hörte aufmerksam zu. Als Cadfael geendet hatte, sagte er scheinbar zusammenhangslos: »Wie merkwürdig, daß er in einer Oktobernacht ohne Kopfbedeckung ausgeritten ist. Und dabei war er doch kahl.«

Wie vom Donner gerührt stand Cadfael mit ein paar Bohnen in der Hand da und sah seinen Gehilfen an. »Was hast du da gesagt?«

»Na ja, er war ein alter Mann, und in einer kalten Nacht auszureiten, ohne etwas auf dem Kopf...«

Ihm war sofort das einzige aufgefallen, das Cadfael entgangen war. Domville hatte das Kloster nicht barhäuptig verlassen, soviel war sicher. Cadfael hatte ihn selbst davonreiten sehen: Domville hatte eine Kappe aus feinem rotem Filz mit aufgebogenen Rändern und herabhängenden goldenen Fransen getragen. Und dennoch hatte er es versäumt, die Stelle, an der man den Leichnam gefunden hatte, danach abzusuchen oder nach ihrem Verbleib zu fragen.

»Mein Sohn«, sagte Cadfael mit einem breiten Lächeln, »ich habe dich wieder einmal unterschätzt. Erinnere mich daran, wenn ich dir das nächste Mal zu sehr auf die Finger sehe. Natürlich trug er eine Kappe, und ich sollte mich besser gleich daran machen, sie zu suchen.«

Er fragte nicht, ob er das Kloster verlassen dürfe, sondern zog es vor, die Erlaubnis vom Vormittag, sich an der Suche zu beteiligen, auch auf die weiteren Nachforschungen in dieser Sache auszudehen. Wenn er sich beeilte, blieb ihm noch genug Zeit bis zum Vespergottesdienst, und der Ort des Verbrechens war ja mit dem improvisierten Kreuz markiert.

Das Gras an der Stelle, wo Domvilles Leichnam gelegen hatte, richtete sich bereits wieder auf, aber dennoch war der Abdruck des Körpers noch schwach zu erkennen. Cadfael suchte sowohl auf dem Weg als auch unter den Bäumen zu beiden Seiten, fand aber nichts. Plötzlich fiel ein Sonnenstrahl durch die Zweige der Bäume in ein dichtes Gebüsch und ließ die goldenen Fransen der Kappe aufleuchten. Infolge ihrer modischen Machart hatte sie nicht sehr fest auf Domvilles Kopf gesessen und war, als er vom Pferd fiel, in ein drei Meter vom Weg entferntes Gebüsch geschleudert worden. Cadfael hob sie auf. Sie war nach Art eines Turbans gemacht, und die Bahnen waren gut gewunden und hatten sich nicht gelöst, so daß sie immer noch die Form einer Kappe hatte, an deren Seite das Ende der Bahn, das in goldene Fransen auslief, elegant auf die Schulter des Trägers herabhing. In den dunkelroten Falten steckte etwas, das hellblau leuchtete. Bei seinem nächtlichen Ausritt hatte Huon de Domville sich mit einigen kleinen, himmelblauen Blumen geschmückt, die an geraden, dünnen Stengeln mit zarten, grünen Blättern saßen und selbst jetzt, nach einem ganzen Tag ohne Wasser, noch nicht verwelkt waren. Cadfael zog das Sträußchen aus den Falten der Kappe und betrachtete es staunend, denn diese Pflanze war, obwohl ihre Verwandten in dieser Gegend häufig anzutreffen waren, eine Seltenheit.

Er kannte sie gut, obwohl sie selbst an den schattigen Plätzen in Wales, wo er sie gelegentlich gesehen hatte, nur hin und wieder anzutreffen war. Seines Wissens gab es hier in England keine Stelle, wo sie wuchs. Wenn er ihren Samen brauchte, um Pulver oder Aufgüsse gegen Koliken oder Nierensteine zu bereiten, mußte er auf die weniger wirksamen Unterarten dieser Blume zurückgreifen. Wie kommt, fragte er sich, während er diese spät blühenden und jetzt etwas verblaßten Blumen betrachtete, ein Sträußchen Blauer Steinsame hierher? Er wußte mit Sicherheit, daß er diese Blumen nicht an Domville gesehen hatte, als dieser das Kloster verließ.

Es war bedauerlich, daß er keine Zeit hatte, weiterzugehen, aber er mußte zurück, um am Vespergottesdienst teilzunehmen und nach Iveta zu sehen. Er war langsam sehr neugierig, was das Ziel von Domvilles nächtlichem Ausritt gewesen sein mochte. Hatte Picard nicht ganz nebenbei erwähnt, der Baron habe ein Jagdhaus in der Nähe des Großen Waldes besessen? Vielleicht führte dieser Weg direkt von der Klostersiedlung zu jenem Jagdhaus. Natürlich war es möglich, daß dieses Haus irgendwo im Wald lag, aber vielleicht lohnte es sich dennoch, den Weg, den Domville geritten war, weiter zu verfolgen. Allerdings nicht heute – das kam nicht in Frage.

Cadfael steckte die Kappe und den kleinen Blumenstrauß in die Falten seiner Kutte und machte sich auf den Rückweg. Zweifellos war es seine Pflicht, beides zusammen mit den erforderlichen Erklärungen beim Sheriff abzugeben, aber im Augenblick war er sich nicht so sicher, ob er das wirklich tun würde. Die Kappe würde er natürlich aushändigen – aus ihr ließ sich nichts ersehen, das nicht schon bekannt gewesen wäre. Mit den kleinen Blumen doch verhielt es sich anders: Domville war dort gewesen, wo sie wuchsen, und in der ganzen Grafschaft konnte es nicht mehr als *einen* solchen Ort geben. In Gwynedd, wo Cadfael aufgewachsen war, gab es nur drei Stellen, wo Blauer Steinsame wuchs, und er war überrascht festzustellen, daß es die Pflanze auch in dieser Gegend gab. Und Prestcote war zwar ein ehrenwerter und gerechter Mann, aber seine Entscheidungen waren willkürlich, und er war von Joscelins Schuld bereits überzeugt. Wer außer ihm hätte einen Grund gehabt, den Baron zu hassen? Für Cadfael jedoch stand keineswegs fest, daß der junge Mann der Mörder war. Er ließ sich nicht durch bloßes Gerede täuschen. Es gab Menschen, die zu einem Meuchelmord imstande waren, und andere, bei denen das nicht der Fall war – und niemand würde ihn vom Gegenteil überzeugen können. Jeder konnte in eine Situation geraten, in der er fähig war, jemanden zu töten, aber nicht jeder war fähig, einen heimtückischen Mord zu begehen, indem er einem anderen ein Messer in den Rücken stieß oder ein Seil über einen Weg spannte.

Er kehrte zum Kloster zurück, gab die Kappe bei dem Sergeant ab, den Prestcote am Torhaus zurückgelassen hatte, und begab sich zu seinem Schuppen, um den Mohnsaft für Iveta zu holen.

Diesmal ließen sie ihn nicht einen Augenblick lang mit ihr allein. Die Zofe Madlen, die Agnes offenbar treu ergeben war, stand immer in Hörweite und betrachtete ihn mit argwöhnischen Augen, so daß er Iveta nur durch seine Anwesenheit und die Arznei, die er ihr brachte, seines Beistandes versichern konnte. Zumindest konnten sie Blicke wechseln und versuchen, etwas aus ihnen zu lesen. Und er konnte dafür sorgen, daß sie gut und tief schlief, während er darüber nachdachte, wie er ihr – und Joscelin Lucy? – am besten helfen konnte. Sie würde sich über eine Hilfe, die sich nicht auch auf ihren Liebsten erstreckte, gewiß nicht freuen, denn schließlich war sie bereit gewesen, ihre Zukunft für sein Leben zu opfern.

Als Bruder Cadfael zum Vespergottesdienst ging, trug er die kleinen blauen Blumen noch immer in seiner Kutte bei sich.

Den ganzen Tag über hatte Bruder Mark eine unbestimmte, aber beständige Unruhe gequält. Er hatte das Gefühl, daß irgendein Ereignis seine kleine Gemeinde aufgestört hatte. Bei der Prim, zu der alle mit Ausnahme von ein oder zwei kleinen Kindern sich in der Kirche versammelten, hatte es begonnen. Nicht daß er seine Schützlinge je zählte – wenn der eine oder andere sich kränker fühlte als sonst, war er nicht verpflichtet, am Gottesdienst teilzunehmen, und so schwankte ihre Zahl von Tag zu Tag. Außerdem gab es Kranke, die selbst während dieses kurzen Gottesdienstes nicht lange still sitzen konnten, so daß es immer etwas Unruhe und Bewegung gab. Nein, es war eher so, daß es ihm vorgekommen war, als sei das Licht in dieser kleinen, eigentlich nie besonders hellen Kirche heute noch spärlicher. Unter den Kranken gab es sechs oder sieben große Männer, aber er war mit ihren Verhaltensweisen und ihrem Gang vertraut und erkannte selbst die verschleierten unter ihnen an ihren Bewegungen und ihrer Haltung.

Ein- oder zweimal während der Prim hatte er geglaubt, eine hochgewachsene, verhüllte und verschleierte Gestalt auszumachen, die ihm fremd vorkam, aber jedesmal hatte er sie wieder aus den Augen verloren. Erst gegen Ende des Gottesdienstes dämmerte es ihm, daß die anderen Kranken immer wieder ihren Platz mit dem Eindringling tauschten.

In diesem Hospiz, dessen Türen jedem offenstanden, schien ›Eindringling‹ ein unangebrachtes Wort zu sein – und doch: Wenn der Fremde wirklich ein Aussätziger gewesen wäre, für den dieser Ort eine weitere Station seiner Wanderschaft war, dann hätte er sich ja bei Bruder Mark melden können, und dieses geheimnisvolle Versteckspiel wäre nicht nötig gewesen. Aber welcher Gesunde würde auf die Idee kommen, sich hier zu verstecken? Es müßte sich schon um jemanden handeln, der völlig verzweifelt war.

Mark war beinahe davon überzeugt, daß er sich getäuscht hatte, aber als er Brot, Haferflocken und Dünnbier zum Frühstück ausgegeben hatte, mußte er, obwohl er nie nachzählte – denn wer zählt schon, was er den Armen gibt? –, feststellen, daß mehr verbraucht war als sonst. Einer seiner Schützlinge mußte ein zweites Mal gekommen sein, um das Frühstück für einen anderen zu holen.

Natürlich wußte er, daß die Männer des Sheriffs das Gebiet zwischen Saint Giles und der Stadt absuchten, und am Vormittag hatte er auch von Huon de Domvilles Tod erfahren. Die Tatsache, daß die Aussätzigen aus der Gesellschaft ausgeschlossen waren, hatte noch nie verhindert, daß sich irgendwelche Neuigkeiten herumsprachen. Was immer in der Stadt oder im Kloster passierte, war kurz darauf auch im Hospiz bekannt, und darüber, wie Huon de Domville ums Leben gekommen war und daß nach seinem entflohenen Knappen gesucht wurde, war man genau informiert. Aber Bruder Mark hatte zuviel zu tun, um solchen Gerüchten große Aufmerksamkeit zu schenken. Zunächst einmal mußte er sich wie jeden Morgen um die Kranken kümmern, und erst als jeder Verband gewechselt und jede wunde Hautstelle eingesalbt war, wandten sich seine Gedanken jener Störung zu, die ihn beunruhigte. Und selbst dann gab es noch genug andere Aufgaben, die auf ihn warteten: Er mußte Buch führen über die Spenden, die das Hospiz erhielt, eine Gruppe von einigermaßen starken Männern in den Wald von Sutton schicken, um dort Feuerholz zu sammeln (ein Recht, das der verstorbene Lord Sutton dem Hospiz verliehen hatte und das von seinem Sohn verlängert worden war), er hatte das Mittagessen zuzubereiten, die Buchführung des Superiors zu überprüfen und eine Menge anderer Dinge zu erledigen. Erst am Nachmittag kam er dazu, sich den Aufgaben zu widmen, die er freiwillig übernommen hatte. So las er einem alten Mann, der zu krank war, um sein Bett verlassen zu können, aus der Heiligen Schrift vor und erteilte Bran Unterricht im Lesen und Schreiben. Das war gewöhnlich mehr Spiel als Unterricht, denn Bran war äußerst lernbegierig. Er nahm neues Wissen so natürlich und so leicht in sich auf wie Muttermilch.

Mark hatte einen kleinen Tisch gebaut, der gerade die richtige Größe für einen Achtjährigen hatte, und heute hatte er ein altes, gereinigtes Blatt Pergament vorbereitet und die abgeschnittenen Ränder auf seinen eigenen Tisch, der neben dem Brans stand, gelegt. Der Unterricht fand in einem

Winkel der Eingangshalle statt, neben einem schmalen Fenster, durch das etwas Licht fiel. Manchmal beendeten sie den Unterricht mit Zeichenspielen auf dem unbenutzten Teil des Pergaments, bei denen Bran gewöhnlich gewann. Das Pergament konnte so lange wieder abgeschabt und neu benutzt werden, bis es schließlich zu dünn wurde.

Mark ging hinaus, um nach seinem Schüler zu suchen. Der Tag war klar, nur ein leichter Dunst milderte das Sonnenlicht. Viele der Aussätzigen standen jetzt mit ihren Klappern am Rand der Landstraße, in gebührendem Abstand zu den Reisenden, und baten um milde Gaben. Lazarus aber saß mit Mantel, Kapuze und Gesichtstuch hochaufgerichtet und reglos an seinem Lieblingsplatz bei der Mauer des Friedhofs. Bran leiste ihm Gesellschaft. Der Junge lehnte sich an seinen Oberschenkel und hielt zwischen beiden Händen ein Netz aus grobem Bindfaden, dessen Enden er zwischen den Zähnen hielt. Der alte Mann griff mit beiden Händen in das Netz und nahm es ihm ab. Die beiden spielten das alte Spiel Katzenwiege, und Bran kicherte in einem fort mit zusammengebissenen Zähnen.

Es war schön anzusehen, wie gut der alte Mann und das Kind miteinander auskamen, und Bruder Mark zögerte, das Spiel zu unterbrechen. Er wollte sich schon abwenden und sie weiterspielen lassen, aber Bran hatte ihn gesehen, ließ den Bindfaden los und rief: »Ich komme schon, Bruder Mark! Wartet doch auf mich!«

Er löste seine Finger aus dem Netz, sagte seinem Freund, der den Faden wortlos zusammenrollte, kurz adieu und rannte Mark nach. Er schob seine Hand in die seines Lehrers und hüpfte neben ihm her zum Haus.

»Wir haben uns nur die Zeit vertrieben, bis Ihr mich holen kommt«, sagte der Junge.

»Willst du nicht lieber draußen bleiben und spielen, solange das Wetter so schön ist wie jetzt? Ich würde es dir natürlich erlauben. Wir können noch den ganzen Winter über an langen Abenden am Feuer sitzen und lernen.«

»Nein, ich will Euch viel lieber zeigen, wie gut ich die Buchstaben kann, die Ihr mir beigebracht habt.«

Er hatte Bruder Mark ins Haus gezogen, sich an den Tisch gesetzt und das frische Pergamentpapier vor sich stolz glattgestrichen, und noch immer nicht war Bruder Mark aufgegangen, was er gerade gesehen hatte. Erst der Anblick der kleinen Hand, die zur Feder griff, rief es ihm ins Bewußtsein. Er zog so geräuschvoll die Luft ein, daß Bran ihn, in der Annahme, er habe etwas entweder völlig falsch oder aber unerwartet gut gemacht, fragend ansah, und Mark beeilte sich, ihm zu versichern, er mache seine Sache sehr gut.

Wie war es nur möglich gewesen, daß ihm nicht aufgefallen war, was er gesehen hatte? Dieselbe Größe, dieselbe aufrechte Haltung, dieselben breiten Schultern unter dem Mantel – alles war so, wie es sein sollte. Nur daß an den beiden Händen, von denen Bran die Katzenwiege abgenommen hatte, noch alle Finger waren. Es waren die kräftigen, faltenlosen, wohlgeformten Hände eines jungen Mannes gewesen.

Dennoch erwähnte Bruder Mark seine Entdeckung mit keinem Wort, weder gegenüber dem Superior des Hospizes noch gegenüber irgendeinem anderen, und er versuchte auch nicht, den Eindringling zur Rede zu stellen. Was ihn am meisten beeindruckte und ihn davon abhielt, etwas zu unternehmen, war die Einmütigkeit, mit der die Aussätzigen den Flüchtling aufgenommen hatten. Gewiß war kein Wort der Erklärung gefallen, und dennoch hatten sie ihm Zuflucht gewährt, weil sie erkannt hatten, daß er ebenso in Not war wie sie selbst. Und Bruder Mark würde sich hüten, die Richtigkeit ihres Urteils anzuzweifeln, solange er keine handfesten Beweise hatte.

Mit dem Einbruch der Dunkelheit kehrten die Männer von ihrer erfolglosen Suche zurück. Guy, der sich nur sehr widerwillig daran beteiligt hatte, trat mit schweren Schritten in das Zimmer, das er mit Simon teilte, zog sich die Stiefel aus und ließ sich mit einem tiefen Seufzer aufs Bett fallen.

»Dein Glück, daß dieser Kelch an dir vorübergegangen ist! Stundenlang sind wir durchs Unterholz gekrochen, haben Schweineställe durchsucht und Hühner aufgescheucht. Ich werde noch tagelang nach Mist stinken! Der Kanonikus ist extra aus der Kirche gekommen, um uns hinauszujagen, aber so weit, daß er sich selbst an der Suche beteiligt hätte, ging sein Eifer auch wieder nicht. Er ist wieder zurückgegangen, um seine Gebete zu sprechen – hoffentlich nützen sie dem Alten auch was!«

Simon, der gerade dabei war, sein bestes Wams anzuziehen, hielt inne. »Und du hast nichts von Joss gesehen?« fragte er besorgt.

»Nein, keine Spur. Und wenn, dann hätte ich in die andere Richtung gesehen und schön meinen Mund gehalten.« Guy unterdrückte ein Gähnen und streckte behaglich seine langen Beine aus. »Der Sheriff hat einen Gürtel um die Stadt gelegt, durch den nicht einmal eine Maus schlüpfen könnte. Morgen will er in nördlicher Richtung weitersuchen, und übermorgen am Bach. Ich sage dir, Simon, sie sind entschlossen, ihn zu fangen. Hast du gehört, daß sie sogar das Grundstück, das zu diesem Haus gehört, durchsucht haben? Und dabei ist herausgekommen, daß er oder irgendein anderer sich in einem der Schuppen an der Mauer versteckt hat.«

Gedankenverloren knöpfte Simon sein Wams zu. »Ja, ich habe davon gehört. Aber es scheint, als sei er längst auf und davon gewesen. Wenn er es überhaupt war.«

»Meinst du, er ist schon in Sicherheit? Warum lassen wir heute nacht nicht wenigstens den Stall offen oder bringen Briar in den großen Stall im Hof? Eine kleine Chance ist doch besser als gar keine.«

»Selbst wenn wir wüßten, wo er sein könnte... Aber ich habe nachgedacht«, sagte Simon, »und ich glaube, wir sollten dem armen Tier ein bißchen Bewegung verschaffen.

Wer weiß... vielleicht sieht mich jemand reiten, und wenn Joss es erfährt, kann er mit mir Kontakt aufnehmen.«

»Wie ich sehe, glaubst du genausowenig an seine Schuld wie ich«, bemerkte Guy, richtete sich auf und sah seinen Freund scharf an. »Das ist genauso lachhaft wie diese Sache mit der Halskette in der Satteltasche. Ich frage mich, welcher Lump von den Dienern diesen Befehl ausgeführt hat. Oder meinst du, der Alte hat das selbst erledigt? Solange ich ihn kenne, hat er sich nie gescheut, sich die Hände schmutzig zu machen.« Guy war mit zwölf Jahren als Page von seinem Vater in Domvilles Haus geschickt worden und hatte im Lauf der Zeit eine gewisse Zuneigung zu seinem schwierigen Herrn entwickelt, der seinerseits allerdings nie Anlaß gehabt hatte, ihm Schwierigkeiten zu bereiten. »Aber trotzdem – es war eine niederträchtige Art, ihn loszuwerden«, sagte er. »Und ich frage mich immer noch... Wenn Joss wirklich so wütend auf ihn war – und dazu hatte er ja allen Grund –, würde ich meine Hand dafür ins Feuer legen, daß er den Alten nicht umgebracht hat? Selbst auf diese Weise.«

»Aber ich würde jederzeit darauf schwören«, sagte Simon mit Bestimmtheit.

»Ja, du schon!« Guy stand auf und schlug seinem Freund auf die Schulter. »Wo andere glauben, *weißt* du! Paß auf, daß du nicht eines Tages auf die Nase fällst mit deinem Vertrauen. Wenn ich dich so ansehe«, fügte er hinzu und zupfte Simons Kragen zurecht, »finde ich, daß du hervorragend aussiehst. Wo willst du hin?«

»Nur ins Kloster, zu den Picards. Eine höfliche Geste – jetzt, wo das Schlimmste vorbei ist und der Staub sich etwas gesetzt hat. Sie wären fast seine Verwandten geworden, und man muß sie bei den Trauerfeierlichkeiten berücksichtigen. Es kostet mich ja nichts, Picard als meinen väterlichen Ratgeber zu betrachten, bis mein Onkel beerdigt ist. Ich werde Botschaften an meine Tante im Kloster von Wroxall und ein oder zwei entfernte Cousinen schicken müssen. Eudo kann sich dabei nützlich machen – er hat den erforderlichen blumigen Stil.«

»Ich warne dich«, sagte Guy und wandte sich zur Tür, um sich von einem Diener warmes Wasser bringen zu lassen. »Der Sheriff und Eudo werden von dir verlangen, daß du uns morgen bei unserer Suche begleitest. Sie haben es sich in den Kopf gesetzt, ihn zu hängen.«

»Ich kann es ja machen wie du und einfach in die andere Richtung sehen«, antwortete Simon und machte sich auf den Weg zu Picard, der fast sein Verwandter geworden wäre und gehofft hatte, um diese Zeit auch die Vorteile dieses Verwandtschaftsverhältnisses zu genießen.

Iveta lag in ihrem Bett. Neben ihr stand Bruder Cadfaels Mohnsaft, und seine Versicherung, dieses Mittel werde sie gut schlafen lassen, war ihr ein kleiner Trost. Aber sie wollte noch nicht schlafen. Sie genoß es, allein zu sein, auch wenn sie wußte, daß Madlen in Rufweite war. In all diesen Wochen hatte man sie nur selten allein gelassen, und die Gegenwart ihrer Bewacher war wie ein Schatten gewesen, der sich über die Sonne gelegt hatte. Nur gestern hatte man sie für ein paar Minuten ausgeschickt, sich zu zeigen, wo man sie bemerken mußte, so daß der Abt ihr seine Fragen stellen konnte. Und selbst dabei hatte man sie beobachtet, um sicherzugehen, daß sie die richtigen Antworten gab und mit ruhiger Gelassenheit bestätigte, sie sei mit dieser verhaßten Heirat einverstanden. Und dabei hatten sie die ganze Zeit gewußt, daß Joscelin nicht gefangen, sondern frei war – auch wenn seine Freiheit die eines Mannes auf der Flucht war!

Aber das war vorbei. Sie würde sich nicht mehr betrügen lassen! Wenigstens an zwei Dinge konnte sie sich klammern: Man hatte ihn noch nicht gefaßt, und sie war nicht verheiratet.

Sie hörte Schritte näher kommen. Voller unguter Ahnungen zog sie die Bettdecke bis zum Kinn. Aber als Agnes in der Tür erschien, war ihr Gesicht fast gütig, und ihre Stimme klang beinah süß – gewiß, um den Besucher zu täuschen, der hinter ihr stand. Erstaunt betrachtete Iveta diese veränderte Erscheinung.

»Bist du noch wach, mein Kind? Hier ist ein guter Freund, der sich nach deinem Befinden erkundigt hat. Darf er für einen Augenblick hereinkommen? Du bist doch noch nicht zu müde?«

Aber er war bereits eingetreten. Es war Simon, der seine besten Kleider trug und für ihren Onkel und ihre Tante seine besten Umgangsformen hervorgeholt hatte. Das mußte die beiden getäuscht haben, denn sie erlaubten ihm tatsächlich, mit ihr allein zu sein. Agnes zog sich zurück, jenes gütige Lächeln auf den Lippen, das sie für solche Gelegenheiten reserviert hatte. »Aber nur ein paar Minuten. Sie darf sich noch nicht anstrengen.«

Sie ging hinaus und schloß die Tür hinter sich. Sofort verschwand der wachsame Ausdruck aus Simons freundlichem, jungenhaften Gesicht. Er trat an Ivetas Bett, zog einen Schemel heran und setzte sich. Erfreut richtete sie sich auf. Ihre goldblonden Haare fielen in weichen Wellen über ihr leinenes Nachtgewand.

»Leise!« warnte er sie und legte den Finger an die Lippen. »Ihr müßt leise sprechen – vielleicht lauscht sie an der Tür. Man hat mich nur kurz zu Euch gelassen, damit ich Euch einen Höflichkeitsbesuch abstatten und mich nach Eurem Befinden erkundigen kann. Es tut mir leid, daß es ein solcher Schreck für Euch war. Hat Euch niemand gesagt, daß er entflohen ist?«

Sie schüttelte den Kopf. Sie hatte so viel zu sagen, daß sie fast nicht sprechen konnte. »Oh, Simon, gibt es Neuigkeiten? Er ist doch nicht...«

»Nein, es gibt weder gute noch schlechte Neuigkeiten«, sagte er schnell mit leiser Stimme. »Es hat sich nichts geändert. Er ist noch immer frei, und mit Gottes Hilfe wird er es auch bleiben. Ich weiß, sie werden nach ihm suchen – aber ich werde dasselbe tun«, sagte er bedeutungsvoll und nahm die kleine Hand, die sich zu ihm hintastete. »Nur Mut! Sie haben ihn den ganzen Tag über gesucht, und niemand hat ihn auch nur gesehen. Wer weiß – vielleicht ist er schon lange auf und davon. Er ist stark und kühn...«

»Zu kühn!« sagte sie traurig.

»Aber er hat immer noch Freunde, trotz allem, was sie ihm vorwerfen. Freunde, die nicht glauben, daß er schuldig ist!«

»Ach, Simon, wenn Ihr wüßtet, wie gut es mir tut, das zu hören!«

»Ich wollte, ich könnte mehr tun, für ihn und für Euch! Aber laßt den Kopf nicht hängen – Ihr braucht nur Geduld zu haben und zu warten. *Eine* Last ist von Euch genommen, und wenn man ihn nicht faßt, gibt es keinen Grund zur Eile. Ihr könnt warten.«

»Und Ihr glaubt wirklich, daß er das Kollier nicht gestohlen hat? Und daß er Domville nicht ermordet hat?«

»Ich *weiß*, daß er weder das eine noch das andere getan hat«, antwortete Simon bestimmt, und seine Stimme verriet jenes unbedingte Vertrauen, das Guy ihm so freundschaftlich vorgeworfen hatte. »Sein einziges Verbrechen ist, daß er geliebt hat, wo Liebe nicht erlaubt war. Oh, ich weiß!« sagte er schnell, als sie die Augen schloß und das Gesicht abwandte. »Vergebt mir, wenn ich Euch zu nahe getreten bin, aber er ist mein Freund, und wir haben keine Geheimnisse voreinander. Ich weiß, daß er Euch liebt!« Er warf einen besorgten Blick über seine Schulter und lächelte sie aufmunternd an. »Eure Tante wird gleich kommen. Ich muß gehen. Aber vergeßt nicht: Joss hat immer noch Freunde.«

»Ich werde es nicht vergessen, und ich danke Gott und Euch dafür«, sagte sie und lächelte ihn an. »Werdet Ihr wiederkommen, sobald Ihr könnt, Simon? Ihr könnt Euch nicht vorstellen, wie sehr Euer Besuch mich getröstet hat.«

»Ich werde kommen«, versprach er, beugte sich schnell zu ihr hinunter und küßte ihre Hand. »Und jetzt gute Nacht! Schlaft gut, und macht Euch keine Sorgen.«

Er war schon auf dem Weg zur Tür, als sie von Agnes geöffnet wurde. Ihr gütiger Gesichtsausdruck konnte nicht darüber hinwegtäuschen, daß ihre Augen mißtrauisch blickten. Dieser junge Mann war Huon de Domvilles Neffe, und als solchem stand ihm nun die Ehrerbietung zu, die man seinem Onkel zu Lebzeiten entgegengebracht hatte. Dennoch würde sie so lange ein wachsames Auge auf Iveta haben, bis ein einträglicher Heiratsvertrag abgeschlossen worden war.

Die Tür schloß sich. Jetzt war Iveta bereit zu schlafen. Ihr war ein Stein vom Herzen gefallen. Sie trank den süßen, dickflüssigen Schlafsirup, den Bruder Cadfael ihr gebracht hatte, und blies die Kerze aus.

Als Madlen die Tür einen Spalt öffnete und einen mißtrauischen Blick ins Zimmer warf, war Iveta bereits eingeschlafen.

Nach der Komplet bat Bruder Cadfael um eine Audienz bei Abt Radulfus. Der Abt empfing ihn in seinem Studierzimmer. Es war eine gute Zeit für ein ernstes Gespräch – es war ein ereignisreicher Tag gewesen, und nun senkte sich die Ruhe der Nacht über das Kloster.

»Ehrwürdiger Vater, ich habe Euch alles gesagt, was ich von dieser Sache weiß – alles, bis auf eines. Ihr wißt, daß ich mich mit Kräutern auskenne. In der Kappe, die ich heute fand und die ich heute abend dem Sheriff übergeben habe, steckten einige Blumen, die selbst in Wales, wo man sie hier und da findet, außergewöhnlich selten sind. Hier in England habe ich sie noch nie zuvor zu Gesicht gekommen. Und doch war Huon de Domville in der letzten Nacht seines Lebens an einem Ort, wo diese Blumen wachsen. Ich bin überzeugt, daß dieser Umstand von größter Bedeutung ist, Ehrwürdiger Vater, und ich möchte herausfinden, wo Huon de Domville am Vorabend seiner Hochzeit war und was er dort gemacht hat. Ich glaube, die Antwort auf diese Frage wird uns helfen, herauszufinden, von wem Mylord Domville ermordet wurde und warum der Mord ausgerechnet an dieser Stelle und auf diese Weise verübt wurde.«

Er hielt das kleine Sträußchen in der Hand – ein paar dürre, dünne Stengel, an denen winzige grüne Blätter und verwelkende, sternförmige Blüten saßen, die noch immer überraschend blau waren.

Der Abt betrachtete die Blumen mit Verwunderung. »Und Ihr wißt, wo diese Pflanzen wachsen und wo nicht?«

»Sie wachsen nur an sehr wenigen Stellen, nämlich dort, wo Kalkstein mit einer dünnen Schicht Erde bedeckt ist.«

»Und Ihr glaubt herausfinden zu können, wo der Ermordete die letzte Nacht verbracht hat?«

»Wir wissen, auf welchem Weg er zurückkehrte. Gewiß ist er auf demselben Weg ausgeritten, als er seinen Knappen am Tor zurückließ. Mit Eurer Erlaubnis möchte ich diesem Weg folgen und herausfinden, wo diese Blumen wachsen. Ich glaube, daß das Leben von Menschen, die sich außer jugendlichem Ungestüm und Zorn nichts haben zuschulden kommen lassen, von dieser Kleinigkeit abhängen kann.«

»Derartiges ist schon unzählige Male vorgekommen«, sagte Abt Radulfus. »Unser Anliegen ist Gerechtigkeit – die Gnade liegt bei Gott. Ihr habt meine Erlaubnis, Bruder Cadfael, in dieser Sache so lange Nachforschungen anzustellen, wie Ihr es für richtig haltet. Ich vertraue Euch.«

»Gott weiß, wie sehr ich dieses Vertrauen zu schätzen weiß«, sagte Cadfael, und das stimmte. »Und ich vertraue Euch – jetzt und in Zukunft. Was immer ich herausfinde, werde ich Euch mitteilen.«

»Nicht dem Sheriff?« fragte Radulfus und lächelte.

»Gewiß. Er wird es durch Euch erfahren, Ehrwürdiger Vater.«

Cadfael begab sich ins Dormitorium und schlief tief und fest wie ein Kind, bis die Glocke zur Frühmette rief.

7

Gegen Ende der Prim am folgenden Tag suchte Prestcote mit seinen Männern bereits die Gegend nördlich der Klostersiedlung ab. Diesmal würden sie langsam und in dichter Kette einen etwa drei Meilen langen, großen Bogen schlagen und das Gelände so gründlich durchkämmen, daß ihnen nicht einmal ein Wiesel oder ein Hase entgehen würde. Der Sheriff war entschlossen, den Mann, den er suchte, zu stellen, und er war überzeugt, daß Joscelin noch nicht durch die Maschen seines Netzes geschlüpft war, denn er hatte die Posten, die er rings um Shrewsbury aufgestellt hatte, verstärkt. Picard unterstützte ihn mit allen seinen Dienern, und der Kanonikus Eudo wies in diesem Augenblick wahrscheinlich alle, die zu Domvilles Haushalt gehörten, an, dem Sheriff zu helfen. Und obwohl zweifellos einige nur widerwillig bereit waren, sich an dieser Suche zu beteiligen, war Jagdfieber doch etwas Ansteckendes, und so waren die meisten nur zu bereit, Alarm zu geben, sollten sie den jungen Mann, der wegen Mordes gesucht wurde, aufstöbern.

Nicht zum erstenmal war Bruder Cadfael von dem sehnsüchtigen Wunsch erfüllt, Hugh Beringar möge hier sein, um den Eifer, den Prestcote an den Tag legte, etwas zu dämpfen. Der stellvertretende Sheriff war nämlich ein Mann, der sich nicht für allwissend hielt und den angesichts von Sachverhalten, die bei anderen nur einen einzigen Schluß zuzulassen schienen, ein geradezu perverses Mißtrauen überkam. Aber Hugh Beringar befand sich auf seinem eigenen Landsitz Maesbury im Norden der Grafschaft und würde gewiß nicht kommen, denn er erwartete die Geburt seines ersten Kindes, und ein solches Ereignis ist ein Höhepunkt im Leben eines jeden jungen Mannes. Nein, da war nichts zu machen – Gilbert Prestcote würde diese Sache zu Ende bringen. Und mit ihm als Sheriff, das mußte Cadfael zugeben, hatte diese Grafschaft Glück, denn er war ein ehrbarer, gerechter Mann, wenn er auch eine Vorliebe für rasche Lösungen und schnelle Aburteilungen hatte und wenig geneigt war, über das Naheliegenste hinauszusehen. Gleichwohl würde er Beweise akzeptieren, und Beweise waren es, die man jetzt brauchte.

Cadfael gab Bruder Oswin seine Anweisungen. Vor einer Woche noch hätte er ihm so viel Gartenarbeit zugewiesen, daß er den ganzen Tag beschäftigt gewesen wäre, und aus tiefsten Herzen gebetet, daß dieser Tunichtgut seinen Fuß nicht in die Kräuterküche setzte. Jetzt aber trug er ihm auf, einige Bäume zu beschneiden, ein Auge auf die Gärflasche mit Wein zu haben und eine Salbe für das Krankenquartier zuzubereiten. Diese Salbe hatten sie schon einmal gemischt, und damals hatte er Oswin jeden Arbeitsgang erklärt. Cadfael verkniff es sich, Oswin jeden Schritt noch einmal ins Gedächtnis zu rufen, und begnügte sich mit einer sanften Ermahnung.

»Ich habe volles Vertrauen zu dir«, sagte er, »und ich bin überzeugt, daß du alles richtig machen wirst.«

»Möge Gott mir meine Lüge vergeben«, sagte er leise, sobald er außer Hörweite war, »und sie in eine Wahrheit verwandeln – oder sie mir wenigstens nicht als Sünde, sondern als Verdienst anrechnen. Ich habe dir gezeigt, was zu tun ist, mein Junge, aber tun mußt du es selbst. Nun mach das beste daraus.«

Er hatte sich aller Pflichten entledigt – jetzt mußte er mit seiner Suche dort beginnen, wo Domville ums Leben gekommen war. Er schlug den kürzesten Weg dorthin ein, einen riskanten und ungewöhnlichen Weg, den er früher schon gelegentlich gegangen war, wenn er das Kloster unbemerkt verlassen wollte, um irgend etwas herauszufinden. Man konnte den Meole-Bach, außer zur Zeit der Schneeschmelze, an der Stelle, wo er den Garten des Klosters begrenzte, durchwaten, vorausgesetzt, man wußte, wohin man seine Füße zu setzen hatte. Und Cadfael kannte den Bach wie kein zweiter. Aus seinen Sandalen floß das Wasser so leicht hinaus, wie es hineinfloß, und er brauchte nur seine Kutte zu schürzen und durch den Bach zu schreiten, um sich den Umweg über die Straße zu ersparen. Als im Kloster die Kapitelversammlung beendet war, befand Cadfael sich bereits auf dem Weg, wo der Baron ermordet worden war, und schritt kräftig aus.

Diesen Teil des Weges kannte er. Er führte durch die große Schleife, die der Bach beschrieb, und bald würde Cadfael die zweite Furt erreicht haben und dann durch Wald und an Feldern vorbei nach Sutton und Beistan kommen. Diese Gegend am Rand des Großen Waldes war nur dünn besiedelt. Er konnte sich nicht vorstellen, daß Domville sehr weit geritten war oder die Nacht im Freien verbracht hatte. Gewiß war der Baron abgehärtet genug gewesen, um solche und schlimmere Strapazen auf sich zu nehmen, wenn es sein mußte, aber er hatte auch Wert auf Bequemlichkeit gelegt, wenn es sich einrichten ließ.

Bei Sutton Strange verließ der Weg den Wald und führte zwischen Feldern hindurch. Cadfael traf einen Kleinbauern, dessen Kinder er einmal gegen Ausschlag behandelt hatte, und fragte ihn, ob die Nachrichten von Domvilles Tod das Dorf bereits erreicht hätten. Das hatten sie, und der Mord war im Umkreis von Meilen das Hauptgesprächsthema. Die Dorfbewohner rechneten damit, daß die Suche nach dem Mörder schon morgen auch auf ihre Gegend ausgedehnt werden würde.

»Ich habe gehört, daß er irgendwo hier ein Jagdhaus gehabt hat«, sagte Cadfael. »Irgendwo am Waldrand, aber das ist eine ziemlich ungenaue Angabe. Kennt Ihr das Haus?«

»Das wird das Haus drüben hinter Beistan sein«, sagte der Mann und stützte sich mit verschränkten Armen auf seine Gartenmauer. »Er hat das Jagdrecht dort im Wald, aber er kommt nur selten dorthin. Ein Bursche aus der Gegend und seine Mutter kümmern sich um das Haus, wenn der

Baron nicht da ist, wie es meistens der Fall ist. Wahrscheinlich hat er woanders bessere Jagdreviere. *Hatte* sollte ich wohl sagen! Es sieht so aus, als hätte diesmal jemand *ihm* eine Falle gestellt.«

»Ja, und das gründlich«, sagte Cadfael trocken. »Wie komme ich auf dem schnellsten Weg zu diesem Haus?«

»Ihr geht nach Beistan, überquert die alte Straße und haltet Euch zwischen den Hügeln. Der Weg führt direkt zum Haus. Es liegt nicht direkt am Waldrand, eher schon im Wald, aber Ihr könnt es nicht verfehlen.«

Cadfael setzte seinen Weg zügig fort und überquerte in Beistan die alte Landstraße. Der Weg führte an einigen verstreut liegenden Bauernhöfen vorbei und zwischen zwei sanft ansteigenden Hügeln hindurch in höheres Gelände, das mit Gebüsch und Heidekraut bewachsen war. Nach etwa einer Meile hatte Cadfael den Wald erreicht. Hier und da brach weißer Fels durch den Mutterboden, und auf den Lichtungen wuchs Heidekraut, das prickelnd seine Knöchel streifte. Es war lange her, daß er sich so weit vom Kloster entfernt hatte, und wenn der Anlaß dafür nicht jener schreckliche Mord gewesen wäre, hätte er diesen Spaziergang sehr genossen.

Ganz plötzlich stand er vor dem Jagdhaus. Die Bäume rechts und links wichen zurück und gaben den Blick auf eine niedrige Einfassungsmauer und ein gedrungenes Blockhaus mit einem gemauerten Fundament frei. Am hinteren Teil der Mauer standen einige kleine Nebengebäude. An den rauhen weißen Steinen rankten sich alle möglichen Wildpflanzen empor, darunter Leinkraut, Efeu, Mauerpfeffer und Braunheil. Obwohl sie um diese Jahreszeit keine Blüten mehr trugen, erkannte Cadfael sie an ihren Blättern. Innerhalb der Mauern standen einige Obstbäume, die jedoch alt und knorrig waren, als habe jemand einmal hier einen Garten angelegt, um den sich aber schon lange niemand mehr gekümmert hatte. Vielleicht hatte ein früherer Lord aus Domvilles Familie, der Kinder hatte, dieses hübsche Häuschen zu seinem Hauptwohnsitz gemacht, und Domville selbst – ein älterer, kinderloser Mann – hatte dieses Haus dann nur in der Jagdzeit aufgesucht, und selbst dann hatte er den besseren Jagdrevieren auf seinen ausgedehnten Besitzungen den Vorzug gegeben.

Cadfael trat durch das offene Gartentor. Sofort fiel sein Blick auf einen Parthenium-Busch, der in einem Winkel in der Nähe des Gartentors wuchs. Kein Zweifel, es war ein Parthenium-Busch, und er trug selbst jetzt noch Blüten. Aber diese verstreut sitzenden, sternförmigen Blüten waren nicht goldgelb, sondern leuchtend blau. Cadfael trat näher und sah, daß die untere Hälfte der Mauer und der Boden vor ihr von zahlreichen dünnen, geraden Stengeln überwuchert waren, die lange, schmale Blätter trugen. Diese Stengel schoben sich auch durch die Zweige des Parthenium-Busches, und an ihren Enden saßen kleine, himmelblaue Blüten.

Er hatte die Stelle gefunden, wo der Blaue Steinsame wuchs, den Ort, an dem Huon de Domville die letzte Nacht seines Lebens verbracht hatte.

»Sucht Ihr jemanden, Bruder?« Die Stimme war so respektvoll, daß sie fast schon unterwürfig klang, und doch war sie so scharf wie ein gut geschliffenes Messer. Cafael wandte sich um und stellte fest, daß der Mann, der ihn angesprochen hatte, eben jene Eigenschaften zu besitzen schien. Er mußte aus einem der Schuppen an der rückwärtigen Gartenmauer gekommen sein, ein gutaussehender, kräftiger Bursche von etwa fünfunddreißig Jahren. Seine Kleider waren aus grobem Stoff, und er trat mit einer Selbstsicherheit auf, die beinah anmaßend erschien. Seine Augen glichen Kieselsteinen in einem sonnenbeschienenen Bach: Sie waren hart und klar, aber ihr Blick war unstet und ausweichend. Der Mann war braungebrannt und machte alles in allem keinen schlechten Eindruck, aber trotz seiner Ruhe schien er nicht wirklich gelassen, und trotz seiner Höflichkeit war er nicht wirklich freundlich.

»Ihr verwaltet dieses Haus für Huon de Domville?« fragte Bruder Cadfael höflich.

»Das ist richtig«, antwortete der junge Mann.

»Dann seid Ihr es, den ich suche«, fuhr Cadfael freundlich fort, »obwohl ich mir den Weg wahrscheinlich hätte sparen können. Ihr werdet bereits gehört haben – man erzählt es sich ja überall –, daß Euer Herr ermordet worden ist und im Kloster von St. Peter und St. Paul in Shrewsbury aufgebahrt ist.«

»Ja, ich habe es gestern erfahren«, sagte der Verwalter, und angesichts dieser einleuchtenden Begründung für den Besuch des Mönches entspannte sich sein Gesicht etwas, wenn auch nicht so sehr, wie man hätte erwarten können. Seine Augen blieben wachsam, seine Stimme reserviert. »Ein Vetter hat es mir erzählt, als er vom Markt in Shrewsbury zurückkehrte.«

»Und vom Haushalt Eures Herrn ist niemand hier gewesen? Hat man Euch keine Anweisungen gegeben? Ich dachte, Kanonikus Eudo könnte vielleicht jemanden geschickt haben, um Euch Bescheid zu geben. Aber natürlich sind alle noch sehr bestürzt und verwirrt. Zweifellos wird man hierher und in die anderen Häuser Eures Herrn Boten schicken, sobald die Beerdigung stattgefunden hat.«

»Zunächst hat man es sicher darauf abgesehen, den Mörder zu finden«, sagte der Mann und fuhr sich mit der Zunge über die Lippen. Er betrachtete Cadfael mit einem verstohlenem Blick. »Ich werde hier sein, wenn man mich brucht. Bis dahin stehe ich in seinen Diensten, und seine Erben können mich übernehmen oder mich entlassen. Ich halte das Haus in Ordnung, wie er es mir aufgetragen hat, und werde es in gutem Zustand übergeben. Das könnt Ihr ausrichten, Bruder. Um diesen Besitz braucht sich niemand Sorgen zu machen.« Er schlug die Augen nieder und dachte nach. »Ermordet, sagt Ihr? Seid Ihr sicher?«

»Ganz sicher«, erwiderte Cadfael. »Es scheint, als sei er nach dem Abendessen ausgeritten und auf dem Rückweg überfallen worden. Wir fanden ihn auf einem Weg, der hierher führt, und mir kam der Gedanke, er könnte hier gewesen sein. Dieses Haus gehört ja schließlich ihm.«

»Er ist nicht hier gewesen«, sagte der Verwalter bestimmt.

»Nicht ein einziges Mal, seit er vor drei Tagen nach Shrewsbury kam?«

»Nicht ein einziges Mal.«

»Und auch seine Diener und Knappen sind nicht hier gewesen?«

»Nein, niemand.«

»Er hat also keine Hochzeitsgäste hier untergebracht. Lebt Ihr allein in diesem Haus?«

»Ich kümmere mich um das Vieh und den Garten, meine Mutter hält das Haus in Ordnung. Er kam nur selten her, und dann brachte er immer seine eigenen Diener und Köche mit. Aber das letzte Mal war er vor gut vier Jahren hier.«

Das war eine glatte Lüge, wie die sternförmigen blauen Blumen bewiesen, die in der ganzen Grafschaft nur hier zu finden waren. Aber warum leugnete er so hartnäckig, daß Domville hier gewesen war? Gewiß, jeder vernünftige Mensch würde versuchen, sich aus allem herauszuhalten, wenn es um einen Mord ging, aber dieser junge Mann schien nicht zu jenen zu gehören, die leicht Angst bekamen. Dennoch war er offenbar entschlossen, zu verhindern, daß eine Verbindung zwischen diesem Haus oder irgend jemandem, der dort wohnte, hergestellt wurde.

»Und der Mörder ist noch nicht gefaßt?« Kein Zweifel – er wäre froh, wenn man den Täter ergriffen und ins Gefängnis gebracht hätte, denn dann wären sowohl die Suche nach ihm als auch alle weiteren Nachforschungen eingestellt worden.

»Noch nicht. Der Sheriff hat alle verfügbaren Männer aufgeboten, um ihn zu stellen. – Nun ja«, sagte Cadfael, »dann werde ich mich also wieder auf den Heimweg machen, obwohl ich sagen muß, daß ich es gar nicht eilig habe. Es ist ein schöner Tag, und dieser Spaziergang hat mir gut getan.

Habt Ihr vielleicht einen Becher Dünnbier und einen Platz, wo ich mich etwas ausruhen kann, bevor ich wieder aufbreche?«

Er hatte halb damit gerechnet, daß seine Bitte, das Haus betreten zu dürfen, zwar nicht auf Ablehnung, aber doch auf Widerwillen stoßen würde; aber der junge Mann besann sich offensichtlich und kam zu den Entschluß, daß es das beste sei, den Mönch einzuladen. Warum? Damit er sich mit eigenen Augen davon überzeugen konnte, daß sich niemand hier versteckte und daß man auch sonst nichts zu verbergen hatte? Was auch immer der Grund war – Cadfael nahm bereitwillig an und folgte seinem Gastgeber ins Haus.

In der dämmrigen Eingangshalle war es still, und ein starker Holzgeruch lag in der Luft. Eine kleine, rüstige alte Frau, die sehr ordentlich und sauber gekleidet war, trat aus einem Zimmer und blieb beim Anblick des Fremden überrascht, ja fast erschreckt stehen, bis ihr Sohn, mit beinah verdächtiger Eile und Eindringlichkeit, ihr erklärte, wer ihr Gast war, und warum er gekommen war.

»Tretet ein, Bruder – drinnen ist ein gemütliches Plätzchen. Wir haben nur selten hohe Herrschaften zu Gast in unserer Stube. Bring uns bitte einen Krug Dünnbier, Mutter. Der Bruder hat noch einen langen Rückweg vor sich.«

Die Stube war hell und recht gemütlich. Sie setzten sich, tranken Dünnbier und aßen Haferkekse, die die alte Frau gebracht hatte, und sprachen über das Wetter, den kommenden Winter und die traurige Verfassung, in der das Land, das vom Krieg zwischen König Stephen und der Kaiserin zerrissen war, sich befand. In Shropshire herrschte bislang noch Frieden, aber damit konnte es jederzeit vorbei sein. In Bristol hatte die Kaiserin ihre Kräfte mit denen ihres Halbbruders Robert von Gloucester vereint, und andere Fürsten hatten sich auf ihre Seite gestellt, so zum Beispiel Brian FitzCount, der Burgvogt von Wallingford, und Miles, der Festungskommandant von Gloucester. Es ging das Gerücht um, daß man in Gloucester einen Angriff auf die Stadt

Worcester plane. Die beiden Männer waren sich einig in der Hoffnung, dieser Krieg möge nicht näher rücken und Worcester möge verschont bleiben.

Aber trotz dieser harmlosen Plauderei nahm Cadfael jede Kleinigkeit wahr. Vielleicht hatte der Verwalter doch einen Fehler gemacht, als er ihn einlud, damit er sich selbst davon überzeugen konnte, daß das Haus leer und ordentlich aufgeräumt war. Denn gewiß war es nicht die alte Frau gewesen, die den schwachen Parfümduft mitgebracht hatte. Und diejenige, die dieses Parfüm getragen hatte, war vor noch nicht allzulanger Zeit hier gewesen, denn in diesem Fall hätte sich der Duft bereits verflüchtigt. Cadfael, der mit Pflanzen vertraut war, erkannte den Geruch von Jasmin.

Hier drinnen gab es für ihn nichts mehr zu entdecken. Er erhob sich und bedankte sich für die Gastfreundschaft, und der Verwalter begleitete ihn bis zum Gartentor, zweifellos um sich davon zu überzeugen, daß Cadfael den Weg einschlug, der zum Kloster führte. Es war ein reiner Zufall, daß die alte Frau genau in diesem Augenblick aus dem Stall kam und die Tür weit offenstehen ließ. Ihr Sohn sprang schnell hinzu, schloß die Tür und verriegelte sie. Aber er war nicht schnell genug gewesen.

Cadfael ließ sich nicht anmerken, daß er mehr gesehen hatte, als er sollte. Er verabschiedete sich am Gartentor, neben dem Parthenium-Busch, der nicht gelbe, sondern blaue Blüten zu tragen schien, und schlug gemessenen Schrittes den Weg ein, den er gekommen war.

In jenem Stall stand ein Pferd, das gewiß nicht in der Lage war, Huon de Domvilles nicht unerhebliches Gewicht zu tragen oder eine Jagd unter einem seiner Gefolgsmänner durchzustehen. Cadfael hatte den kleinen, zierlichen weißen Kopf und die neugierigen Augen, den geschwungenen Hals und die geflochtene Mähne gesehen und bemerkt, daß an der Innenseite der Tür ein leichtes, verziertes Zaumzeug hing. Es war ein hübsches Pony, wie es eine Dame reiten würde, und auch das verzierte Geschirr paßte besser zu einer Dame als zu einem Mann. Dennoch hätte er schwören können, daß sich in dem Jagdhaus keine Frau aufhielt, die als Besitzerin dieses Pferdes hätte in Frage kommen können. Er war ohne Vorwarnung gekommen, und man hätte keine Zeit gehabt, sie irgendwo zu verstecken. Darüber hinaus hatte man ihn ins Haus gebeten, damit er sich selbst davon überzeugen konnte, daß außer dem Verwalter und seiner Mutter niemand dort war.

Aber wenn diese Frau vermeiden wollte, daß man sie dort ausfindig machte, eine Verbindung zwischen ihr und dem Tod Domvilles herstellte, ja sie vielleicht sogar der Mitwisserschaft verdächtigte, warum hatte sie dann beschlossen, zu Fuß zu verschwinden und ihr Pferd zurückzulassen? Und wohin hätte eine Dame in dieser einsamen Gegend zu Fuß gehen können?

Cadfael kehrte nicht auf dem kürzesten Weg ins Kloster zurück, sondern ging auf dem grasüberwachsenen Pfad weiter bis zur Landstraße und bog in den Hof des Hauses ein, das der Bischof Huon de Domville zur Verfügung gestellt hatte. Der große Hof, auf dem sonst ein geschäftiges Treiben herrschte, lag still und friedlich da, denn selbst den Knechten und Dienern war befohlen worden, sich an der Suche nach Joscelin Lucy zu beteiligen. Nur die älteren Männer waren zurückgeblieben, und das paßte Cadfael gut, denn die ältesten Diener würden, ob sie es nun zugaben oder nicht, am besten über die intimen Gewohnheiten ihres Herrn Bescheid wissen, und die Abwesenheit der jüngeren Bediensteten, die ihre Augen und Ohren überall hatten, machte es wahrscheinlicher, daß Cadfael etwas in Erfahrung bringen würde.

Er suchte Domvilles Kammerdiener auf, der viele Jahre in den Diensten seines Herrn gestanden hatte und klug genug war, einzusehen, daß es ihm jetzt, da Domville tot war, nur nützen konnte, die volle Wahrheit zu sagen. Es gab hier niemanden mehr, den er zu fürchten hatte, und nur durch Offenheit würde er sich die Gunst des Sheriffs sichern können. Nach einer Übergangszeit würde er einen neuen Herrn haben. Gegen die Diener bestand kein Verdacht. Sie hatten nichts zu befürchten – warum also sollten sie irgend etwas verschweigen, das von Bedeutung sein könnte?

Der Kammerdiener war über sechzig, grauhaarig und gesetzt. Seine Augen hatten schon alles gesehen, und er besaß die in sich gekehrte, resignierte Würde, die die meisten alten Diener umgibt. Er hieß Arnulf, und er hatte die Fragen des Sheriffs ohne Zögern beantwortet. Auch jetzt war er bereit, alle weiteren Fragen, die Cadfael oder irgendein anderer ihm stellen könnten, wahrheitsgemäß zu beantworten. Mit Domvilles Tod war für ihn eine Ära zu Ende gegangen. Er würde sich auf einen neuen Herrn einstellen oder seinen Abschied nehmen müssen.

Cadfaels erste Frage war gleichwohl eine, mit der Arnulf gewiß nicht gerechnet hatte.

»Euer Herr stand in dem Ruf, eine besondere Vorliebe für Frauen zu haben. Sagt mir: Hatte er eine Geliebte, die ihm so wichtig war, oder eine neue Gefährtin, an der er solches Gefallen hatte, daß er sie nicht einmal während dieser wenigen Tage entbehren wollte, in denen er die Erbin des Massard-Vermögens heiraten wollte? Gab es eine Frau, die er hierher mitgebracht und in erreichbarer Nähe, wenn auch versteckt, untergebracht haben könnte?«

Der Mann war überrascht, solche Worte aus dem Mund eines Benediktinermönches zu hören, schien aber, nachdem er Cadfael forschend gemustert hatte, zu dem Schluß zu kommen, daß diese Frage vielleicht doch nicht so überraschend war. Sein reservierter Gesichtsausdruck verschwand. Dieser Mönch war ein Mann, der, wie er selbst, auf ein langes, erfahrungsreiches Leben zurückblicken konnte. Sie sprachen dieselbe Sprache.

»Ich weiß nicht, wie Ihr es herausgefunden habt, Bruder... Ja, es gibt eine solche Frau. Es gibt ja so viele Arten von Frauen. Ich wollte nie viel mit ihnen zu tun haben – ich hatte schon Ärger genug und wollte mir nicht noch mehr aufladen. Aber *er* konnte nicht lange ohne Frauen auskommen. Es war immer ein Kommen und Gehen, er hatte Dutzende von Geliebten! Aber es gibt eine, die anders ist. Sie bleibt, sie ist immer da, wie eine Ehefrau. Wie ein alter, bequemer Schlafrock, wie ein altes Paar Schuhe. Eine, der er nichts vorzumachen brauchte, die er nicht umschmeicheln und bei Laune halten mußte. Ich hatte immer das Gefühl«, sagte Arnulf nachdenklich und strich sich mit seinen dünnen Fingern über den Bart, »daß sie, ganz gleich, wo er war, immer in der Nähe war. Von irgendwelchen Plänen, sie hierherzubringen, weiß ich allerdings nichts. Mit diesen Dingen hatte ich nie etwas zu tun. Ich half ihm beim Anziehen, zog ihm die Stiefel aus, wenn er von der Jagd heimkehrte, und schlief im Vorzimmer, um ihm Wein zu bringen, wenn er danach verlangte. Aber für seine Frauen war ich nicht zuständig – dafür waren andere da. Was ist mit ihr? Seit wir hier sind, habe ich nichts von ihr gehört. Ich habe mir schon Gedanken gemacht.«

»Und auch von einem Damenreitpferd, einem Schimmel, wißt Ihr nichts?« fragte Cadfael. »Ein hübsches Pony, von spanischer Abstammung, würde ich sagen, soweit ich das nach einem kurzen Blick beurteilen kann. An der Stalltür hing ein mit Gold verziertes Zaumzeug.«

»Das kenne ich«, sagte Arnulf erstaunt. »Er hat es für sie gekauft. Aber auch davon sollte ich nichts wissen. Wo habt Ihr es gesehen?«

Cadfael sagte es ihm. »Aber nur das Pferd, nicht die Frau. Sie hat ihr Pferd und ihr Parfüm zurückgelassen, aber sie selbst ist verschwunden.«

»Nun ja«, sagte Arnulf nach kurzer Überlegung, »ich nehme an, sie wollte vermeiden, in die Nachforschungen über einen Mord hineingezogen zu werden. Und wenn sie in jenem Haus war und es stimmt, daß er auf dem Weg, der dorthin führt, gefunden wurde, wie man sagt, dann würde es ja so aussehen, als sei er zu ihr geritten, nachdem er sich von dem jungen Simon verabschiedet hatte. Gut möglich, daß sie Angst bekam und es für besser hielt zu verschwinden.«

»Außerdem sind der Verwalter des Hauses und seine Mutter ihr sehr ergeben«, sagte Cadfael trocken. »Sie haben sich alle Mühe gegeben, mich davon zu überzeugen, daß sie nie dort gewesen ist. Ich möchte wetten, daß der junge Mann das Pferd inzwischen an einen sicheren Ort gebracht hat.«

Etwas spät kam ihm der Gedanke, der Verwalter könnte das getan haben, um nicht nur die Dame, sondern auch sich selbst zu schützen. Wenn sie sich während der letzten Tage dort aufgehalten und auf einen Besuch ihres Herrn und Geliebten gewartet hatte, mochte sie sich die Zeit recht angenehm mit einem jüngeren, schöneren und alles in allem vielleicht sympathischeren Mann vertrieben haben, der zudem den Vorzug hatte, ständig in ihrer Nähe zu sein. Und der mochte seinerseits die begründete Angst haben, das Verhältnis könne bekannt werden, denn in diesem Fall wäre er verdächtig, Domville aus Haß und Eifersucht beseitigt zu haben. Tatsächlich fragte sich Cadfael, ob der Verwalter nicht eben dies getan hatte. Angenommen, Domville kam in jener Nacht, nachdem der junge Mann die Gunst dieser Frau so ausgiebig genossen hatte, daß er der Meinung war, sie gehöre ihm. Angenommen, Domville hatte ihm befohlen, das Haus zu verlassen, während er sich mit der Frau vergnügte, so daß ihm nichts anderes übrig geblieben war, als in ohnmächtiger Wut und Eifersucht zu warten, bis ihm plötzlich der Gedanke gekommen war, daß sein Herr ja allein zurückreiten würde und daß, wenn er den Baron nur weit genug vom Jagdhaus entfernt ermorden würde, jeder als Täter in Frage käme. So könnte es gewesen sein! Es hing sehr viel von der Frau ab. Cadfael wünschte, er wüßte mehr über sie.

»Da sie ihr Pferd zurückgelassen hat, ist jetzt die Frage, wohin sie zu Fuß von diesem entlegenen Ort gegangen sein könnte.« Die Frage war auch, warum sie es vorgezogen hatte, zu laufen. Aber das sprach er nicht aus, denn diese Frage war weit schwieriger zu beantworten als die erste.

»Das Haus, das er für sie hergerichtet hatte, – ihr Heim, könnte man sagen –, liegt in Cheshire.« Arnulf dachte nach und gab sich sichtlich Mühe, sich an Dinge zu erinnern, denen er nie große Beachtung geschenkt hatte. »Aber irgendwo in dieser Gegend hat er sie zum erstenmal gesehen. Sie war damals ein junges Mädchen, eine Schönheit vom Lande – das muß jetzt zwanzig Jahre oder länger her sein. Ja, länger. Man nannte sie Avice von Thornbury, und es hieß, ihr Vater sei dort Wagner. Ich glaube mich zu erinnern, daß sie keine Leibeigenen, sondern freie Leute waren.« Das waren die Handwerker auf den Dörfern meistens, und dennoch durften sie ihre Werkstätten ebensowenig verlassen wie die Leibeigenen das Stück Land, das sie bearbeiteten. »Sehr wahrscheinlich leben ihre Verwandten immer noch dort«, sagte Arnulf. »Ist das weit entfernt? Ich kenne mich in dieser Gegend nicht aus.«

»Nein«, sagte Cadfael, und sein Gesicht hellte sich auf, »das ist ganz in der Nähe. Ich kenne Thornbury. Dorthin könnte sie zu Fuß gegangen sein.«

Viele Gedanken gingen ihm im Kopf herum, als er das Haus des Bischofs verließ. Diese verschwundene Dame begann ihn immer mehr zu interessieren. Wenn sie seit mehr als zwanzig Jahren Domvilles feste, geduldige Geliebte gewesen war und sie eine so dauerhafte Beziehung mit ihm verband, daß sie praktisch seine Ehefrau war, dann mußte sie mindestens vierzig Jahre alt sein, einige Jahre älter, als der junge Verwalter des Jagdhauses. Aber zweifellos verfügte sie immer noch über genug Charme, um ihn zu umgarnen, wenn sie wollte. Ja, vielleicht hatten ihn Verlangen und Eifersucht dazu getrieben, den alten, hartherzigen Mann zu beseitigen, der ihr Besitzer war und zwischen ihnen stand. Aber ihr Alter ließ noch andere Schlüsse zu. Eine Frau in mittleren Jahren würde wahrscheinlich jetzt, da

Domville tot war, keinen Liebhaber mehr finden, der sie aushielt. Nach dieser Erkenntnis war sie vielleicht auf den Gedanken gekommen, sich bei ihren Verwandten, die kaum eine Meile weit entfernt wohnten, zu verstecken und dort so lange zu bleiben, wie sie es für nötig hielt.

Aber warum, warum hatte sie ein wertvolles Pferd zurückgelassen? Schließlich gehörte es doch ihr – ihr Liebhaber hatte es ihr geschenkt. Sie hätte ebensogut nach Thornbury reiten können.

Aber heute war keine Zeit mehr, diese Frage zu klären. Cadfael mußte zum Vespergottesdienst im Kloster sein und nachsehen, welche Zerstörungen oder Geniestreiche Bruder Oswin in seiner Abwesenheit gelungen waren.

Aber morgen würde er sie finden!

In Saint Giles waren zwei junge Männer damit beschäftigt, mit persönlichen Problemen fertig zu werden. Bruder Mark war inzwischen überzeugt, daß der große Aussätzige, der Lazarus, bis auf die Tatsache, daß seine Hände unversehrt waren, in allem glich, tatsächlich der Mann war, den der Sheriff mit allen verfügbaren Kräften suchte. Infolgedessen sah sich der Mönch einem recht komplizierten moralischen Dilemma gegenüber.

Er hatte von dem angeblichen Diebstahl des Kolliers gehört, fand diese Geschichte jedoch ebenso fragwürdig wie Bruder Cadfael. Es war schon zu oft vorgekommen, daß man jemandem angeblich gestohlene Wertgegenstände untergeschoben und ihn so in den Ruin oder in den Tod getrieben hatte. Das war eine einfache Methode, sich eines Feindes zu entledigen, und Bruder Mark glaubte nicht an einen Diebstahl. Und nachdem er Huon de Domville gesehen hatte, war er nicht bereit, jemanden der möglicherweise tödlichen Rache dieses Mannes auszuliefern. Dieser Mord aber war etwas anderes. Er konnte sich gut vorstellen, daß ein junger Mann, dem, wenn die Anschuldigungen tatsächlich falsch gewesen sein sollten, Unrecht geschehen war, bereit war, gegen seine Natur bis zum Äußersten zu gehen. Wie sonst sollte ihm Recht werden? Dennoch empfand Bruder Mark Abscheu über diesen Hinterhalt, diesen Mord an einem bewußtlosen und damit hilflosen Mann. Eine solche Rache war durch nichts gerechtfertigt. Bruder Mark kämpfte mit sich um eine Entscheidung. Es gab niemanden, der ihm diese Last hätte abnehmen können. Er war der einzige, der wußte, daß der Gesuchte sich in Saint Giles verbarg.

Er spielte mit dem Gedanken, den Mann direkt anzusprechen und um sein Vertrauen zu bitten, aber das erforderte eine Ungestörtheit, die unter den in dieser Gemeinschaft gegebenen Umständen nicht möglich war. Erst wenn er von der Schuld des Flüchtigen überzeugt war, würde er ihn ausliefern. Jeder Angeklagte mußte so lange als unschuldig gelten, bis man unumstößliche Beweise gegen ihn vorlegte, und dies galt um so mehr, wenn bereits sehr fragwürdige Beschuldigungen vorgebracht worden waren, die einen falschen Beiklang hatten.

Wenn sich eine Gelegenheit ergibt, mit ihm unter vier Augen zu sprechen, beschloß Bruder Mark, werde ich offen mit ihm reden und mir ein Urteil über ihn bilden. Bis dahin werde ich ihn im Auge behalten, so gut ich kann, ihn davon abhalten, etwas Verbotenes zu tun, und ihn in Schutz nehmen, solange er sich nichts zuschulden kommen läßt. Und ich werde zu Gott beten, er möge mich, auf welche Art auch immer, zum Werkzeug der Wahrheit machen.

Der Mann, dem diese Überlegungen galten, saß mit Lazarus an der Böschung der Landstraße etwa eine Viertelmeile in Richtung des Flußübergangs bei Atcham. Eigentlich war nur einer der beiden berechtigt zu betteln, aber sie baten die Vorbeigehenden nicht um milde Gaben und benutzten ihre Klappern nur, wenn ein mildtätiger Reisender Anstalten machte, zu nahe zu kommen. Mit gekreuzten Beinen saßen sie im ausgebleichten Gras unter den Bäumen. Die Haltung eines bittenden Aussätzigen war leicht zu erlernen.

»So, wie du jetzt aussiehst«, sagte Lazarus, »könntest du an den aufgestellten Posten vorbei in die Freiheit gehen. Kein Mensch würde darauf kommen, daß jemand so mutig oder so verrückt sein könnte, im Gewand eines toten Aussätzigen herumzulaufen, und kein Mensch wäre so mutig oder so verrückt, dich zu untersuchen, um herauszufinden, ob du tatsächlich ein Aussätziger bist.« Das war, für seine Verhältnisse, eine lange Ansprache gewesen, und gegen Ende stockte er, als sei die Anstrengung für seine verstümmelte Zunge zu groß.

»Ich sollte davonlaufen, meine eigene Haut retten und sie ihrem Schicksal überlassen? Das kommt nicht in Frage!« sagte Joscelin entschieden. »Ich werde hierbleiben, solange sie das Mündel eines Onkels ist, der sie ausnutzt und bereit ist, sie zu seinem eigenen Profit an irgendeinen Mann zu verkaufen. An einen, der schlimmer ist als Huon de Domville, wenn nur der Preis stimmt! Was würde mir meine Freiheit nützen, wenn ich Iveta im Stich lassen würde, jetzt, da sie mich braucht?«

»Gehe ich fehl in der Annahme«, sagte die langsame Stimme neben ihm, »daß du sie am liebsten für dich selbst hättest?«

»Keineswegs!« antwortete Joscelin leidenschaftlich. »Ich will Iveta, wie ich noch nie etwas gewollt habe, und ich werde nie etwas so sehr begehren wie sie! Und daran würde sich nichts ändern, wenn sie nicht nur kein Land, sondern auch keine Schuhe hätte. Ich würde sie begehren, wenn sie wäre, was ich nur vorgebe zu sein und was Ihr – möge Gott Euch Heilung schenken! – tatsächlich seid. Aber dennoch wäre ich schon zufrieden – nein, dankbar! –, wenn sie einen anständigen Vormund hätte, der ihr ihr Erbe nicht wegnehmen würde und sie selbst entscheiden ließe, welchen Weg sie einschlagen will. Natürlich würde ich mein Bestes tun, sie für mich zu gewinnen! Aber wenn ich sie an einen besseren Mann als mich verlieren würde, dann würde ich mich ihrer Entscheidung fügen und mich nicht beklagen.

Nein, Ihr geht nicht fehl in der Annahme, daß ich sie für mich selbst will! Ich begehre sie so sehr, daß es mich fast zerreißt!«

»Aber was kannst du für sie tun? Du wirst schließlich von allen gejagt. Hast du einen Freund, auf den du dich verlassen kannst?«

»Ja, Simon«, sagte Joscelin und lächelte. »Er glaubt nicht, daß ich etwas Böses getan habe. Er hat mir geholfen und mich versteckt, und es tut mir leid, daß ich verschwunden bin, ohne ihm ein Wort zu sagen. Wenn ich ihm jetzt eine Nachricht zukommen lassen könnte, würde er es vielleicht zuwege bringen, daß Iveta und ich uns, wie vor einigen Tagen, treffen können. Jetzt, da der Alte tot ist – ich verstehe noch immer nicht, wie das geschehen konnte! –, wird sie vielleicht nicht so scharf bewacht. Möglicherweise könnte Simon mir sogar mein Pferd bringen...«

»Und wohin«, fragte die geduldige, ruhige Stimme, »würdest du dieses Mädchen, das keine Freunde zu haben scheint, bringen, wenn du die Gelegenheit dazu hättest?«

»Darüber habe ich auch nachgedacht. Ich würde sie ins Nonnenkloster von Brewood bringen und darum bitten, daß sie dort bleiben kann, bis ihre Angelegenheiten geregelt sind und man einen anderen Vormund für sie gefunden hat. Die Nonnen würden sie nicht gegen ihren Willen ausliefern. Ich würde bis zum König gehen, wenn es sein muß. Er hat ein gutes Herz und würde dafür sorgen, daß ihr Gerechtigkeit widerfährt. Noch lieber würde ich sie zu meiner Mutter bringen«, gab er zu, »aber das würde so aussehen, als hätte ich es auf ihren Besitz abgesehen, und das könnte ich nicht ertragen. Ich werde zwei große Liegenschaften erben, ich begehre keines anderen Mannes Land, ich habe keine Schulden, und ich werde nicht zulassen, daß man schlecht über mich redet. Wenn sie mich dennoch haben will, werde ich Gott und ihr danken und glücklich sein. Aber vor allem anderen liegt mir daran, daß *sie* glücklich wird.«

Lazarus setzte seine Klapper in Gang, um einen untersetzten Mann zu warnen, der von seinem Pferd abgestiegen war und auf sie zukam. Der Mann lächelte sie an und warf ihnen eine Münze zu. Lazarus hob sie auf und dankte ihm, und der Mann winkte, stieg auf und ritt weiter.

»Es gibt noch gute Menschen«, sagte Lazarus wie zu sich selbst.

»Ja, Gott sei Dank!« sagte Joscelin mit ungewohnter Demut. »Ich habe es selbst erfahren. Ich habe Euch nie gefragt«, fuhr er zögernd fort, »ob Ihr Frau und Kinder habt. Es wäre ein Jammer, wenn Ihr immer allein gewesen wärt.«

Es trat eine längere Stille ein, aber Lazarus schwieg oft, und sein Schweigen hatte nichts Schlimmes zu bedeuten. Schließlich sagte er: »Ich hatte eine Frau – sie ist schon lange tot. Und ich hatte einen Sohn. Es war ein Segen, daß mein Schatten nie auf ihn fiel.«

Joscelin war überrascht und bestürzt. »Das dürft Ihr nicht sagen! Euer Sohn sollte stolz sein, einen Vater wie Euch zu haben.«

Der alte Mann wandte seinen Kopf und sah ihn ruhig und durchdringend an. »Er wußte nichts von meinem Schicksal«, sagte er. »Er war damals noch ein kleines Kind. Es war meine Entscheidung, mich von meiner Familie zurückzuziehen.«

Joscelin war jung und unbeholfen, aber er hatte schnell gelernt, wann er nicht tiefer in jemanden dringen durfte. Zurückblickend staunte er, wie große Fortschritte seine Erziehung während dieser zwei Tage unter den Aussätzigen gemacht hatte.

»Es gibt eine Frage, die Ihr mir nie gestellt habt«, sagte er.

»Und das werde ich auch jetzt nicht tun«, sagte Lazarus. »Es ist eine Frage, die auch du mir nicht gestellt hast, und da es kaum jemanden gibt, der etwas anderes als nein darauf antworten würde, erübrigt sie sich auch.«

Nach dem Vespergottesdienst wurde Huon de Domville im Beisein von Prior Robert, Kanonikus Eudo, Godfrid Picard und den beiden Knappen des Verstorbenen in der Friedhofkapelle des Klosters ausgesegnet. Picard und die beiden jungen Männer waren erschöpft und gereizt von der erfolglosen Suche nach Joscelin Lucy zurückgekehrt und trugen noch Mäntel und Handschuhe. Es war zu bezweifeln, daß es irgend jemandem außer Picard und Eudo leid tat, daß der mutmaßliche Mörder noch nicht gefaßt war.

Die Kerzen auf dem Altar und zu beiden Seiten des Leichnams flackerten in einem kühlen Luftzug und ließen die Schatten, die die fünf Männer warfen, tanzen. Prior Roberts schmale weiße Hand ergriff den Weihwasserwedel und besprengte den Toten mit einigen Tropfen Weihwasser. Das Kerzenlicht ließ die Wassertropfen aufblitzen und verwandelte sie in Funken, die gleich darauf wieder verloschen. Der Kanonikus Eudo nahm den Wedel als nächster, besprengte den Leichnam, sah sich nach Simon, dem einzigen anderen anwesenden Verwandten des Barons, um und reichte ihm den Weihwasserwedel. Der junge Mann streifte eilig seine Handschuhe ab, sah mit traurigem Gesicht auf den Leichnam seines Onkels herab, tauchte das Büschel würzig duftender Kräuter in das Wasser und besprengte den Toten damit.

»Ich hätte nicht geglaubt, daß ich diese traurige Pflicht so bald würde erfüllen müssen«, sagte er, wandte sich um, reichte den Weihwasserwedel Picard und trat wieder in den Schatten.

Einige Wassertropfen waren auf seinen Handrücken gefallen, und Picard sah, wie der junge Mann sie abschüttelte, als sei er über ihre Kälte erschrocken. Es war faszinierend, wie das Kerzenlicht jede Einzelheit der Hände hervorhob, die an den Handgelenken von den dunklen Ärmeln der Gewänder abgeschnitten zu sein schienen. Die Hände waren die einzigen hellen Flecken im Dämmerlicht – es war, als seien sie von einem eigenen Leben erfüllt. Sie tanzten einen rituellen Tanz und zogen aller Augen auf sich – von Picards blassen, schlanken Fingern bis zu den sonnengebräunten, glatten Händen von Guy, der als letzter an der Reihe war. Erst als die eigentliche Aussegnung beendet war, sahen alle auf und fanden Trost in den feierlichen und angespannten Gesichtern. Jeder schien tief Luft zu holen, wie ein Schwimmer, der wieder auftaucht.

Es war vorüber. Die fünf gingen auseinander – Prior Robert wollte vor dem Abendessen ein kurzes Gebet für den Toten sprechen, Kanonikus Eudo ging zum Abt, und die beiden jungen Männer führten ihre erschöpften Pferde zurück zum Haus des Bischofs, um sie trockenzureiben und zu füttern, bevor sie selbst etwas zu sich nahmen und sich ausruhten. Was Picard betraf, so verabschiedete er sich mit knappen Worten von ihnen und zog sich ins Gästehaus zurück, wo er sich mit Agnes in sein Zimmer begab, um dort unter vier Augen mit ihr zu sprechen. Er hatte ihr etwas Wichtiges mitzuteilen, etwas, das niemand sonst hören sollte.

Bran hatte so lange gebettelt, bis Bruder Mark ihm einige Streifen von dem Pergament abgeschnitten hatte, auf das der Junge mit noch ungelenker Hand seine Buchstaben malen konnte. Mark hatte sich über seinen Eifer gefreut, konnte aber nicht ahnen, daß Bran etwas anderes vorhatte, als Schreiben zu üben. Im Schlafsaal kroch er mit seiner Beute an Joscelins Seite und flüsterte ihm sein Geheimnis ins Ohr.

»Du wolltest doch eine Nachricht schicken. Lazarus hat es mir erzählt. Stimmt es, daß du wirklich Lesen und Schreiben kannst?« Er hatte Ehrfurcht vor jedem, der diese geheimnisvolle Kunst beherrschte. Er kuschelte sich noch dichter an Joscelin und flüsterte so leise, daß kein anderer ihn hören konnte. »Morgen früh, wenn Bruder Mark sich um die Wunden der anderen kümmert, könntest du sein Tintenfaß benutzen. Wenn du die Nachricht aufgeschrieben hast, könnte ich sie überbringen – du brauchst mir nur zu sagen, zu wem ich gehen muß. Auf mich wird niemand achten. Aber das beste Stück Pergament ist nicht sehr groß – es müßte eine kurze Nachricht sein.«

Joscelin zog den Jungen dichter an sich heran und schlug seinen Mantel um den mageren kleinen Körper, um ihn etwas zu wärmen. »Du bist ein sehr brauchbarer Helfer, und wenn ich jemals Ritter werden sollte, dann wirst du mein Knappe sein. Und dann wirst du Latein und Rechnen lernen und noch viele andere Dinge, die ich nicht kann. Ja, ich kann ganz leidlich schreiben. Wo hast du das Pergament?« Er betastete das schmale, aber ausreichend lange Stück, das der Junge ihm in die Hand drückte. »Das ist groß genug. Mit zwanzig Worten kann man viel sagen. Du bist der schlaueste kleine Bursche, den es je gegeben hat!«

Der Kopf des Jungen, der dank Bruder Marks Salben keine Spur der nässenden Wunden mehr aufwies, die Unterernährung und Schmutz dort hatten entstehen lassen, schmiegte sich an Joscelins Schulter, und er empfand eine liebevolle Zärtlichkeit für den Jungen. »Wenn ich auf den Nebenwegen gehe«, sagte Bran schläfrig, »kann ich bis zur Brücke kommen. Und wenn ich eine Kappe hätte, könnte ich sogar in die Stadt gehen. Du brauchst mir nur zu sagen, wem ich die Botschaft bringen soll...«

»Solltest du nicht bei deiner Mutter sein?« flüsterte Joscelin. Er wußte, daß die Frau allen Lebenswillen verloren hatte und nur darauf wartete, zu sterben. Selbst ihren Sohn hatte sie dankbar in die Obhut des heiligen Ägidius, des Schutzpatrons der Kranken und Ausgestoßenen, gegeben.

»Nein, sie schläft...« Und ihrem Kind, das jetzt ebenfalls fast schlief, eröffnete sich durch das Lernen und die Freundschaft zu einem anderen eine Welt, der sie bereits Lebewohl gesagt hatte.

»Dann komm – drück dich an mich und schlaf. Ich decke dich mit meinem Mantel zu, dann hast du es wärmer.« Der Junge bettete den Kopf in seine Armbeuge, und Joscelin war erstaunt, wieviel Freude ihm das Vertrauen bereitete, das

das Kind ihm entgegenbrachte. Noch lange, nachdem Bran eingeschlafen war, lag er wach und wunderte sich darüber, daß er jetzt, da sein Leben in Gefahr war, so viel Interesse und Energie für anderes übrig hatte. Er zerbrach sich den Kopf darüber, wie er dieses kleine, vernachlässigte Kind vor den Gefahren bewahren könnte, die er selbst durch seine Torheit heraufbeschworen hatte. Ja, er würde schreiben, und er würde versuchen, diese Nachricht Simon zukommen zu lassen – aber nicht durch dieses unschuldige Kind, das in seinem Arm schlief.

Auch Joscelin schlief schließlich ein, und die ganze Nacht hindurch wärmte er seinen kleinen Gast. In einem Winkel des Schlafsaals lag Lazarus und starrte in die Dunkelheit. Er verspürte schon lange kein Bedürfnis nach Schlaf mehr.

8

Vor Morgengrauen erhob Joscelin sich von seinem Lager. Er gab sich große Mühe, Bran, der Arme und Beine von sich gestreckt hatte und friedlich schlief, nicht zu wecken. Den weiten Mantel, mit dem er ihn zugedeckt hatte, ließ Joscelin zurück, denn die Nacht war kalt, und außerdem hätte er es nicht gewagt, sich damit der Stadt zu nähern – obwohl das Risiko, sich ohne den Schutz dieser Verkleidung zu zeigen, gewiß ebenso groß war. Er würde eben darauf achten müssen, daß niemand ihn sah. Darüber hinaus vertraute er darauf, daß ihn nördlich der Klostersiedlung niemand vermuten würde, nachdem der Sheriff und seine Männer diese Gegend vergeblich abgesucht hatten, und daß man sich heute – so hoffte er jedenfalls – auf einen anderen Abschnitt konzentrieren würde.

Er schlich sich in die Eingangshalle und nahm Bruder Marks Tintenfaß und Schreibfeder an sich. Er wollte nicht hier warten, bis es hell wurde, und eine Kerze zu entzünden, wagte er nicht. Aber das Ewige Licht über dem Altar in der Kirche würde, so schwach es auch war, ausreichen, um einige Worte zu Papier zu bringen. Er hatte seine Botschaft bereits formuliert, und es gelang ihm, sie leserlich, wenn auch nicht allzu sauber, niederzuschreiben. Die Feder kratzte und hätte zurechtgeschnitten werden müssen, aber er besaß kein Messer. Bis auf die Tatsache, daß er gesund war, unterschied ihn nun nichts mehr von den Männern und Frauen, die hier lebten – er besaß nur noch das, was er am Leib trug.

»Simon, um unserer Freundschaft willen, binde Briar in einem Gebüsch auf der anderen Seite des Baches am Kloster an und sag Iveta, sie soll nach dem Vespergottesdienst in den Kräutergarten kommen.«

Das würde ausreichen. Er mußte nur einen Weg finden, seinem Freund diese Nachricht zukommen zu lassen. Da er Simons Namen genannt hatte, durfte kein anderer sie zu Gesicht bekommen. Er bereute nun den natürlichen Impuls, seinen Brief mit einer Anrede zu beginnen, denn wenn er in die falschen Hände geriet, würde er Simon in seine Schwierigkeiten hineinziehen. Er hatte jedoch keine Möglichkeit, den verräterischen Namen abzuschneiden, und so blieb ihm nichts anderes übrig, als seine Nachricht so zu lassen, wie sie war, oder aber seinen einzigen Plan aufzugeben. Er war nun gezwungen, noch vorsichtiger und kühner vorzugehen, wenn er seinen Freund nicht gefährden wollte.

Es war kurz vor Tagesanbruch, als er aus dem Haus trat. Draußen war es ebenso still, und es herrschte dasselbe Zwielicht wie vorgestern, als er sein Versteck im Garten des Bischofs verlassen hatte. Vorsichtig schlich er sich in Richtung Stadt, immer in Deckung von Bäumen und Büschen und in einem gebührenden Abstand zur Straße. Die Gärten der Klostersiedlung zwangen ihn zu einem Umweg, aber er hatte Zeit genug und achtete darauf, kein Geräusch zu machen. Im Haus des Bischofs würde niemand aufstehen, bevor es hell war, und erst wenn die Herren gefrühstückt hatten, würden alle aufbrechen, um die Gegend nach ihm abzusuchen. Er hatte den schmalen, von Bäumen gesäumten Pfad erreicht, der von der Hauptstraße abzweigte und entlang der Einfassungsmauer des bischöflichen Grundstücks verlief, und hielt inne, um zu überlegen, wie er weiter vorgehen sollte. Die Mauer war zu hoch, um über sie hinweg sehen zu können, und wenn er schon auf einen Baum stieg, dann war es besser, einen auszuwählen, der ihm einen Blick über den inneren und äußeren Hof ermöglichte, so daß er das Treiben vor den Ställen beobachten konnte.

Seine Wahl fiel auf eine große Eiche. Er kletterte hinauf und streckte sich auf einem Ast aus, der noch so viel Laub trug, daß man ihn nicht würde sehen können. Von hier aus konnte er nach beiden Seiten spähen, und sollte er gezwungen sein, schnell zu verschwinden, dann konnte er auf den Boden springen. Im Augenblick aber blieb ihm nichts anderes übrig als zu warten. Der Tagesanbruch war zwar nicht mehr fern, aber im Osten zeigte sich erst ein schmaler grauer Streifen am Himmel. Joscelin würde das Frühstück versäumen – heute würde niemand für ihn stehlen müssen.

Schließlich wurde es Tag. Als die Dunkelheit wich, nahmen das Haus, die Mauer, die Ställe, Scheunen und Vorratshäuser langsam Gestalt an, und der Hof erwachte zum Leben. Verschlafene Diener, Bäcker, Knechte und Milchmädchen machten sich an ihre Arbeit. Küchenjungen trugen Tabletts mit frisch gebackenem Brot aus dem Backhaus ins Hauptgebäude. Es verging noch einige Zeit, bevor sich die Herrschaften zeigten. Kanonikus Eudo war der erste. Er ging zur zweiten Messe. Etwas später erschienen Simon und Guy. Beide machten keinen sehr unternehmungslustigen Eindruck und waren in ein ernstes Gespräch vertieft. Die Knechte führten die meisten der Pferde aus den Ställen. Es sah so aus, als sei die Suchmannschaft bereits zusammengestellt und werde gleich ausrücken.

Und so geschah es. Unter den Männern, die hintereinander zum Tor hinaus und in Richtung Stadt ritten, war auch Guy, der ein mißmutiges Gesicht machte. Simon jedoch ritt nicht mit ihnen. Er stand immer noch vor dem Hauptportal, sah den anderen nach und schien auf etwas zu warten. Der zweite Stall, der für die Tiere des Bischofs reserviert war, befand sich auf der anderen Seite des Gebäudes, so daß Joscelin nicht sehen konnte, was dort vor sich ging, aber er spitzte die Ohren, als er eiligen Hufschlag hörte, der sich von dort näherte. Einen Augenblick später sah er seinen Grauschimmel Briar in so scharfem Trab um die Ecke biegen, daß der schwitzende Pferdeknecht, der ihn am Halfter führte, kaum Schritt halten konnte. Simon ging auf ihn zu, klopfte dem Pferd auf Hals und Schulter und strich ihm liebkosend über die Nüstern. Dankbarkeit durchströmte Joscelin. Trotz all dieser Aufregung hatte sein Freund daran gedacht, daß der Hengst untätig im Stall stand und Bewegung brauchte. Was er zu dem Knecht sagte, war nicht zu verstehen, aber die Gesten, mit denen er auf das Pferd und dann auf das Tor zeigte, waren eindeutig: »Sattle ihn und führ ihn hinaus!«

Joscelin wartete noch etwas, um sich davon zu überzeugen, daß der Knecht den Befehl ausführte, kletterte dann von seinem Baum und schlich im Schutz der Büsche vorsichtig zur Straße, wo er das Tor im Auge behalten konnte. Und da kamen sie. Briar tänzelte ungeduldig und war kaum zu halten. Der Knecht führte ihn hinaus, band die Zügel an einen der Ringe, die vor dem Trittstein an der Mauer befestigt waren, und ging dann wieder in den Hof. Eine bessere Gelegenheit hätte sich nicht ergeben können. Sobald er den Kies unter den Füßen des Knechtes knirschen hörte, kam Joscelin hinter seinem Busch hervor und rannte an der Mauer entlang auf Briar zu, der ihn mit einem freudigen Wiehern begrüßte. Er durfte keine Zeit verlieren, aber ausgerechnet in diesem Augenblick tauchten auf der Straße drei Reiter auf, und er mußte sich mit dem Rücken zur Straße neben das Pferd stellen und die Zügel halten, als sei er einer der Knechte, der auf seinen Herrn wartete. Diese kleine Verzögerung gab ihm jedoch Gelegenheit, Briar zu beruhigen, so daß der Hengst still hielt, als Joscelin den Pergamentstreifen in seine Stirnmähne knotete.

Die Reiter waren weitergeritten, die Straße war frei, und auch auf dem Pfad zwischen den Bäumen war niemand zu sehen. Joscelin riß sich von seinem vorwurfsvoll wiehernden Hengst los, rannte wie ein Hase auf der Flucht in Dekkung und blieb erst stehen, als er sich wieder ein gutes Stück in Richtung Saint Giles vorgearbeitet hatte.

Es war vollbracht, und er wagte nicht, stehenzubleiben, um zu sehen, ob Simon seine Nachricht bemerkt hatte, denn inzwischen war es taghell geworden, und die Straße war belebt. Er mußte sich so schnell wie möglich wieder den blauen Mantel überstreifen, der ihn als Aussätzigen auswies und einen besseren Schutz bot als jede Waffe, da sich ihm, aus Angst vor Ansteckung, niemand freiwillig nähern würde. Er konnte nur beten, daß sein Freund – dem der Knoten in Briars Mähne gewiß bald auffiel – den Zettel finden und tun würde, um was er ihn bat. Sein Plan, überlegte Joscelin, bot ihm wenigstens eine gewisse Sicherheit, denn wenn er sich zur verabredeten Zeit bis zu den Büschen gegenüber den Feldern des Klosters vorgearbeitet hatte und Briar nicht dort angebunden fand, dann bedeutete das, daß Simon seine Botschaft nicht gefunden hatte oder irgend etwas anderes dazwischen gekommen war. In diesem Fall würde er sich wieder zurückziehen und sich einen anderen Plan ausdenken. Aufgeben, aufgeben aber würde er nicht – nicht solange Iveta keinen anderen Vormund hatte und behandelt wurde, wie sie es verdiente.

Inzwischen aber durfte er kein Risiko eingehen und mußte die Zeit bis zum Abend ruhig und unauffällig in Saint Giles verbringen.

In einem Gestrüpp am Rand des Grundstücks, auf dem das Hospital stand, hielt er inne. Mit einem Mal wurde ihm bewußt, wie gefährlich es war, sich am hellichten Tag ohne Mantel und Gesichtstuch zu zeigen. Plötzlich kam hinter einem Gebüsch eine kleine Gestalt auf ihn zu, die unter einem Arm ein zusammengerolltes, dunkles Gewand trug, mit dem anderen seinen Oberschenkel umarmte und ihm bittere Vorwürfe machte: »Du hast mich nicht geweckt! Warum bist du weggegangen, ohne mich mitzunehmen?«

Überrascht und gerührt kniete Joscelin nieder und nahm das Kind in seine Arme. »Ich habe wachgelegen, und du hast so tief geschlafen, daß ich dich nicht wecken wollte. Ich habe die Botschaft überbracht und bin wieder zurück, und ich bitte dich um Entschuldigung. Ich weiß natürlich, daß du es mindestens ebenso gut gemacht hättest – glaub also bitte nicht, ich hätte kein Vertrauen zu dir...«

Streng hielt Bran ihm den zusammengerollten Mantel hin. »Zieh ihn an und setz die Kapuze auf! Und hier ist dein Gesichtstuch... Wie wärst du wohl wieder in das Hospital gekommen, so wie du aussiehst?« Er hatte außerdem ein großes Stück Brot mitgebracht, als Ersatz für das versäumte Frühstück. Joscelin brach es in zwei Teile und reichte dem Kind das größere Stück. Die überwältigende Zärtlichkeit, die er für das Kind empfand, ließ ihn fast laut auflachen und vertrieb all seine Sorgen.

»Was sollte ich nur ohne dich anfangen, mein kleiner Knappe? Wie du siehst, kann man mich kaum ohne Aufsicht aus dem Haus lassen. Aber jetzt verspreche ich dir, daß ich für den Rest des Tages nicht von deiner Seite weichen werde – ausgenommen natürlich die Zeit, in der Bruder Mark dir Unterricht gibt! Und du darfst bestimmen, was wir machen.«

Gehorsam zog er den Mantel an und setzte die Kapuze auf, und dann aßen sie das Brot in einträchtigem Schweigen, bevor er sein Gesicht wieder mit dem blauen Leintuch verhüllte. Hand in Hand traten sie aus dem Gebüsch und gingen zum Hospital.

Simon hatte schon fast das Torhaus des Klosters erreicht, als er den Knoten in Briars Stirnmähne bemerkte. Erbost über die Nachlässigkeit des Stallknechtes beugte er sich vor, um die Mähne glattzustreichen und entdeckte das Pergamentbällchen, das sich zwischen den Haaren verbarg. Er zügelte Briar, was diesem gar nicht gefiel, und entfaltete das Papier.

Joscelins ungelenke Schrift, die infolge des schlechten Lichts und der widerspenstigen Feder, die für die Hand eines anderen Mannes zurechtgeschnitten worden war, noch unleserlicher war als sonst, ließ sich dennoch entziffern. Simon verbarg die Botschaft rasch in seiner Hand, als fürchte er, ein anderer könne sie bemerkt haben, und sah sich nach allen Seiten um, in der Hoffnung, er könne den Absender dieser Zeilen irgendwo entdecken oder herausfinden, wie dieses Stückchen Pergament in Briars Mähne gekommen war. Zu spät! Joscelin war wieder untergetaucht. Simon wußte nicht, wo er ihn suchen oder wie er ihm eine Nachricht zukommen lassen sollte, und so blieb ihm nichts anderes übrig, als zu tun, worum sein Freund ihn gebeten hatte, und so ein Treffen vorzubereiten, zu dem Joscelin gewiß erscheinen würde.

Simon steckte das Pergament sorgfältig in den Geldbeutel an seinem Gürtel und ritt, tief in Gedanken versunken, weiter. Hinter dem Torhaus, an der Brücke über den Severn, versammelten sich die Männer des Sheriffs. Im großen Innenhof des Klosters herrschte, wie jeden Tag, geschäftiges Treiben. Die Laienbrüder waren auf dem Weg zu den Klostergärten an der Gaye oder arbeiteten im Wirtschaftshof und in den Stallungen. Bruder Edmund eilte zwischen dem Kräutergarten und der Krankenstation hin und her, und Bruder Oswald, der Almosenverwalter, teilte unter den Bettlern am Torhaus milde Gaben aus. Simon ritt durch das Tor und übergab Briars Zügel einem Knecht. Im Gästehaus bat er um eine Unteredung mit Godfrid Picard und wurde sogleich vorgelassen.

Iveta saß mit Madlen in ihrem Zimmer und stickte lustlos an einem Kissenbezug. Sie konnte nun zwar das Haus, nicht aber das Kloster verlassen. Einmal hatte sie es mit bangem Herzen versucht, aber am Tor war sie von einem der Männer ihres Onkels zurückgewiesen worden – höflich zwar, aber mit einem leichten, hämischen Lächeln, das ihr die Röte ins Gesicht trieb. Und was nützte es ihr schon, im Kloster umherzugehen, wie angenehm ein solcher kleiner Spaziergang unter anderen Umständen auch gewesen wäre, wenn Joscelin sich verstecken mußte und sie keine Möglichkeit hatte, ihm eine Nachricht zukommen zu lassen? Nein, es war besser, hier zu sitzen und auf ein Lebenszeichen von ihm zu warten – ein Lebenszeichen, das ihr neue Hoffnung auf Freiheit bringen würde. Der Bruder, der einmal ein schlimmes Gewitter abgewendet und sie ein anderes Mal so gütig in diese kalte, unfreundliche Welt zurückgeholt hatte, war ein Freund, auch wenn sie in letzter Zeit nicht mehr mit ihm hatte sprechen können. Und dann war da noch Simon. Auf ihn konnte sie sich verlassen, denn auch er glaubte nicht, daß Joscelin ein Verbrechen begangen hatte. Wenn sich eine Gelegenheit ergab, würde er ihnen helfen.

Iveta konzentrierte sich auf ihre Stickarbeit und saß ganz still, erst recht, nachdem sie den leisen Klang von Stimmen aus dem Nachbarzimmer gehört hatte. Die Wände hier waren dick und ließen kaum Geräusche durch, und sie glaubte nicht, daß Madlen irgend etwas bemerkt hatte. Daher gab Iveta sich Mühe, sich nichts anmerken zu lassen. Aber sie hatte sich nicht getäuscht: Ihr Onkel hatte eine Auseinandersetzung. Das schloß sie aus dem energischen Nachdruck in seiner Stimme, die nicht laut, sondern im Gegenteil gefährlich leise schien. Einzelne Worte waren nicht zu verstehen. Die andere Stimme klang jünger und weniger vorsichtig. Der Mann, zu dem sie gehörte, verteidigte sich leidenschaftlich, und er schien erschrocken, ja bestürzt, als sei dies aus heiterem Himmel über ihn hereingebrochen. Immer noch konnte sie keine Worte verstehen – sie ahnte lediglich, daß nebenan ein heftiger Streit im Gange war. Aber jetzt nannte die zweite Stimme einen Namen, dessen Erwähnung ihr das Herz schwer machte. Was mochte zwischen ihrem Onkel und Simon vorgefallen sein? Denn es war ja mit Sicherheit Simons Stimme, die sie hörte. Mißtraute ihr Onkel jedem jungen Mann in ihrer Nähe? Sie wußte nur zu gut, daß sie für ihn ein Kapital darstellte, das er beschützen mußte: Ihn interessierten an ihr nur die Besitztümer, die sie selbst als Belastung empfand, und der Nutzen und der Profit, den er aus ihr ziehen konnte. Und doch war Simon gestern noch ein geehrter, willkommener Gast gewesen, den Tante Agnes mit ihrem süßesten Lächeln begrüßt hatte.

Madlen stickte an einer leinenen Haube für sich selbst und achtete nicht auf das, was nebenan vor sich ging. Sie war viel älter als Iveta, und ihr Gehör war nicht so gut – wahrscheinlich hörte sie nichts weiter als ein Stimmengemurmel.

Und selbst das war jetzt verklungen. Eine Tür wurde geschlossen. Iveta glaubte, von nebenan ein neues, gedämpftes Gemurmel zu vernehmen. Dann öffnete sich nach einem kurzen, leisen Klopfen die Tür ihres eigenen Zimmers, und Simon trat ein, als habe er das Recht dazu. Iveta wußte nicht, was sie tun sollte – sie konnte ihn nur ansehen, er aber traf sogleich den richtigen Ton.

»Guten Morgen, Iveta!« sagte er unbekümmert. Und zur Zofe: »Würdet Ihr uns einen Augenblick allein lassen?«

Madlen hatte das freundliche Lächeln, mit dem Agnes Simon bedacht hatte, noch in guter Erinnerung; der junge Mann stand in der Gunst ihrer Herrin. Sie nahm ihre Näharbeit, verbeugte sich ebenso freundlich wie am Vortag und verließ das Zimmer.

Sie hatte kaum die Tür hinter sich geschlossen, als Simon schon neben Iveta kniete. Trotz seiner disziplinierten Ruhe war sein Gesicht gerötet. Er atmete heftig, und seine Nasenflügel bebten.

»Hört gut zu, Iveta, denn sie werden mich nicht mehr zu Euch lassen... Wenn sie ihnen erzählt, daß ich hier bin, werden sie mich hinauswerfen. Ich habe eine Nachricht für Euch von Joss!« Ängstlich besorgt öffnete sie den Mund zu einer Frage, aber er legte einen Finger auf ihre Lippen und flüsterte eilig: »Er bittet Euch, heute abend nach dem Vespergottesdienst in den Kräutergarten zu kommen. Ich werde sein Pferd auf der anderen Seite des Baches bereitstellen. Enttäuscht ihn nicht – auch ich werde ihn nicht enttäuschen. Habt Ihr verstanden?«

Fast sprachlos vor Verwunderung, Freude und Sorge nickte sie. »Ja! Ach, Simon, ich würde alles für ihn tun! Gott segne Euch dafür, daß Ihr ein so treuer Freund seid! Aber was ist mit Euch... Was ist passiert? Was haben sie plötzlich gegen *Euch*?«

»Ich habe Joss verteidigt. Ich habe gesagt, daß er kein Mörder und kein Dieb ist und daß ich ihn von allen Anschuldigungen reinwaschen werde, so daß sie alles werden zurücknehmen müssen, was sie gegen ihn vorgebracht haben. Sie haben mich hinausgeworfen und wollen nichts mehr mit mir zu tun haben. Aber hier ist seine Botschaft…, seht!« Sie erkannte die Schrift und las atemlos die Zeilen, die Joscelin niedergeschrieben hatte. Ehrfürchtig strich sie über das Pergament, als sei es eine Reliquie, gab es ihm aber schließlich widerstrebend zurück.

»Nehmt es wieder mit…, man könnte es finden. Ich werde tun, was er von mir erwartet, und ich danke Euch tausendmal für Eure Treue. Ach, Simon, es tut mir leid, daß wir beide Euch solche Unannehmlichkeiten bereiten…«

»Unannehmlichkeiten? Was für Unannehmlichkeiten?« flüsterte er. »Das macht mir nichts aus, solange ich nur *Eure* Freundschaft habe.«

»Ihr werdet sie immer haben, und mehr als Freundschaft! Ihr seid so gut zu mir gewesen – was sollte ich ohne Euch anfangen? Wenn wir fliehen können, werden wir Euch Nachricht geben, sobald wir in Sicherheit sind. Ihr werdet immer unser bester Freund sein!«

Sie drückte die Hand, mit der er sie zur Vorsicht gemahnt hatte, denn diese Geste schien mehr zu sagen als Worte, aber er machte ein warnendes Zeichen, stand mit einer fließenden Bewegung auf und trat zurück. Vor der Tür waren Schritte zu hören, und eine Hand hatte sich auf die Klinke gelegt. »Der Kräutergarten!« flüsterte er, und sie nickte ängstlich und entschlossen zugleich.

»Es freut mich, daß es Euch so viel besser geht«, sagte er förmlich, als die Tür geöffnet wurde. »Ich wollte nicht gehen, ohne kurz nach Euch gesehen zu haben.«

Mit entschlossenen Schritten betrat Picard den Raum. Sein schmales, verschlagenes Gesicht war kalt, aber nicht so kalt wie seine Stimme, wenn er seine Worte auch mit großer Höflichkeit wählte.

»Ihr seid noch da, Messire Aguilon? Meine Nichte braucht Ruhe und darf nicht gestört werden. Ich hatte gedacht, Ihr hättet es eilig, nach Hause zu kommen und Euch umzukleiden. Ihr habt versprochen, Euch heute an der Suche nach Eurem Freund zu beteiligen, und ich hoffe doch, daß Ihr Wort halten werdet.«

»Ich werde tun, was man von mir erwartet«, antwortete Simon kurz. »Allerdings nicht auf einem Pferd, das nicht mir gehört. Doch seid unbesorgt, Mylord, ich werde mich rechtzeitig beim Sheriff einfinden.«

Jetzt erschien auch Agnes, mit schmalen Lippen und mißtrauisch zusammengekniffenen Augen. Simon machte eine tiefe Verbeugung vor Iveta, erwies Agnes eine steife und förmliche Reverenz und verließ den Raum. Die Blicke der beiden Picards folgten ihm in grimmigem Schweigen, und als sich die Tür hinter ihm geschlossen hatte, musterten sie Iveta mit derselben kalten Feindseligkeit. Um die Freude, die sich in ihrem Gesicht widerspiegelte, zu verbergen, beugte sie sich tief über ihre Stickarbeit und schwieg. Eine drückende Stille trat ein, aber schließlich verließen die beiden das Zimmer und schlossen die Tür hinter sich. Sie hatten keine Frage gestellt, und Iveta war sicher, daß sie keinen Verdacht geschöpft hatten. Es war ja auch noch nie vorgekommen, daß sie sich aufgelehnt hatte. Ihr Onkel und ihre Tante konnten nicht wissen, ja nicht einmal ahnen, zu welchen heldenmütigen Taten sie sich jetzt, für Joscelin, imstande fühlte.

Gleich nach dem Frühstück war Bruder Cadfael auf einem Maultier aufgebrochen, das er sich aus den Ställen des Klosters ausgeliehen hatte, und als Iveta Joscelins Nachricht las, hatte er Beistan bereits hinter sich gelassen und näherte sich dem Jagdhaus. Der Weg nach Thornbury führte nicht direkt am Haus vorbei, sondern zweigte nach rechts ab und führte in westlicher Richtung in den Großen Wald. Die Entfernung zwischen dem Jagdhaus und dem Dorf betrug kaum mehr als eine Meile, und so war es um so unverständlicher, warum die Frau ein gutes Pferd zurückgelassen und diesen Weg zu Fuß gegangen war.

Der Wald lichtete sich, als er sich dem Dorf näherte. Es lag inmitten einer Mulde mit grünen Wiesen und ordentlich bestellten Äckern. An einigen Stellen hatten zweitgeborene Söhne den Wald gerodet, um sich auf diese Weise eine eigene Existenz aufzubauen. Über den niedrigen, aus roh behauenen Baumstämmen gezimmerten Häusern hing wie ein blauer Schleier der würzige Rauch von Holzfeuern. Das Dorf war klein, abgelegen und arm – ein Ort für Männer, die hart arbeiten konnte. Aber es gab genug Brennholz, und für die Wilderei, an der sich, wie Cadfael vermutete, die ganze männliche Bevölkerung beteiligte, war diese Gegend wie geschaffen. Auch alle Holzarten, die ein Wagner brauchte, waren reichlich vorhanden: Ulmenholz, das man für die Nabe brauchte, Eichenholz, aus dem die Speichen hergestellt wurden, und das elastische Eschenholz für den Radkranz.

Cadfael hielt sein Maultier vor dem ersten Haus an und fragte die Frau, die auf dem Hof stand und ihre Hühner fütterte, wo er den Wagner finden könne.

»Ihr sucht Ulger?« fragte sie, lehnte sich mit einem stämmigen Arm auf den Zaun und betrachtete ihn mit freundlicher Neugier. »Sein Haus steht dort drüben, hinter dem Weiher – ihr erkennt es an dem Holzstoß rechts von der Straße. Auf seinem Hof steht ein Wagen mit einem gebrochenen Rad. Wahrscheinlich ist er dabei, es zu reparieren.«

Cadfael dankte ihr und ritt weiter. Hinter dem Weiher, auf dem Enten schnatternd umherschwammen, sah er den Holzstapel, und gleich darauf stand er vor dem Haus des Wagners, an das eine mit Werkzeug gut ausgestattete Werkstatt mit einem Speicher und einer Dachstube angebaut war. Im Hof war ein Wagen aufgebockt, an dem ein Rad fehlte. Die zerbrochenen Hälften lagen auf dem Boden, mehrere Speichen waren zersplittert, und nur die eiserne Felge war unversehrt und konnte wiederverwendet werden. Eine neue Nabe aus Ulmenholz, in der bereits die Speichen steckten, lag wie ein Stern im Gras, und der Wagner, ein bärtiger, muskulöser, untersetzter Mann von etwa fünfundvierzig Jahren, bearbeitete mit einem Hohlbeil ein gekrümmtes Stück Eschenholz für den Radkranz, wobei er der Maserung folgte.

»Möge Gottes Segen auf Eurer Arbeit ruhen!« sagte Cadfael und stieg von seinem Maultier. »Wenn Ihr Ulger seid, dann seid Ihr es, den ich suche. Ich hatte allerdings einen älteren Mann erwartet.«

Der Wagner legte sein Hohlbeil beiseite und erhob sich. Dies war sein Reich, und seine Bewegungen zeugten von Selbstbewußtsein. Neugierig betrachtete er seinen Besucher. Er hatte ein rundes, gutmütiges Gesicht, das aber auch eine zurückhaltende Würde verriet. »Mein Vater hieß auch Ulger und war ebenfalls Wagner für dieses und die umliegenden Dörfer. Vielleicht war er es, den Ihr gesucht habt – aber er ist vor einigen Jahren gestorben, Gott sei seiner Seele gnädig! Die Werkstatt und das Haus gehören jetzt mir.« Und nach einer kurzen, eingehenden Musterung fuhr er fort: »Ihr kommt vom Benediktinerkloster in Shrewsbury. Auf die eine oder andere Art erfahren wir so einiges.«

»Wir haben unsere Sorgen, wie Ihr gewiß schon gehört habt«, sagte Cadfael. Er warf den Zügel über einen Zaunpfosten, schüttelte seine Kutte aus und streckte seinen Rükken. »Ich werde Euch die Wahrheit sagen, wie ich es auch von anderen erwarte. Huon de Domville wurde am Morgen seines Hochzeitstages ermordet, und in seinem Jagdhaus nicht weit von hier hatte er eine Geliebte. Auf dem Heimweg von ihr fiel er in einen Hinterhalt, und sie ist nicht mehr in jenem Haus. Man sagt, ihr Name sei Avice von Thornbury, Tochter jenes Ulger, der auch Euer Vater war. Domville hat sie in dieser Gegend kennengelernt und mitgenommen. Ich glaube nicht, daß ich Euch irgend etwas sage, das Ihr nicht schon wißt.«

Ein Schweigen trat ein. Das Gesicht des Wagners war, trotz aller naiver Offenheit, plötzlich hart geworden. Er sagte kein Wort.

»Es ist weder meine Aufgabe noch meine Absicht«, sagte Cadfael schließlich, »Eure Schwester einer Gefahr auszusetzen. Gleichwohl mag es sein, daß sie etwas weiß, das der Gerechtigkeit dienen kann. Von ihrer Aussage hängt nicht nur die Bestrafung des Schuldigen, sondern vielleicht auch das Leben eines Unschuldigen ab. Ich möchte lediglich mit ihr sprechen. Sie hat in Domvilles Jagdhaus ihr Pferd und wahrscheinlich noch andere Dinge zurückgelassen, die ihr gehören. Sie ist zu Fuß verschwunden, und ich glaube, daß sie hierher, zu ihrer Familie gegangen ist.«

»Es ist lange her«, sagte Ulger nach einem langen Schweigen, »daß ich eine Schwester hatte. Schon lange betrachtet Avice von Thornbury mich und die Meinen nicht mehr als ihre Familie.«

»Das verstehe ich«, sagte Cadfael. »Und dennoch – Blut ist dicker als Wasser. Ist sie hierher gekommen?«

Ulger sah ihn ernst an und gab sich einen Ruck. »Ja.«

»Vor zwei Tagen? Kurz nachdem sich herumgesprochen hatte, daß Huon de Domville tot ist?«

»Ja, sie kam vor zwei Tagen, am späten Nachmittag. Sie hatte von diesem Mord erfahren, aber wir wußten noch nichts davon.«

»Wenn sie hier ist«, sagte Cadfael, »muß ich mit ihr sprechen.« Er sah zum Haus, aus dem eine hübsche, robuste Frau getreten war, die bei seinem Anblick gleich wieder drinnen verschwand. In einem Winkel des Hofes war ein etwa vierzehnjähriger Junge dabei, Speichen aus Eichenholz für ein leichteres Rad abzuschleifen. Das mußten Ulgers Frau und Sohn sein. Sonst war niemand zu sehen.

»Sie ist nicht hier«, sagte Ulger. »Und in meinem Haus wäre sie auch nicht willkommen. Wir haben sie nur einoder zweimal gesehen, seit sie sich entschlossen hatte, ihrer Familie und ihrem Volk Schande zu machen und die Hure eines normannischen Barons zu werden. Als sie kam, sagte ich ihr, daß ich alles für sie tun würde, was ein Mann für seine Schwester tun sollte – mit einer Ausnahme: Ich würde sie nicht in das Haus lassen, das sie vor langer Zeit für Geld und ein bequemes Leben verlassen hat. Sie schien nicht beleidigt oder niedergeschlagen. Denkt über sie, was Ihr wollt – ich jedenfalls werde aus ihr nicht schlau. Sie bat mich höflich und ruhig um drei Dinge: Ich sollte ihr mein Pony leihen, ein einfaches Frauengewand geben, das sie anstelle ihrer schönen Kleider anziehen konnte, und mein Sohn sollte sie dorthin führen, wo sie hin wollte, und das Pferd wieder zurückbringen. Sie hatte einen Weg von drei Meilen vor sich, und dafür waren ihre leichten Schuhe nicht geeignet.«

»Und diese drei Wünsche habt Ihr ihr erfüllt?« fragte Cadfael verwundert.

»Ja. Sie legte ihr Gewand hier in der Werkstatt ab und zog ein altes Kleid von meiner Frau an. Ihre Ringe und ihre goldene Halskette gab sie meiner Frau, denn sie sagte, sie habe keine Verwendung mehr dafür, und der Schmuck könne dazu dienen, ihre Schuld bei uns abzutragen. Dann stieg sie auf das Pony, und der Junge begleitete sie zu Fuß, und vor Einbruch der Dunkelheit kam er mit dem Pferd zurück. Das ist alles, was ich weiß, denn ich habe ihr keine weiteren Fragen gestellt.«

»Ihr habt sie nicht einmal gefragt, wohin sie wollte?«

»Nicht einmal das. Aber mein Sohn hat es mir gesagt, als er wieder hier war.«

»Und wohin ist sie gegangen?«

»Zu einem Ort namens Godric's Ford. Das ist ein Stück westlich von hier im Wald.«

»Das kenne ich«, sagte Cadfael und nickte. Godric's Ford war ein kleiner Waldbauernhof, der zum Kloster der Benediktinerinnen in Polesworth gehörte. Also war Avice in das nächstgelegene Kloster geflüchtet, um im Schutz eines mächtigen und angesehenen Ordens zu warten, bis Huon de Domvilles Mörder gefaßt, sein Tod gerächt und seine Geliebte vergessen war. Es mochte gut sein, daß sie in diesem sicheren Hafen bereit war, zu sagen, was sie wußte, vorausgesetzt, sie selbst konnte in ihrem Refugium bleiben.

Cafael dankte Ulger für seine Hilfe und bestieg sein Maultier, um nach Godric's Ford zu reiten. Wenn diese Frau fürchtete, sie könne in einen Skandal und in ein Verbrechen hineingezogen werden, dann hätte sie keine bessere Entscheidung treffen können.

Und doch...! Und doch hatte sie ihr Pferd zurückgelassen und war zu Fuß gegangen. Und doch hatte sie ihre kostbaren Gewänder gegen ein einfaches Bauernkleid eingetauscht und ihren Schmuck abgelegt, um die Schulden bei ihrer Familie zu begleichen, die sie vor langer Zeit verlassen hatte...

Der Waldbauernhof in Godric's Ford lag auf einer großen Lichtung. Er bestand aus einem soliden, langen und niedrigen Haus, einer kleinen Holzkapelle und einem ordentlichen, von einer Steinmauer eingefaßten Küchen- und Obstgarten, dessen Bäume bereits die Hälfte ihrer gelb verfärbten Blätter verloren hatten. In einem frisch umgegrabenen Beet innerhalb der Mauer stand eine rundliche Novizin mittleren Alters und pflanzte Kohlsetzlinge ein. Cadfael betrachtete sie, während er durch das Tor ritt und abstieg, und ihm fiel auf, wie sicher und sparsam ihre Bewegungen waren. Nonnen wie Mönche der Benediktiner sind körperlicher Arbeit nicht abgeneigt und werden dazu angehalten, sich dem Ackerbau ebenso eifrig zu widmen wie dem Gebet. Diese Frau, deren Gesichtsfarbe rosig und gesund war, ging so umsichtig zu Werk wie eine gute Hausfrau. Sie drückte die Erde um die Setzlinge mit dem Fuß fest und klopfte sich mit ruhiger Zufriedenheit die Erde von den Händen. Sie war untersetzt und nicht sehr groß, und ihr rundes Gesicht hatte, insbesondere um Mund und Kinn, einen festen, entschlossenen Ausdruck.

Als sie Cadfael und sein Maultier bemerkte, richtete sie sich mit einem Seufzer und jener Langsamkeit auf, an der man den echten Gärtner erkennt, und musterte ihn aus klugen, braunen Augen unter fragend zusammengezogenen Brauen mit einem Blick, dem nichts zu entgehen schien.

Ohne Eile kam sie auf ihn zu.

»Gott sei mit Euch, Bruder!« sagte sie freundlich. »Kann ich irgend etwas für Euch tun?«

»Gottes Segen sei auf diesem Haus!« antwortete Cadfael förmlich. »Ich möchte mit einer Dame sprechen, die kürzlich darum gebeten hat, hier aufgenommen zu werden. Jedenfalls schließe ich das aus dem, was ich über sie in Erfahrung gebracht habe. Ihr Name ist Avice von Thornbury. Könnt Ihr mich zu ihr bringen?«

»Mit Vergnügen!« sagte die Novizin. Auf ihren rosigen Wangen erschien plötzlich ein Grübchen, um gleich darauf wieder zu verschwinden. Einen Augenblick lang hatte sich ihre reife, ruhige Schönheit gezeigt, aber jetzt sah sie wieder so schlicht und demütig aus wie zuvor. »Wenn Ihr Avice von Thornbury sucht, so habt Ihr sie gefunden. Ihr steht vor ihr.«

Sie saßen sich an einem Tisch in der kleinen, dunklen Stube des Hauses gegenüber: Ein Benediktinermönch und eine zukünfige Benediktinernonne, die sich mit gegenseitigem Interesse betrachteten. Die Mutter Superior hatte ihnen die Erlaubnis gegeben und die Tür geschlossen. Avices Auftreten war so selbstsicher, daß es erstaunlich war, daß sie überhaupt irgend jemand um Erlaubnis bat, mit ihrem Besucher sprechen zu dürfen, und noch erstaunlicher, daß sie ihre Bitte mit so ansprechender Demut vorgetragen hatte. Cadfael war jedoch bereits zu dem Schluß gekommen, daß dies nicht die letzte Überraschung sein würde, die diese Frau für ihn bereithielt.

Wo war nun die Frau, die er erwartet hatte: die verwöhnte, verdorbene Geliebte eines normannischen Barons, die es gewöhnt war, ihre Schönheit zur Schau zu stellen? Eine solche Frau hätte sich große Mühe gegeben, sich ihr hübsches Gesicht mit Salben, Schminke und geheimen Zaubersprüchen zu erhalten, sie hätte gefastet, um kein Fett anzusetzen, und versucht, ihrem Gang und ihren Bewegungen jene

Grazie zu verleihen, die die Augen der Männer auf sich zieht. Diese Frau aber hatte sich mit ihrem Alter abgefunden, sie versuchte nicht, die Falten in ihrem Gesicht und an ihrem Hals zu verbergen und den Vormarsch der grauen Strähnen aufzuhalten, die sich in ihrem braunen Haar zeigten. Sie war immer noch flink und beweglich und würde es auch immer bleiben – sie war selbstsicher und verspürte kein Bedürfnis, sich anders darzustellen als sie war. Und so, wie sie war, hatte sie es geschafft, Huon de Domville länger als zwanzig Jahre zu faszinieren.

»Ja«, beantwortete sie Cadfaels Frage bereitwillig, »ich war in Huons Jagdhaus. Ganz gleich, wo er hinging – er wollte mich immer in der Nähe haben. Ich habe im Lauf der Jahre jeden Winkel seiner Besitzungen kennengelernt.« Ihre Stimme war leise, wohltönend und so heiter-gelassen wie ihre ganze Erscheinung, und sie sprach über ihre Vergangenheit wie eine ehrbare Hausfrau, die sich nach dem Tod ihres Mannes an ruhige, häusliche Freuden erinnert, an ein Leben, in dem es keine Höhepunkte gegeben hatte.

»Und als Ihr von seinem Tod erfuhrt«, sagte Cadfael, »da hieltet Ihr es für das Beste, von dort zu verschwinden? Hat man Euch gesagt, daß es Mord war?«

»Bis zum Nachmittag jenes Tages wußte es jedermann«, antwortete sie. »Ich hatte nichts damit zu tun, und ich habe keine Ahnung, wer so etwas getan haben könnte. Ich hatte keine Angst, falls Ihr das denken solltet, Bruder Cadfael. Ich habe noch nie irgend etwas aus Angst getan.«

Das hatte sie nicht gesagt, als wolle sie sich damit brüsten, und Cadfael glaubte ihr. Er hätte sogar geschworen, daß sie in ihrem ganzen Leben noch nie Angst verspürt hatte. Sie sprach das Wort mit einer Art unbestimmter Neugier aus, so als streiche sie mit ihrer Hand über ein Schaffell, um das Gewicht und die Qualität der Wolle zu bestimmen.

»Nein, ich hatte keine Angst – vielmehr widerstrebte es mir, in einen Skandal hineingezogen zu werden. Mehr als zwanzig Jahre lang habe ich ein sehr verschwiegenes Leben geführt, und ich könnte es nicht ertragen, wenn mein Name nun auf einmal in aller Munde wäre. Und wenn etwas vorüber ist, warum noch Zeit verlieren? Ich konnte ihn nicht ins Leben zurückholen. Das war also vorbei. Ich bin jetzt vierundvierzig Jahre alt und habe eine ganze Reihe Erfahrungen gemacht. Ich glaube übrigens«, sagte sie und sah ihm gerade ins Gesicht, und die Grübchen auf ihren Wangen erschienen und verschwanden wieder, »daß dasselbe auch für Euch gilt, Bruder. Ich habe nämlich nicht das Gefühl, daß meine Erscheinung Euch so überrascht hat, wie ich dachte.«

»Offen gesagt«, sagte Cadfael, »kann ich mir niemanden vorstellen, der von Euch nicht überrascht wäre. Ja, Ihr habt recht – ich bin in der Welt herumgekommen, bevor ich mein Gelübde ablegte. Wäre es töricht von mir, anzunehmen, daß es diese Fähigkeit, andere in Erstaunen zu versetzen, war, die Huon de Domville für Euch eingenommen hat?«

»Ihr werdet es kaum glauben«, sagte Avice, lehnte sich mit einem Seufzer zurück und faltete ihre breiten, hübschen Hände vor ihrem Bauch, »aber ich kann mich kaum daran erinnern. Ich weiß jedoch noch, daß ich schlau und ehrgeizig genug war, um zuzugreifen, als jemand des Wegs kam, der mich aus jenem armseligen kleinen Dorf herausholte und bereit war, für mein Leben aufzukommen. Ich bin immer noch schlau und ehrgeizig, und ich glaube, für eine Frau meines Alters und meiner Vergangenheit ist der Entschluß, den ich gefaßt habe, der beste.«

Sie hatte weit mehr gesagt, als die Worte ausdrückten, und wußte auch sehr gut, daß er alles verstanden hatte. Sie hatte sofort erkannt, daß ein Lebensabschnitt zu Ende gegangen war, und da sie inzwischen nicht nur zu alt für eine zweite Liaison war, sondern auch zu klug, um eine solche Verbindung zu wollen, und vielleicht zu treu, um diesen Gedanken nach so vielen Jahren mit Huon de Domville überhaupt in Erwägung zu ziehen, hatte sie sich nach einem anderen Betätigungsfeld für ihre Kraft und ihre Energie umgesehen. Angesichts ihrer Vergangenheit durfte sie an eine normale Ehe nicht einmal denken. Welcher Weg stand ihr also noch offen?

»Ihr habt recht«, sagte Avice ruhig und gelassen. »Ich habe die Zeit, in der ich auf Huon wartete, gut genutzt, und ich habe oft gewartet, manchmal wochenlang. Ich kann lesen, schreiben und rechnen, ich beherrsche viele Fertigkeiten, und ich muß einsetzen, was ich habe und was ich kann. Meine Schönheit ist vergangen – sie war nie besonders bemerkenswert –, und es ist unwahrscheinlich, daß jemand mich begehrt und mich aushält. Huon hatte nie etwas an mir auszusetzen. Er war an mich gewöhnt. Wenn er anderer Frauen überdrüssig war, kam er zu mir.«

»Habt Ihr ihn geliebt?« fragte Cadfael. Sie war ihm gegenüber so offen, daß er glaubte, diese Frage stellen zu dürfen, ohne indiskret zu sein. Avice dachte lange nach.

»Nein, ich kann nicht behaupten, daß ich ihn geliebt hätte – das war nicht das, was er wollte. Nach all diesen Jahren war sicher eine gewisse Wärme zwischen uns. Wir hatten uns aneinander gewöhnt, weil wir einander entsprachen, und diese Gewöhnung ließ nicht nach. Manchmal haben wir nicht einmal miteinander geschlafen«, sagte die zukünftige Nonne nachdenklich. »Wir haben nur zusammengesessen und Wein getrunken, Schach gespielt – das hat er mir beigebracht – oder fahrenden Sängern zugehört. Oder wir haben am Kamin gesessen, er mit einem Glas Wein und ich mit einer Stickarbeit. Manchmal haben wir uns nicht einmal gestreichelt oder berührt, obwohl wir im selben Bett schliefen.«

Wie ein alter, verheirateter Lord und seine einfache, liebevolle Frau. Aber das war vorbei, und sie war ein Mensch, der Tatsachen ins Auge sah. Sie hatte aufrichtig um ihren toten Geliebten getrauert, auch wenn sie ihre weitere Zukunft plante und sich tatkräftig daran machte, ihre Pläne in die Wirklichkeit umzusetzen. Ihre Intelligenz brauchte ein Betätigungsfeld. Die Möglichkeiten, die sie in ihrer Jugend gehabt hatte, waren dahin, aber sie hatte andere gefunden.

»Und doch kam er am Vorabend seines Hochzeitstages zu Euch«, sagte Cadfael. Und die Braut ist achtzehn Jahre alt, schön, fügsam und verfügt über große Besitztümer, setzte er in Gedanken hinzu.

Sie beugte sich über den Tisch. Ihr Gesicht war sanft, und ihre Augen schienen nach innen zu blicken, als denke sie mit Verwunderung und ohne Leidenschaft über die Eigenarten der menschlichen Seele nach, die so eigensinnig ist und doch so oft den eingefahrenen Wegen folgt.

»Ja, er ist gekommen. Es war das erste Mal, seit wir hier in Shrewsbury waren, und zugleich auch das letzte Mal, daß wir uns überhaupt gesehen haben. Der Vorabend seines Hochzeitstages... Ja, eine Hochzeit ist ein Geschäft, nicht wahr? Nicht anders als ein Konkubinat! Liebe – ja, das ist etwas anderes, das hat mit beidem nichts zu tun. Ich hatte ihn erwartet. An meiner Stellung hätte sich nichts geändert, wenn Ihr versteht, was ich meine.«

Bruder Cadfael verstand. Die Geliebte, die Huon de Domville sich seit zwanzig Jahren hielt, hätte sich nicht von einer Frau verdrängen lassen, die er gekauft hatte wie alle seine Frauen und die sechsundzwanzig Jahre jünger war als sie. Sie lebten in zwei verschiedenen Welten, und die Geliebte hatte ihre eigenen Rechte.

»Er kam allein?

»Ja, allein.«

»Um welche Zeit verließ er Euch?« Jetzt kamen sie zur wichtigsten Frage. Diese ehrbare Dirne hatte gewiß nichts mit Domvilles Tod zu tun, ja sie hatte ihn nicht einmal mit seinem Verwalter betrogen, jenem eifersüchtigen, mißtrauischen und ihr vollkommen ergebenen Mann, der aus langer und sicher wohlverdienter Treue zu ihr hielt. Diese Frau wußte mit denen umzugehen, die zufällig ihre Diener waren, und hatte sie respektiert, so wie diese gelernt hatten, sie zu respektieren.

Sie überlegte genau. »Es war nach sechs Uhr morgens. Ich weiß nicht genau, wie lange nach sechs Uhr es war, aber es wurde bereits hell. Ich begleitete ihn bis zum Tor. Man konnte schon Farben unterscheiden – es muß gegen halb sieben gewesen sein. Ich ging nämlich zu dem Busch, wo der Steinsame wächst – er blüht dieses Jahr sehr spät –, pflückte einige Stengel und steckte sie ihm an seine Kappe.«

»Also war es nach sechs Uhr, und zwar eher halb sieben als Viertel nach sechs«, überlegte Cadfael laut. »Dann konnte er erst eine Viertelstunde vor der Prim, wahrscheinlich aber erst noch etwas später, an der Stelle sein, wo er ermordet wurde.«

»Das weiß ich nicht, Bruder, denn ich weiß nicht, wo diese Stelle ist. Aber es muß etwa zwanzig Minuten nach sechs gewesen sein, als er aufbrach.«

Selbst wenn er schneller geritten war, als es das Licht zuließ, mußte er eine Viertelstunde gebraucht haben, um den Ort zu erreichen, an dem sein Mörder auf ihn wartete. Die Tat selbst mußte mindestens zehn Minuten in Anspruch genommen haben. Der Mörder konnte sich also frühestens um Viertel vor sieben, wahrscheinlich aber erst erheblich später, vom Tatort entfernt haben.

Nur eine einzige wichtige Frage war noch ungeklärt. Viele andere, die Cadfael beschäftigt hatten, bevor er Avice kennengelernt und begonnen hatte, sich an allen falschen Annahmen vorbei zur Wahrheit vorzuarbeiten, hatten sich bereits erledigt. So zum Beispiel, warum sie all ihr Hab und Gut, selbst ihren Schmuck, abgelegt, ihr Pferd im Stall gelassen und alles aufgegeben hatte, mit dem Domville sie ausgestattet hatte. Zuerst hatte er gedacht, sie habe sich eilig und voller Angst verstecken wollen und sich, ohne einen klaren Gedanken zu fassen, aller Dinge entledigen wollen, die sie mit dem Toten in Verbindung hätten bringen können. Dann, als er gesehen hatte, daß sie bereits die Tracht der Novizinnen trug, hatte er es für möglich gehalten, daß sie Reue empfand und es für nötig hielt, allen weltlichen Besitz aufzugeben, bevor sie sich in ein Kloster zurückzog, um die zweite Hälfte ihres Lebens damit zu verbringen, für die erste Hälfte zu büßen. Jetzt erkannte er die Ironie, die in diesem Gedanken lag. Avice von Thornbury bereute nichts. Sie hatte gesagt, sie habe nie vor etwas Angst gehabt, und er war sicher, daß sie noch nie etwas bereut hatte. Sie hatte einen Vertrag geschlossen, und solange Huon de Domville lebte, hatte sie diesen Vertrag eingehalten. Jetzt war sie wieder ihr eigener Herr und konnte tun und lassen, was sie für richtig hielt.

Sie hatte ihren Schmuck abgelegt, wie ein alter Soldat seine Waffen ablegt, sobald er keine Verwendung mehr für sie hat, weil er beschlossen hat, das Schwert mit dem Pflug zu vertauschen. Und genau das war es, was sie jetzt tun würde. Ihr Acker würde die Wirtschaft des Klosters der Benediktinerinnen sein, und dieser Aufgabe würde sie sich gründlich und mit Erfolg annehmen. Cadfael empfand ein gewisses Mitleid mit den Nonnen, in deren Taubenschlag dieser harmlos wirkende Falke gelandet war. In drei oder vier Jahren würde sie die Mutter Superior von Godric's Ford und in zehn Jahren die Äbtissin von Polesworth sein, und sie würde nicht nur das Ansehen und den Einfluß dieses Klosters mehren, sondern auch seine finanzielle Lage verbessern. Möglicherweise würde man sie nach ihrem Tod als Heilige verehren.

Cadfael war zwar davon überzeugt, daß ihre Ehrlichkeit und Verläßlichkeit außer Zweifel standen, hielt es aber dennoch für seine Pflicht, sie darauf hinzuweisen, daß es für eine gewisse Zeit mit ihrer Ruhe vorbei sein würde, falls sie sich entschloß, eine Aussage zu machen.

»Ihr werdet verstehen«, sagte er behutsam, »daß der Sheriff in einem Prozeß auf Leben und Tod darauf bestehen wird, daß Ihr als Zeugin vor Gericht erscheint, und daß das Leben Unschuldiger von Eurer Glaubwürdigkeit abhängen wird. Seid Ihr bereit, vor Gericht dasselbe auszusagen, was Ihr mir mitgeteilt habt?«

»In meinem ganzen Leben«, antwortete Avice von Thornbury, »habe ich zumindest eine Sünde nie begangen. Besser gesagt: Ich war nie in Versuchung, sie zu begehen. Ich lüge nicht, und ich täusche niemanden. Wenn es Euer Wunsch ist, werde ich vor Gericht erscheinen und meine Aussage beschwören.«

»Dann habe ich nur noch eine einzige Frage, die Ihr mir vielleicht beantworten könnt. Wie Ihr möglicherweise bereits wißt, hat Huon de Domville all seine Diener und Knappen zu Bett geschickt, bevor er zu Euch ritt, und alle, die zu seinem Haushalt gehören, behaupten, nicht gewußt zu haben, wohin er geritten sein könnte. Und doch muß ihm derjenige, der ihm aufgelauert und ihn ermordet hat, weit genug gefolgt sein, um zu wissen, daß Domville auf demselben Weg zurückkehren würde. Noch wahrscheinlicher ist es, daß der Mörder sehr gut wußte, wohin der Baron ritt. Wer immer dieses Wissen besaß, wußte auch, daß Ihr im Jagdhaus wart. Ihr habt gesagt, daß Ihr immer sehr diskret wart, und doch muß es einen gegeben haben, der Euch und Euer Verhältnis zu Domville kannte.«

»Selbstverständlich bin ich nie ohne Begleitung gereist«, sagte sie. »Ich nehme an, einige von Huons älteren Dienern vermuteten, daß ich immer in der Nähe war, aber ob sie wußten, wo... Nein, das konnte nur derjenige wissen, der mich, zwei Tage bevor Huon und sein Gefolge in Shrewsbury eintrafen, auf seine Anweisung hierher brachte. Huon hat immer nur einen einzigen seiner Leute ins Vertrauen gezogen – warum hätten es auch mehr sein sollen? –, und während der letzten drei Jahre war es immer derselbe.«

»Dann sagt mir, wie er heißt«, sagte Bruder Cadfael.

9

An diesem Morgen konzentrierte der Sheriff seine Suche auf das Gebiet südlich des Meole-Baches. In weit auseinandergezogener Linie, jeder in Sichtweite seines Nachbarn, arbeiteten sich die Männer langsam und methodisch wie Treiber vor. Trotzdem hatten sie niemanden aufgestöbert – nirgendwo war Joscelin Lucy aus der Deckung gebrochen, um zu fliehen, und niemand, dem sie begegnet waren, hatte Ähnlichkeit mit dem Gesuchten. Nachdem sie den weniger dicht bewaldeten Teil der Bachniederung abgesucht hatten, legten sie eine Pause ein, um etwas zu essen. Die Aussätzigen von Saint Giles waren neugierig herbeigekommen und sahen aus gebührender Entfernung zu. Gilbert Prestcote war schlecht gelaunt und bemerkenswert kurz angebunden. Andere waren mit dem Ergebnis zufriedener.

»Er ist bestimmt schon über alle Berge«, sagte Guy hoffnungsvoll zu Simon, als sie am Haus des Bischofs absaßen, um ein eiliges Mittagessen einzunehmen. »Ich wollte nur, wir wüßten es genau. Die Suche nach ihm würde mir wesentlich mehr Spaß machen, wenn ich sicher sein könnte, daß wir ihn nicht finden. Ich hätte nichts dagegen, zu sehen, daß Picards Gesicht immer finsterer wird, und es würde mich regelrecht freuen, wenn sein Pferd einen Huf in ein Kaninchenloch setzen und ihn abwerfen würde. Der Sheriff tut nur seine Pflicht, ihm bleibt nichts anderes übrig, aber Picard macht freiwillig mit. Ein öffentliches Amt ist eine Sache, Rachsucht eine andere.«

»Er glaubt wirklich, daß Joss den Alten umgebracht hat«, sagte Simon schulterzuckend. »Kein Wunder, daß er ihn hängen sehen will. All seine Pläne sind zunichte gemacht, und er ist ein Mann, der Rache um jeden Preis will. Stell dir vor – er ist sogar auf mich losgegangen. Und dabei habe ich nichts weiter getan, als ihm zu widersprechen und zu sagen, daß Joscelin meiner Meinung nach weder einen Diebstahl noch einen Mord begangen hat. Seitdem bin ich bei ihm oder seiner Frau nicht mehr willkommen.«

Guy sperrte den Mund auf. »Was du nicht sagst! Wußtest du schon,daß du als sein Nachbar eingeteilt bist, wenn wir nach dem Essen weitermachen? Behalt Picard gut im Auge, mein Freund, und kehre ihm nie den Rücken zu, sonst könnte er auf Gedanken kommen. Ich würde ihm nicht trauen, und das Gebiet, das wir heute nachmittag durchsuchen werden, ist dicht bewaldet.«

Er meinte es nicht wirklich ernst. Die Erleichterung darüber, daß sein Freund noch immer nicht gefaßt war, hatte ihn übermütig gemacht. Im Augenblick galt seine Aufmerksamkeit mehr dem Teller, den er vor sich hatte, denn die Oktoberluft war kühl und konnte einen gesunden jungen Mann sehr hungrig machen.

»Wenn ich an den Blick denke, den er mir zuwarf, als er mich aus Ivetas Zimmer wies, könnte ich dir fast recht geben«, gab Simon zu. »Ich werde ihn im Auge behalten und mein Schwert schneller ziehen als er, wenn es sein muß. Wenn es dunkel wird, kann jeder nach Hause gehen, wie es ihm beliebt, und dabei werde ich darauf achten, daß ich genügend Vorsprung vor ihm habe. Außerdem«, fügte er mit einem verstohlenem Lächeln hinzu, »habe ich vor dem Vespergottesdienst noch etwas Wichtiges zu erledigen, und ich werde dafür sorgen, daß er mir dabei nicht in die Quere kommt.« Gesättigt lehnte er sich zurück. »Wo wirst du heute nachmittag sein?«

»Bei den Sergeants des Sheriffs!« Guy verzog das Gesicht und grinste. »Meinst du, man hat bemerkt, daß ich nicht mit dem Herzen dabei bin? Na ja, wenn ich in die falsche Richtung sehe, ohne daß es auffällt, kann mir ja nichts passieren. Der Sheriff ist ein anständiger Mann, aber er wird langsam ärgerlich – vor den Toren seiner Stadt ist ein Baron ermordet worden, und König Stephen wird bald davon erfahren. Kein Wunder, daß Prestcote ungeduldig wird.« Er schob die Bank, auf der er saß, zurück, reckte sich und holte tief Luft. »Bist du soweit? Dann laß uns gehen. Ich werde froh sein, wenn ich heute abend im Bett liege und Joss noch auf freiem Fuß ist.«

Sie saßen wieder auf und ritten in die Bachniederung unterhalb von Saint Giles, wo die Männer sich wieder sammelten, um das Busch- und Waldland weiter südlich langsam und gründlich abzusuchen.

Auf einem Hügel südlich der Landstraße, der einen guten Ausblick auf das breite Tal bot, standen zwei große, verhüllte Gestalten und beobachteten, wie sich die Männer dort unten sammelten und formierten. Auf den Bachwiesen war die weit auseinandergezogene Kette gut zu sehen, aber schließlich verschwand sie zwischen den Bäumen. Jeder der Männer hielt den vorgegeben Abstand zu seinen Nachbarn ein. Die Sonne arbeitete sich durch einen leichten Nebel, und als die Männer in den Wald eintauchten, leuchteten ihre Kleider zwischen den Blättern auf wie farbiger Staub, verschwanden und tauchten wieder auf, um erneut zu verschwinden. Die beiden auf dem Hügel ließen die Männer, die sich langsam südwärts vorarbeiteten, nicht aus den Augen.

»Sie werden die Suche erst gegen Einbruch der Dunkelheit abbrechen«, sagte Lazarus und ließ seinen Blick über die Wiesen schweifen, die jetzt wieder verlassen dalagen. Alles war ruhig – das Stimmengewirr war verklungen und das Farbenspiel verschwunden. Das milde Sonnenlicht ließ die beiden Wasserläufe aufblitzen. Der vordere war der Mühlkanal, der zum Klosterweiher und der Mühle führte, der hintere war der Meole-Bach, dessen Bett hier steinig und gewunden war und der im Vergleich zu der Breite, die er am Klostergarten, kaum eine Meile weiter, hatte, seltsam schmal wirkte. An einer seichten Verzweigung des Baches weiter südlich schwammen einige Gänse. Bachaufwärts, an einer tieferen, von Steinen gesäumten Stelle, war das Kind, das die Gänse hütete, mit Fischen beschäftigt.

»Der Zeitpunkt ist gut gewählt«, sagte Joscelin und holte tief Luft. »Dank des Eifers des Sheriffs wird bis zum Einbruch der Dunkelheit kein einziger Bewaffneter im ganzen Tal sein. Und bis dahin werden sie erschöpft sein. Ich könnte es nicht besser abgepaßt haben.«

»Und auch ihre Pferde werden müde sein«, sagte Lazarus trocken und sah seinen Gefährten mit seinen hellblauen Augen an. Es machte Joscelin nichts mehr aus, daß er das Gesicht des anderen nicht sehen konnte. Die Augen und die Stimme reichten aus, um ihn als Freund zu erkennen.

»Ja«, sagte Joscelin, »daran habe ich auch schon gedacht.«

»Und da er fast alle Männer und Pferde der Gegend aufgeboten hat, sind nur sehr wenige frische Pferde verfügbar.«

»Ja.«

Bran kam durch das hohe Gras auf sie zugerannt, drängte sich zwischen sie und nahm sie an der Hand. Es störte ihn nicht, daß an einer der Hände zweieinhalb Finger fehlten. Mit jedem Tag nahm der Junge etwas zu, die Knoten an seinem Hals waren so geschrumpft, daß sie kaum noch wahrnehmbar waren, und sein blondes Haar wuchs immer dichter und bedeckte die Narben, die die wunden Stellen auf seinem kleinen Kopf zurückgelassen hatten.

»Sie sind weg«, sagte er einfach. »Was machen wir jetzt?«

»Wir?« fragte Joscelin. »Ich denke, es ist höchste Zeit für deinen Unterricht bei Bruder Mark? Oder hast du heute frei?«

»Bruder Mark sagt, er muß arbeiten.« Das klang nicht so, als sei Bran sehr beeindruckt. Schließlich arbeitete Bruder Mark immer, außer wenn er schlief. Der Junge wäre sogar bereit gewesen, über diese Abfuhr etwas beleidigt zu sein, wenn er nicht diese beiden Freunde gehabt hätte, mit denen er sich die Zeit vertreiben konnte. »Du hast gesagt, du würdest heute alles tun, was ich sage«, erinnerte er Joscelin streng.

»Das stimmt«, gab Joscelin ihm recht. »Bis zum Abend. Dann habe ich nämlich auch etwas zu tun. Aber bis dahin ist ja noch viel Zeit. Also – was soll ich tun?«

»Du hast gesagt, du könntest mir aus einem Stück Brennholz ein Pferd schnitzen, wenn du ein Messer hättest.«

»Ja, das kann ich, und vielleicht auch ein kleines Geschenk für deine Mutter. Wir müssen nur ein passendes Stück Holz finden. Aber was das Messer angeht – ich bezweifle, daß sie uns in der Küche eins leihen werden, und das, mit dem Bruder Mark seine Schreibfedern zurechtschneidet, wage ich nicht zu nehmen. Da würde ich ja Kopf und Kragen riskieren«, sagte Joscelin leichthin, aber plötzlich durchfuhr ihn der Gedanke, daß sein Leben tatsächlich keinen Pfifferling mehr wert sein würde, wenn die Männer früher als erwartet zurückkehrten. Trotzdem – die wenigen Stunden bis zum Abend gehörten Bran.

»Aber ich habe ein Messer«, sagte der Junge stolz. »Ein scharfes Messer, meine Mutter hat damit Fisch ausgenommen, als ich noch klein war. Komm, wir suchen ein Stück Holz.« Die Sammler hatten die Brennholzvorräte des Hospizes aufgefüllt, und die beiden durften sich sicher ein kleines, gerade gewachsenes Stück Holz nehmen. Bran wollte beide Männer mit sich ziehen, aber Lazarus machte sich sanft los. Er ließ seinen Blick noch immer über die Wipfel der Bäume dort unten schweifen, wo das Rascheln der Männer im Unterholz inzwischen verklungen war.

»Ich habe Sir Godfrid Picard nur einmal gesehen«, sagte er nachdenklich. »Wo war er in der Kette, als sie aufbrachen?«

Erstaunt sah Joscelin ihn an. »Von hier aus war er der Vierte. Ein schlanker Mann mit dunklen Haaren und schwarzer und rostroter Kleidung. Er trug eine leuchtend rote Kappe mit einer Feder...«

»O ja...« Lazarus wandte nicht den Kopf und betrachtete noch immer unverwandt den Wald. »Ja, diese rote Kappe ist mir aufgefallen. Ein gutes Erkennungszeichen.«

Er setzte sich einige Schritte weiter ins Gras und lehnte sich an einen Baum. Als Joscelin schließlich Brans Drängen nachgab und mit ihm zum Hospiz ging, sah der alte Mann sich nicht um.

Bruder Mark hatte tatsächlich zu tun. Er war damit beschäftigt, für Fulke Reynald die Spenden an das Hospiz und die Ausgaben aufzulisten, aber da er sehr gewissenhaft war und seine Bücher immer in Ordnung waren, hätte er diese Arbeit ebensogut an einem anderen Tag erledigen können. Ihm hatte hauptsächlich daran gelegen, eine Beschäftigung zu finden, die er auf der Veranda vor der Eingangshalle ausüben konnte. Dort war das Licht gut, und er konnte seinen geheimnisvollen Gast unauffällig im Auge behalten. Es war ihm nicht entgangen, daß jener junge Mann, der kein Aussätziger war, bei Prim und Frühstück gefehlt hatte und etwas später, Hand in Hand mit Bran, wieder aufgetaucht war. Offenbar hatte sich das Kind mit ihm angefreundet. Der Anblick der beiden – der Junge versuchte fröhlich hüpfend mit dem Mann, der sich vergeblich bemühte, den Gang des alten Lazarus nachzuahmen, Schritt zu halten, und der Mann hatte seinen Kopf aufmerksam gesenkt und hielt mit seiner großen Hand sanft die des Jungen umfaßt – hatte Bruder Mark zu dem unlogischen, aber verständlichen Gedanken verleitet, ein so freundlicher und kinderlieber Mensch könne unmöglich ein Dieb oder ein Mörder sein. Er hatte von Anfang an kaum glauben können, daß dieser Mann etwas gestohlen hatte, und je länger er nun diesen Flüchtling, der bei ihm Unterschlupf gefunden hatte, beobachtete – denn es fiel ihm inzwischen nicht mehr schwer, ihn von den anderen zu unterscheiden –, desto absurder fand er die Vorstellung, er könne es hier mit einem zu tun haben, der sich für diese falsche Anschuldigung durch einen Mord gerächt hatte. Denn wenn es so war, dann hätte er sich in seiner Verkleidung davongemacht, hätte seine Klapper geschwungen und wäre längst an den Posten des

Sheriffs vorbei in die Freiheit entkommen. Nein, er mußte hier noch etwas zu erledigen haben, etwas, das ihm weit wichtiger war als sein Leben, das ja, sollte man ihn fassen, in Gefahr war.

Dennoch lastete dies Wissen schwer auf Marks Gewissen. Er allein wußte, wer sich hierhin geflüchtet hatte, er allein würde, wenn es zum Schlimmsten kam, dafür zur Rechenschaft gezogen werden, daß er diesen Mann aufgenommen hatte, ohne dem Sheriff Nachricht zu geben. Daher hatte Bruder Mark den Unbekannten seit seiner Rückkehr heute morgen nicht aus den Augen gelassen. Und bislang hatte der junge Mann es ihm auch leicht gemacht. Den ganzen Morgen hatte er sich zusammen mit Bran in der Nähe des Hospizes aufgehalten. Er hatte geholfen, das im Wald gesammelte Holz aufzustapeln und das letzte Heu, das man an der Straßenböschung geschnitten hatte, einzubringen. Er hatte mit Bran an einer ausgetrockneten Lehmpfütze gehockt und Zeichenspiele gespielt – der Lehm konnte immer wieder geglättet werden, wenn ein Spiel unter viel Gelächter beendet war. Nein, ein junger Bursche, der in Schwierigkeiten steckte und sich dennoch so rührend um ein Kind kümmerte, konnte kein Verbrecher sein, und bald mußte Mark feststellen, daß er den Mann nicht so sehr überwachen als vielmehr vor seinen Feinden zu schützen suchte.

Er hatte bemerkt, daß Joscelin und Lazarus die Straße überquert hatten und auf jenen Hügel gestiegen waren, von dem aus sie das ganze Tal überblicken und den Männern des Sheriffs zusehen konnten, und ihm war nicht entgangen, daß Joscelin mit Bran zurückkehrte, der an seiner Seite auf und ab hüpfte und in einem fort redete. Jetzt saßen die beiden an der Friedhofsmauer und schnitzten an einem Stück Holz herum, das sie aus dem Brennholzstapel gezogen hatten. Bruder Mark brauchte nur einige Schritte zu tun, um Brans Kopf sehen zu können, auf dem der blonde Haarschopf schnell nachwuchs. Das Kind beugte sich über die großen, geschickten Hände, die mit Fleiß daran arbeiteten, dem Holz eine neue Form zu geben. Hin und wieder hörte er freudiges Gelächter, und die Ursache dafür schien das zu sein, was dort Gestalt annahm. Bruder Mark dankte Gott dafür, daß er in seiner Barmherzigkeit die Armen und Ausgestoßenen nicht vergaß, und mit einem Mal wurde ihm bewußt, daß er auf der Seite dessen stand, der dem Jungen eine solche Freude machte.

Er war neugierig, was für Kunstwerke dort an der Friedhofsmauer entstehen mochten, und nach etwa einer Stunde gab er seiner menschlichen Schwäche nach und ging hin, um nachzusehen. Bran begrüßte ihn freudig und schwenkte etwas in seiner Hand. Es war ein Pferd, etwa eineinhalb Handbreit hoch, grob geschnitzt und ohne Feinheiten, aber dennoch klar erkennbar. Der mit Kapuze und Gesichtstuch verhüllte Kopf des Mannes war über eine zweite Arbeit gebeugt: Aus einem anderen Stück Holz schnitzte er den Kopf eines Kindes. Aus hellen blauen Augen warf er hin und wieder einen kurzen Blick auf Bran und konzentrierte sich dann wieder auf seine Arbeit. Seine Hände waren unversehrt, glatt, sonnengebräunt und jung. Er hatte alle Vorsicht vergessen.

Bruder Mark kehrte zu seinem Tisch zurück. Er empfand eine Verbundenheit mit dem jungen Mann, die er nicht hätte begründen können. Der kleine Kopf, der schon lebendig wirkte, bevor noch irgend etwas anderes als das Gesicht Gestalt angenommen hatte, hatte für ihn den Ausschlag gegeben.

Der Nachmittag verstrich, und langsam wurde es so dunkel, daß Mark die Zahlen, die er vor sich hatte, nicht mehr lesen konnte. Aber die Rechnungen waren ohnehin abgeschlossen, und er war sicher, daß Joscelin Lucy – dies war schließlich sein Name, warum ihn also nicht benutzen? – seine Schnitzerei ebenfalls nicht mehr erkennen konnte und seine Arbeit entweder abgebrochen oder aber Brans kleines Porträt fertiggestellt hatte. Kurz nachdem Bruder Mark die

Lampen im Haus angezündet hatte, kam der Junge hereingestürzt und schwenkte mit kleinen Begeisterungsschreien den Kopf, den sein Freund geschnitzt hatte.

»Seht nur, Bruder Mark! Das bin ich! Das hat mein Freund gemacht.«

Ja, ohne Zweifel: Das war er. Das ausdrucksvolle Gesicht des Jungen war lebendig wiedergegeben, wenn auch das zum Schnitzen ungeeignete Messer nicht alle groben Stellen im Holz hatte glätten können. Aber der Freund, der dieses kleine Kunstwerk geschaffen hatte, war nicht mit ins Haus gekommen.

»Lauf schnell zu deiner Mutter und zeig es ihr«, sagte Bruder Mark. »Das wird sie aufmuntern – sie war heute sehr niedergeschlagen. Es wird ihr sicher gefallen. Geh nur und zeig es ihr!« Bran nickte strahlend und lief hinaus. Selbst sein Gang war sicherer und schneller geworden, seit er nicht mehr ganz so mager war und regelmäßig etwas zu essen bekam.

Sobald der Junge fort war, erhob sich Bruder Mark von seinem Tisch. Die Abenddämmerung hatte eingesetzt, aber noch war es hell. Bis zum Vespergottesdienst würde noch eine Stunde vergehen. An der Friedhofsmauer saß niemand mehr. Joscelins Lucys große, hochaufgerichtete Gestalt schlenderte ohne Eile, wie einer, der einen Abendspaziergang macht, die grasbewachsene Böschung hinunter, blieb kurz stehen, um sich zu vergewissern, daß die Straße leer war, überquerte sie und ging auf den Baum zu, unter dem der alte Lazarus noch immer reglos saß.

Bruder Mark verließ seinen Platz und folgte ihm in einigem Abstand.

Lange Zeit regte sich nichts unter dem Baum. Dann bewegten sich die beiden Männer, tauschten einige Worte aus; offenbar verstanden sie sich auch, ohne viel zu sagen. Aus dem Zwielicht, in das eine verhüllte Gestalt eingetaucht war, erschien eine andere, die sich gegen den blassen Himmel abhob: Ein großer, schlanker Mann ohne Mantel und

Kapuze, der einfache, dunkle Kleider trug, so daß er mit den Schatten verschmolz. Er wandte sich wieder dem Baum zu. Mark glaubte zu erkennen, daß er sich, da der andere ihm nicht seine Wange darbot, zu einer Hand hinabbeugte. Gewiß gab er Lazarus einen Kuß, wie er unter Verwandten üblich ist.

Der weite blaue Mantel, das Kennzeichen des Aussätzigen, blieb unter dem Baum zurück. Offenbar wollte er das Hospiz von Saint Giles bei dem riskanten Unternehmen, das er vorhatte, keiner Gefahr aussetzen. Joscelin Lucy, der in diesem Augenblick nur das besaß, was er war und was er am Körper trug, ging mit langen, leichten Schritten den Hügel hinab ins Tal. Eine halbe Stunde noch bis zur Vesper, und im offenen Gelände war es immer noch gefährlich hell.

Bruder Mark wußte jetzt, was er zu tun hatte. Er schlug einen weiten Bogen um den Baum, unter dem Lazarus saß, und folgte Joscelin. Für die langen Beine des jungen Mannes stellte der Mühlkanal kein großes Hindernis dar. Mark jedoch war gezwungen, einen etwas unbeholfenen Sprung zu tun. Der Meole-Bach floß murmelnd durch sein steiniges Bett. Im trügerischen Abendlicht verschätzte sich Mark und landete mit einem Fuß im Wasser, erreichte das andere Ufer jedoch, ohne weiteren Schaden zu nehmen, und folgte Joscelin durch die Wiesen am Bach.

Auf halbem Weg zum Klostergarten bog der junge Mann plötzlich vom Bach ab und schlug sich in ein kleines Wäldchen am Rande der Wiesen. Bruder Mark tat es ihm gleich, wobei er jeden Baum als Deckung benutzte. Seine Augen hatten sich inzwischen an das Zwielicht gewöhnt, so daß er das Gefühl hatte, als werde es noch lange hell bleiben. Der Abendnebel war noch nicht aufgekommen, und die Luft war klar und rein. Zu seiner Rechten, auf der anderen Seite des Baches, hoben sich die Umrisse des Klosters mit seinen Dächern, Türmen und Mauern vom rosigen Abendhimmel ab, und die sanft ansteigenden Erbsenfelder und die Mauern und Hecken der Gärten dahinter waren gut zu erkennen.

Der Abend senkte sich herab; die Farben der Wiesenkräuter leuchteten noch einmal auf, bevor alles in verschiedene Grautöne getaucht war. Unter den Bäumen war alles dunkel, aber Mark, der sich vorsichtig voranschlich, konnte vor sich einen Schatten erkennen, der sich bewegte. Er vernahm auch schwache Geräusche: ein unruhiges Stampfen, und dann plötzlich ein leises, erregtes Wiehern, das, wie er glaubte, eilig durch eine liebkosende Hand gedämpft wurde. Er hörte ein Flüstern, kaum lauter als das Rascheln von Blättern, und dann tätschelte dieselbe Hand eine glatte, feste Schulter. Die Geräusche drücken ebenso deutlich wie Worte Freude und Hoffnung aus.

Von seinem Versteck unter den Bäumen, einige Meter entfernt, konnte Bruder Mark den silbergrauen Kopf und Hals eines Pferdes erkennen. Für ein solches nächtliches Unternehmen eignete sich diese Farbe nicht sonderlich gut. Der Verfolgte hatte also jemanden, der zu ihm hielt und ihm sein Pferd hierher gebracht hatte. Was würde als nächstes geschehen?

In diesem Augenblick ertönte vom Kloster her der leise, aber deutliche, helle Klang der Vesperglocke.

Etwa zur selben Zeit stutzte auch Bruder Cadfael beim Anblick eines hellgrauen Pferdes und hielt sein Maultier an, um es nicht aufzuscheuchen, während er überlegte, wie das Tier hierher gekommen sein könnte.

Er hatte es nicht eilig gehabt, sich zu verabschieden, denn er war der Meinung gewesen, er schulde der Mutter Superior von Godric's Ford wenigstens eine glaubwürdige Erklärung für seinen Besuch, und hatte festgestellt, daß diese nicht nur gastfreundlich, sondern auch einem Schwätzchen nicht abgeneigt war. Es kamen nur wenige Besucher dorthin, und Cadfael war immerhin ein Bruder desselben Ordens. Sie hatte ihn nicht gehen lassen wollen, bevor sie nicht alles über die gescheiterte Hochzeit und die darauf folgende Aufregung erfahren hatte, und Cadfael war seinerseits nicht geneigt gewesen, das Glas Wein, das ihm angeboten wurde, abzulehnen. So kam es, daß er etwas später aufgebrochen war, als er vorgehabt hatte.

Als er sein Maultier bestieg und zum Tor hinausritt, war Avice von Thornbury noch immer damit beschäftigt, Setzlinge einzupflanzen. Das Beet war fast voll, und sie trat die Erde um die kleinen Pflänzchen ebenso energisch und zufrieden fest wie zuvor. Mit derselben Zielstrebigkeit würde sie die Stufen der Hierarchie erklimmen, denn sie war ebenso aufrichtig und ehrlich wie ehrgeizig, würde aber kaum Rücksicht auf ihre schwächeren Schwestern nehmen, die es aus Mangel an Intelligenz, Energie und Erfahrung nicht so weit bringen würden wie sie. Sie winkte Cadfael freundlich zu, und für einen Augenblick erschienen wieder die Grübchen in ihren Wangen. Er dachte darüber nach, daß diese Spuren ehemaliger Schönheit unauslöschlich waren, und fragte sich, ob es besser für sie sein würde, dieses verschmitzte Lächeln, das auf Bischöfe irritierend wirken mußte, zu unterdrücken, oder ob es sich nicht vielmehr als eine brauchbare Waffe erweisen würde. Er mußte sich eingestehen, daß er große Achtung vor ihr hatte. Wenn sie vor Gericht mit derselben Aufrichtigkeit auftrat wie ihm gegenüber, würde niemand wagen, ihre Aussage anzuzweifeln.

Ohne Eile machte er sich auf den Heimweg und überließ das Tempo dem Maultier. Etwa zur Vesperzeit trabte er an der Stelle vorüber, an der Huon de Domville ermordet worden war. Er erkannte die Eiche wieder, und einige Minuten später, als die Wiesen am Bach bereits durch die Bäume zu sehen waren, hörte er ein raschelndes Geräusch zu seiner Rechten, das in einiger Entfernung mit ihm Schritt hielt. Die Vorsicht gebot ihm, sein Maultier anzuhalten und zu lauschen. Das Rascheln war noch immer deutlich zu hören, und wer es auch war, der da durch den Wald lief, er gab sich jedenfalls keine Mühe, seine Anwesenheit zu verbergen.

Das war beruhigend, und Cadfael setzte seinen Weg leise und mit gespitzten Ohren fort. Hier und dort, wo die Büsche in größerem Abstand standen, sah er den silbrigen Schimmer des Tieres, das ihn begleitete. Es war ein schlankes und gewiß recht schnelles Pferd, fahl wie ein Geist. In der Heiligen Schrift, dachte er, war es der Tod, der ein fahles Pferd ritt. Der Tod jedoch schien irgendwo abgestiegen zu sein, denn der reich verzierte Sattel war leer, und die Zügel hingen lose herab.

Nun stieg auch Cadfael ab, nahm das Maultier am Zügel und führte es in die Büsche auf das Pferd zu. Er lockte es leise, aber obwohl es ihn schon eine ganze Weile begleitet hatte, schien es Angst zu haben und wich vor ihm zurück. Geduldig folgte Cadfael ihm, aber sobald er zu nahe kam, trabte das graue Pferd tiefer in den Wald hinein. Hier hatten die Männer des Sheriffs am Nachmittag nach Joscelin Lucy gesucht, und gewiß waren sie erst kürzlich, gegen Einbruch der Dunkelheit, auf dem Heimweg hier vorbeigekommen. Jeder hatte sich seinen eigenen Weg gebahnt, und einer von ihnen war entweder abgeworfen worden und hatte, da er sein Pferd nicht hatte einfangen können, seinen Weg zu Fuß fortsetzen müssen, oder aber...

Plötzlich trat das Pferd mit graziösen Schritten in das vergleichsweise helle Licht einer kleinen, grasbewachsenen Lichtung, senkte den Kopf, um einige Grashalme abzurupfen, schreckte aber wieder hoch, als Cadfael näher kam, und verschwand unter den Bäumen auf der anderen Seite. Diesmal aber folgte er ihm nicht.

Auf der Lichtung lag ein Mann auf dem Rücken. Sein gelockter Bart zeigte in den Himmel, das lange schwarze Haar hing ihm in Strähnen über das Gesicht, seine Arme waren ausgebreitet, und seine Finger hatten sich ins Gras gekrallt. Seine Kappe aus rotem Brokat war zu Boden gefallen und zog nur durch die weiße Feder, die darin steckte, Cadfaels Aufmerksamkeit auf sich. Einige Schritte von der rechten Hand entfernt funkelte etwas Langes, Dünnes metallisch im

Licht der ersten Sterne. Vorsichtig tastete Bruder Cadfael danach und fand einen Dolch mit einer zwei Handbreit langen Klinge. Er strich mit dem Finger darüber, stellte fest, daß kein Blut daran war, und ließ ihn liegen, wo er war. Er würde ihn bei besserem Licht eingehender untersuchen. Im Augenblick gab es für ihn wenig mehr zu tun, als die Hand auf das Herz des Mannes zu legen. Es hatte aufgehört zu schlagen. Cadfael kniete so neben dem Toten, daß sein Schatten nicht auf ihn fiel, und versuchte, sein Gesicht zu erkennen. Selbst in diesem schlechten Licht konnte er sehen, daß es verzerrt war. Die Augen waren aus den Höhlen getreten, und die Zunge war geschwollen und zerbissen.

Wie Huon de Domville hatte irgend jemand dem Reiter des grauen Pferdes auf dem Heimweg aufgelauert, und diese Begegnung hatte Godfrid Picard nicht überlebt.

Bruder Cadfael ließ alles, wie er es vorgefunden hatte, überließ den Grauschimmel sich selbst, trieb das überraschte Maultier zur Eile und ritt, so schnell er konnte, zum Kloster zurück.

10

Iveta hatte den ganzen Tag Zeit, sich in Geduld zu üben und Berechnung zu lernen. Die Not ist eine hervorragende Lehrerin, und es war unbedingt nötig, bis zum Abend dieses Tages alle so in Sicherheit zu wiegen, daß niemand es für erforderlich hielt, jeden ihrer Schritte zu überwachen – vorausgesetzt, sie konnte das Kloster nicht verlassen. Und selbst wenn ihr das gelang, wohin hätte sie schon gehen können? Ihr Liebster wurde als Mörder gesucht, der einzige Freund, den sie besaß, hatte keinen Zugang zu ihr, und der Mönch, der so freundlich zu ihr gewesen war, war seit dem frühen Morgen nicht mehr gesehen worden. Wohin hätte sie gehen, bei wem hätte sie Zuflucht suchen sollen? Sie war ganz allein.

Während ihr rebellisches Herz den Abend herbeisehnte, hatte sie den ganzen Tag über ihre Rolle perfekt und überzeugend gespielt. Am Nachmittag hatte sie über Kopfschmerzen geklagt und mit der Begründung, die frische Luft werde ihr guttun, darum gebeten, im Garten spazierengehen zu dürfen, und da Madlen die Silberstickerei an einem Gewand ihrer Herrin ausbessern mußte, hatte man ihr gestattet, ohne Begleitung hinauszugehen. Agnes hatte verächtlich den Mund verzogen, als sie Iveta die Erlaubnis gab. Das Mädchen war so lammfromm, daß kaum zu erwarten war, daß sie irgend etwas tun würde, was das Mißfallen ihrer Tante erregte.

Mit langsamen Schritten und leidender Miene ging Iveta in den Garten und blieb sogar eine Zeitlang auf der ersten Steinbank sitzen, für den Fall, daß man ihr jemanden nachgeschickt hatte, der sie überwachen sollte; sobald sie jedoch sicher war, daß ihr niemand gefolgt war, schlüpfte sie geschwind durch eine Öffnung in der Hecke und ging über die kleine Brücke in den Kräutergarten. Die Tür des Gartenhauses stand weit offen, und drinnen war jemand bei der Arbeit. Iveta begann, an den Erfolg ihres Plans zu glauben. Natürlich hatte Bruder Cadfael einen Gehilfen. Es konnte ja vorkommen, daß während seiner Abwesenheit gewisse Arzneien plötzlich dringend gebraucht wurden. Irgend jemand mußte da sein, der sich mit diesen Mitteln auskannte und sie anzuwenden wußte, auch wenn er nicht über Bruder Cadfaels Fertigkeit und Erfahrung verfügte.

Bruder Oswin war gerade dabei, die Scherben von zwei flachen Schalen aufzusammeln, die beim Aussortieren von Samen Verwendung fanden, und schrak schuldbewußt zusammen, als er hinter sich Schritte hörte. Diese beiden Steingutschalen waren das erste, das ihm in den vergangenen drei Tagen zerbrochen war, und da sie leicht und billig herzustellen und darüber hinaus noch in reichlicher Zahl vorhanden waren, hatte er gehofft, die Scherben unbemerkt beseitigen und Stillschweigen über den Vorfall bewahren zu können. Mit einer Entschuldigung auf den Lippen wandte er sich um, aber angesichts der unerwarteten Erscheinung in der Tür blieben ihm die Worte im Hals stecken. Er riß Mund und Augen auf, und sein rosiges, argloses Gesicht erstarrte. Es war schwer zu sagen, wer tiefer errötete – Oswin oder das Mädchen.

»Ich bitte um Vergebung, wenn ich Euch bei Eurer Arbeit störe«, sagte Iveta zögernd. »Ich wollte nur fragen... Vor zwei Tagen gab mir Bruder Cadfael, als ich mich nicht wohl fühlte, einen Schlaftrunk. Er sagte, er habe ihn aus Mohn hergestellt. Kennt Ihr diesen Trunk?«

Oswin schluckte, nickte eifrig und fand endlich seine Sprache wieder. »Hier ist er, in diesem Fläschchen. Bruder Cadfael ist heute nicht hier, aber er hätte sicher nichts dagegen... Vielleicht kann ich Euch helfen? Er würde sicher wollen, daß ich Euch gebe, was Ihr braucht.«

»Würdet Ihr mir dann noch einmal eine solche Dosis geben? Ich glaube nämlich, daß ich sie heute nacht brauchen werde.«

Das war keine Lüge, sondern eher eine bewußte Irreführung, und Iveta errötete, weil sie die Bereitwilligkeit dieses blonden Jünglings, der so unschuldig war wie ein Küken, schamlos ausnutzte. »Oder vielleicht sogar die doppelte Dosis, damit es für zwei Nächte reicht? Ich weiß genau, wieviel er mir verschrieben hat.«

Bruder Oswin war so hingerissen, daß er ihr alle Arzneien gegeben hätte, die im Schuppen zu finden waren. Seine Hand zittert etwas, als er ein kleines Fläschchen füllte und mit einem Korken verschloß, und als sie schüchtern die Hand ausstreckte, um es in Empfang zu nehmen, fiel ihm gerade noch rechtzeitig – und doch schon fast zu spät für seinen Seelenfrieden – ein, daß es sich für einen Mönch ziemte, in Gegenwart einer Frau die Augen niederzuschlagen.

Es war alles sehr schnell vorbei. Sie flüsterte ihren Dank, sah nervös über ihre Schulter zurück, als fürchte sie, jemand könne sie beobachtet haben, und verbarg das Fläschchen geschickt in ihrem Ärmel. Oswins Hände und Füße schienen wieder so unbeholfen zu sein wie vor einigen Jahren, als er noch ein pickliger Junge gewesen war, aber der Blick, den sie ihm zum Abschied zuwarf, gab ihm das Gefühl, groß, männlich und schön zu sein. Zögernd trat er vor die Tür, sah ihr nach, als sie eilig über die kleine Brücke lief, und fragte sich, ob seine Entscheidung, ins Kloster einzutreten, nicht etwas voreilig gewesen war. Aber er konnte seine Meinung ja noch ändern. Bis jetzt hatte er die Ewigen Gelübde noch nicht abgelegt.

Diesmal schlug er seine Augen erst nieder, als Iveta hinter der Hecke verschwunden war. Einige Minuten lang stand er da, dachte nach und kam schließlich zu dem traurigen Ergebnis, daß es in jedem Leben Nachteile gab. Weder im Kloster noch in der Welt draußen konnte ein Mann alles haben.

Iveta lief zu der Steinbank, wo sie vor der leichten Brise

geschützt war, und saß mit gefalteten Händen und teilnahmslosem Gesicht da, als Madlen kam, um sie zu holen. Gehorsam erhob sie sich und folgte der Zofe ins Gästehaus, wo sie ohne große Begeisterung eine Stickarbeit wieder aufnahm, hinter der sie sich schon seit Wochen verschanzt hatte, wenn sie auch nicht so fleißig war, daß sie nachts auftrennen mußte, was sie tagsüber gestickt hatte, wie jene Lady Penelope, von der ihr ein fahrender Spielmann vor langer Zeit, im Haus ihres Vaters, erzählt hatte.

Sie wartete, bis das Licht nachließ und es fast Zeit war, zum Vespergottesdienst zu gehen. Agnes hatte das ausgebesserte Gewand angelegt, und Madlen flocht ihr die Haare. Während Sir Godfrid Picard mit wilder Entschlossenheit einen flüchtigen Mörder suchte, war es die Aufgabe seiner Frau, den Eindruck religiöser Hingabe aufrechtzuerhalten und den Gottesdiensten beizuwohnen, um sich ihres Ansehens bei Abt, Prior und Klosterbrüdern zu versichern.

»Du solltest dich langsam umziehen, Kind«, sagte sie und warf ihrer Nichte einen mahnenden Blick zu.

Iveta ließ ihre Hände gleichgültig in den Schoß sinken und spürte das Fläschchen an ihrem Handgelenk. »Ich glaube, ich werde heute abend nicht am Gottesdienst teilnehmen. Mein Kopf ist so schwer, und ich habe schlecht geschlafen. Ich würde lieber hierbleiben, mit Madlen zu Abend essen und früh zu Bett gehen.« Selbstverständlich würde Madlen bleiben, um sie zu bewachen, aber dafür hatte sie vorgesorgt.

Agens zuckte die Schultern. Der Ausdruck ihres scharfgeschnittenen Gesichtes verriet Geringschätzung. »Du läßt dich in letzter Zeit sehr gehen. Nun gut, dann bleib hier, wenn dir das lieber ist. Madlen wird dir einen Schlaftrunk bereiten.«

Es war geglückt. Agnes ging zum Gottesdienst, ohne Verdacht geschöpft zu haben. Die Zofe stellte in Ivetas Schlafzimmer einen kleinen Tisch auf und brachte Brot, Fleisch und warme Milch, die mit Wein und Honig vermischt war und sich ideal dazu eignete, den Geschmack von Bruder Cadfaels süßem Mohnsirup zu überdecken. Madlen mußte zwei- oder dreimal gehen, bevor alles bereitstand und sie sich mit Iveta zum Essen setzen konnte, und das Mädchen hatte genug Zeit, einen großen Schluck vom Becher der Zofe zu nehmen und ihn durch den Inhalt von Oswins Fläschchen zu ersetzen. Iveta aß wenig und nippte nur an ihrer Milch, sah aber mit Zufriedenheit, daß die Zofe ihren Becher mit offensichtlichem Genuß leerte. Auch sie hatte nicht viel gegessen, und das würde die Wirkung des Schlaftrunks noch verstärken.

Madlen trug die Teller in die Küche des Gästehauses – und kehrte nicht zurück. In ängstlicher Erregung wartete Iveta zehn Minuten und ging dann nachsehen. Die Zofe lag auf einer Bank in der Ecke der Küche und schnarchte.

Iveta nahm sich nicht die Zeit, Schuhe und Mantel anzuziehen, sondern lief so, wie sie war, in ihren leichten Schuhen hinaus in den Abend. Sie rannte wie ein junger Hase und ohne rechts oder links zu sehen, quer über den großen Hof und durch die von dunkelgrünen Hecken begrenzte Allee in den Garten. Vor ihr glitzerte das silberne Band des Baches. Sie tastete nach dem Geländer der kleinen Brücke. Die ersten Sterne funkelten am leicht dunstigen Himmel, während sich im Westen noch das letzte bleiche Licht des Tages hielt. Die Luft war kühl und frisch und berauschend wie Wein. In der Kirche wurden langsame, getragene Choräle gesungen. Sie dankte Gott und Simon, ihrem einzigen treuen Freund ...

Tief im Schatten unter dem weit herabgezogenen Dach des Schuppens im Kräutergarten wartete Joscelin. Er fing sie mit beiden Armen auf und drückte sie leidenschaftlich an sich. Sie schwiegen einen langen Augenblick, klammerten sich verzweifelt aneinander und wagten kaum zu atmen. Es herrschte vollkommene Stille, als hätten der Mühlkanal, der Meole-Bach, ja selbst der Fluß aufgehört zu fließen, als wehe kein Wind mehr, als hätten selbst die Pflanzen aufgehört zu wachsen.

Aber dann forderte die Dringlichkeit der Situation ihren Tribut, und selbst für die gestammelten Liebesschwüre blieb keine Zeit.

»Oh, Joscelin..., du bist es wirklich...«

»Meine Liebe, meine Liebste... Still, sei leise! Komm, komm schnell! Hier entlang..., nimm meine Hand!«

Sie gehorchte und folgte ihm. Er führte sie nicht den Weg, den sie gekommen war, sondern weiter vom Kloster weg durch den Kräutergarten. Sie verließen den Garten und rannten über das frisch gepflügte Erbsenfeld hinunter zum Meole-Bach. An der Hecke blieben sie einen Augenblick stehen und lauschten auf etwaige Geräusche, aber alles war still. Sie beugte sich zu seinem Ohr und flüsterte: »Wie bist du hinübergekommen? Und wie sollen wir beide...?«

»Still! Briar wartet auf der anderen Seite – hat Simon dir das nicht gesagt?«

»Aber der Sheriff hat überall Posten aufgestellt«, flüsterte sie und erschauerte. »Sie werden uns sehen.«

»Im Wald... im Dunkeln? Nein, wir werden ihnen entkommen!« Er legte seinen Arm um sie, und gemeinsam gingen sie, dicht an der Hecke entlang, den sanften Abhang hinunter auf den Bach zu.

Plötzlich wurde die Stille von einem lauten Wiehern zerrissen. Wie versteinert blieb Joscelin stehen. Unten am Ufer raschelte es im Gebüsch, Hufe stampften, ein Mann schrie auf. Verwirrte Stimmen wurden laut, und Briar sprang aus dem Dickicht ins Freie. Ein Mann hatte sich an seinen Zügel gehängt, und mindestens vier andere folgten ihm. Sie sprangen hin und her, um den Hufen des Pferdes auszuweichen, das sie zu bändigen und zu beruhigen versuchten.

Bewaffnete Männer des Sheriffs tauchten am Ufer auf und versperrten Joscelin und Iveta den Weg in die Freiheit. Dieser Fluchtweg war ihnen abgeschnitten, Briar war entdeckt worden. Ohne ein Wort wandte Joscelin sich um, zog Iveta mit sich und hastete im Schutz der Hecke den Weg zurück, den sie gekommen waren.

»Die Kirche«, flüsterte er, »die Gemeindetür...« Selbst wenn der Vespergottesdienst noch im Gange war, würden alle im Chor sitzen, und das Hauptschiff der großen Kirche würde unbeleuchtet sein. Vielleicht gelang es ihnen, die Kirche ungesehen von der Klosterseite her zu betreten und durch die Westtür wieder zu verlassen, die als einzige auf die Hauptstraße führte und nur in Zeiten von Gefahr oder Unruhen verschlossen wurde. Joscelin wußte nur zu gut, daß dies lediglich eine schwache Hoffnung war, aber wenn es zum Schlimmsten kam, konnten sie in der Kirche Asyl suchen.

Ihre rasche Flucht hatte sie verraten. Unten am Wasser, wo Briar jetzt schnaubend und zitternd stillstand, rief eine Stimme: »Dort läuft er, zum Garten! Jetzt sitzt er in der Falle! Kommt, mir nach!« Ein anderer lachte, und drei oder vier Männer liefen ohne sonderliche Eile den Abhang hinauf. Sie waren sich ihrer Beute offenbar sehr sicher.

Joscelin und Iveta flohen Hand in Hand durch den Kräutergarten, über den Mühlkanal, den Pfad zwischen den schwarzen, gestutzten Hecken entlang, hinaus in die gefährliche Weite des großen Innenhofes. Sie hatten keine Wahl – ein anderer Fluchtweg stand ihnen nicht offen. Die Dunkelheit, die sich herabgesenkt hatte, mochte es erschweren, zu erkennen, wer sie waren, aber ihre Hast konnte sie nicht verbergen. Sie sollten nie bis zur Kiche kommen. Ein bewaffneter Mann versperrte ihnen den Weg. Als sie sich dem Torhaus zuwandten, sahen sie im Licht der Fakkeln, die in den Halterungen an der Wand steckten, zwei weitere Bewaffnete auf sich zukommen. Aus dem Garten kamen siegessicher ihre Verfolger. Der erste, auf den der flackernde Schein der Fackeln fiel, war derselbe schlaue – oder gut informierte – Bursche, der seinem Offizier vorgeschlagen hatte, den Garten des Bischofs zu durchsuchen, und dafür belobigt worden war. Er hatte wieder einmal Glück. Der Sheriff und fast alle seine Männer stapften durch den Wald, und den wenigen, die er zurückgelassen hatte, war es gelungen, den Verbrecher zu stellen!

Joscelin wich mit Iveta bis zu den Stufen, die zum Portal des Gästehauses hinaufführten, zurück und stellte sich schützend vor sie. Obwohl er unbewaffnet war, ließen sich seine Verfolger Zeit, ihn zu umzingeln. Ohne seine Feinde aus den Augen zu lassen, sagte er mit gefährlicher Ruhe über seine Schulter: »Geh hinein, Liebste, und laß mich hier. Keiner wird es wagen, dich aufzuhalten oder dir etwas zuleide zu tun.«

»Nein! Ich werde dich nicht allein lassen!« flüsterte sie, begriff aber sogleich, daß sie ihn in dieser ausweglosen Situation nur behindern würde, und eilte mit einem Schluchzen die Stufen hinauf, wie er es ihr befohlen hatte. An der Tür blieb sie stehen. Sie würde keinen Schritt weiter gehen! Hier war sie ihm nicht im Weg, konnte aber sehen, was mit ihm geschah. Sie war entschlossen, an allem teilzuhaben, was ihm widerfuhr, sei es nun Strafe oder Freispruch. Aber selbst ihr kurzes Zögern wurde ihm zum Verhängnis. Er wandte den Kopf und rief ihr verzweifelt zu: »Um Gottes Willen, geh doch...!«, und jetzt, da er einen Augenblick lang abgelenkt war, nutzten seine Feinde die Chance und stürzten sich von drei Seiten auf ihn wie Hunde auf ein gestelltes Wild.

Dennoch wurde es kein leichter Sieg über einen Unbewaffneten. Bis jetzt war es erstaunlich still gewesen, nun aber brach ein Höllenlärm los: Der Sergeant schrie Befehle, Pförtner, Laienbrüder und Gäste kamen herbeigerannt, um zu sehen, was hier geschah; die einen fragten, andere antworteten – es war ein Krach, der Tote hätte aufwecken können. Der erste, der sich auf Joscelin stürzte, hatte entweder die Entfernung oder die Reaktionsschnelligkeit seines Opfers unterschätzt, denn er rannte in eine große Faust, die ihn gegen zwei seiner Kameraden zurücktaumeln ließ. Aber zwei weitere hatten ihn von der anderen Seite angegriffen, und obwohl er dem einen, der ihn am Wams festhielt, einen Ellbogen in den Bauch rammte, so daß er sich keuchend zusamenkrümmte, hielt der andere seine Kapuze mit eisernem

Griff gepackt und drehte den Stoff zusammen, um seinen Gegner durch Würgen zum Aufgeben zu zwingen. Joscelin beugte sich ruckartig vor, und obgleich es ihm nicht gelang, sich aus dem Griff zu befreien, riß der Stoff, so daß er wieder frei atmen konnte. Er trat nach dem Schienbein seines Gegners und stieß einen Wutschrei aus. Der Mann ließ ihn los und hüpfte auf einem Bein außer Reichweite. Joscelin nutzte die Chance und sprang ihm nach, griff aber nicht nach dem Mann, sondern nach dem Griff seines Dolches. Die Waffe glitt aus der Scheide, und Joscelin ließ sie in einem weiten Kreis durch die Luft fahren. Im gespenstischen Licht der Fackeln blitzte die Klinge auf.

»Jetzt kommt! Billig werdet ihr mich nicht bekommen!«

»Er will es nicht anders!« rief der Sergeant. »Zieht eure Waffen!«

Die Schwerter fuhren wie kleine Blitze aus ihren Scheiden. Der Lärm wich einer seltsamen, atemlosen Stille. In diesem Augenblick öffnete sich das Kirchenportal, und die ganze Bruderschaft trat heraus, entsetzt, am Ende des Vespergottesdienstes den Frieden ihrer Enklave auf so unerhörte Weise gestört zu sehen. Eine zornige Stimme, die es gewöhnt war, daß man ihr gehorchte, donnerte über den Hof:

»Keiner rührt sich! Nieder mit den Waffen!«

Alles erstarrte, und langsam und gehorsam wandten sich die Kämpfenden dem Sprecher zu. Abt Radulfus, dieser strenge, unbeugsame, aber ruhige Mann, stand im roten Licht der Fackeln am Rande des Kampfplatzes. Die blitzenden Augen in seinem beherrschten, wie aus Granit gehauenem Gesicht gaben ihm das Aussehen eines Racheengels. Im Vergleich zu ihm wirkte Prior Robert, trotz seines normannischen Hochmutes und seiner Würde, blaß und unbedeutend. Hinter den beiden standen sprachlos und entsetzt die Klosterbrüder und waren davon überzeugt, daß im nächsten Augenblick Blitze vom Himmel herabzucken würden.

Ivetas Beine gaben unter ihr nach. Sie ließ sich auf die oberste Stufe sinken und legte erleichtert die Stirn auf die Knie. Jetzt war der Abt da, und niemand würde sterben müssen – noch nicht. Jetzt hatte Joscelin nur noch den Tod zu fürchten, den das Gesetz rechtfertigte. Aber daran durfte sie nicht denken – nun galt es, einen Schritt nach dem anderen zu tun. Stumm und inbrünstig betete sie um ein Wunder.

Als es ihr schließlich gelungen war, das Zittern, das ihren ganzen Körper durchlief, zu unterdrücken, hob sie den Kopf und sah, daß der ganze große Innenhof des Klosters voller Menschen zu sein schien und immer mehr herbeiströmten. Gilbert Prestcote war soeben durch das Tor geritten und abgesessen, und auch die Männer, die sich an der Suche beteiligt hatten, betraten allein oder zu zweit den Hof und wunderten sich, den Übeltäter, nach dem sie die ganze Gegend abgesucht hatten, hier im Kloster zu finden. Der Sheriff brauchte einige Augenblicke, um in dem zerzausten jungen Mann in den zerrissenen Kleidern, der sich an die Wand des Gästehauses drückte, den mutmaßlichen Dieb und Mörder zu erkennen, den er zwei volle Tage lang vergeblich im Wald gesucht hatte.

Mit großen Schritten kam er herbei. »Was geht hier vor, Ehrwürdiger Vater? Hat man den Gesuchten in Eurem Kloster gestellt? Was ist vorgefallen?«

»Eben dies will ich herausfinden«, sagte Radulfus entschlossen. »Ihr sagt es: Der Gesuchte wurde in meinem Kloster gestellt und unterliegt meiner Gerichtsbarkeit. Mit Eurer Erlaubnis, Sir Gilbert – es ist mein Recht, zu untersuchen, wie es zu diesem ungeheuerlichen Vorfall kommen konnte.« Zornig wandte er sich wieder den bewaffneten Männern zu. »Steckt eure Waffen wieder ein! In meinem Kloster dulde ich weder gezogene Schwerter noch Gewaltanwendung.« Sein Blick fiel auf Joscelin, der, den Dolch in der Hand, sprungbereit an der Wand des Gästehauses stand. »Und Ihr, junger Mann – mir scheint, ich hatte bereits früher Gelegenheit, ähnliche Worte zu Euch zu sprechen und Euch zu warnen, daß dieses Kloster über einen Karzer verfügt, in den ich Euch bringen lassen werde, wenn Ihr es wagen solltet, den Griff einer Waffe auch nur zu berühren. Was habt Ihr zu Eurer Rechtfertigung zu sagen?«

Joscelin hatte inzwischen Atem geschöpft und war bereit, sich zu verteidigen. Er hob die Arme, um zu zeigen, daß keine Schwert- oder Dolchscheide an seinem Gürtel hing. »Als ich hierher kam, trug ich keine Waffe, Ehrwürdiger Vater. Seht, wie sie mich umzingelt haben! Diesen Dolch habe ich einem der Männer entrissen, als sich die Gelegenheit dazu bot, aber nicht, um einen von ihnen zu töten, sondern nur, um nicht selbst getötet zu werden. Ich wollte lediglich mein Leben und meine Freiheit schützen. Und was die Anschuldigungen gegen mich betrifft, so sage ich, daß ich nie etwas gestohlen oder einen Menschen getötet habe, und dabei werde ich bleiben, vor Euch und vor jedem anderen Gericht, solange ein Funke von Leben in mir ist.« Er war wieder außer Atem geraten, zum Teil infolge der Anstrengung des Kampfes, zum Teil aber auch vor Wut. »Erwartet Ihr etwa von mir, daß ich meinen Kopf freiwillig in die Schlinge stecke, obgleich ich nichts Böses getan habe?«

»Ich rate Euch, Euren Ton gegenüber mir und den Vertretern der weltlichen Macht zu mäßigen und Euch dem Gesetz zu unterwerfen«, erwiderte der Abt streng. »Gebt den Dolch zurück – Ihr seht ja, daß er Euch nun nichts mehr nützen kann.«

Joscelin erwiderte seinen Blick mit kampflustigem, entschlossenem Gesicht und hielt die Waffe dann mit einer abrupten Bewegung ihrem Eigentümer hin, der sie vorsichtig in Empfang nahm und in die Scheide steckte, bevor er wieder zurücktrat.

»Ehrwürdiger Vater«, sagte Joscelin, und es klang eher wie eine Forderung als wie eine Bitte, »ich bin Eurer Gnade ausgeliefert. Ich vertraue Eurem Urteil mehr als dem eines weltlichen Gerichtes. Euer Wort ist hier Gesetz, und ich habe Euch gehorcht. Befragt mich zu allem, was ich je getan habe, bevor Ihr mich dem Sheriff übergebt, und ich schwöre, daß ich Euch wahrheitsgemäß antworten werde.« Rasch fügte er hinzu: »Jedenfalls, soweit es meine eigenen Handlungen betrifft.« Er wollte diejenigen, die ihm geholfen hatten und gut zu ihm gewesen waren, nicht in Gefahr bringen.

Der Abt sah Gilbert Prestcote an, der seinen Blick mit einem nachdenklichen Lächeln erwiderte. Es bestand jetzt kein Grund zur Eile mehr – der Bursche war gefaßt und konnte nicht mehr entkommen. Der Sheriff vergab sich also nichts, wenn er sich der Autorität des Abtes beugte. »Ich füge mich in dieser Angelegenheit Euren Wünschen, Ehrwürdiger Vater, aber ich erhalte meinen Anspruch auf diesen Mann aufrecht. Er wird des Diebstahls und des Mordes beschuldigt, und es ist meine Pflicht, ihn gefangenzunehmen und ihn vor Gericht zu stellen. Und das werde ich tun – es sei denn, es gelingt ihm, Euch und mich von seiner Unschuld zu überzeugen. Doch wollen wir gerecht verfahren. Befragt ihn, wie Ihr es für richtig haltet. Das wird auch mir meine Aufgabe erleichtern. Ich ziehe es vor, einen Mann einzusperren, dessen Schuld erwiesen ist, und um so mehr würde es mich beruhigen, wenn auch Eure Zweifel ausgeräumt wären.«

Iveta hatte sich inzwischen erhoben und betrachtete ängstlich jedes Gesicht, das vom Licht der Fackeln beleuchtet wurde. Immer noch kamen neue Reiter durch das Tor und blickten verwundert auf die Szene, die sich ihren Augen darbot. Am Rand der Menge sah sie Simon, der gerade erst hinzugekommen und ebenso erstaunt und verwirrt war wie alle anderen. Neben ihm stand Guy. Auch er schien sprachlos. Das Wissen, das nicht jeder der Anwesenden Joscelin feindlich gesinnt war, beruhigte sie. Als ihr Blick dem von Agnes begegnete, die neben Prior Robert stand, schlug sie ihre Augen nicht nieder. Sie hatte sich diesmal so weit von ihrem alten Selbst entfernt, daß es kein Zurück mehr gab. Nicht sie war es, deren Verhalten Unsicherheit verriet und deren Blick sich immer häufiger auf das Torhaus richtete. Agnes musterte jeden, der dort eintrat, aber keiner war der, den sie erwartete. Sie hoffte inständig, ihr Ehemann würde bald kommen und in die Hand nehmen, was ihr in seiner Abwesenheit entglitten war. Sie hatte Angst vor dem, was sich hier noch ereignen könnte und dem nur ihr Mann Einhalt würde gebieten können.

Iveta begann die Teppen hinabzusteigen, die sie hinaufgeeilt war, als Joscelin von allen Seiten umzingelt wurde. Sehr langsam und vorsichtig ging sie, Stufe um Stufe, um die Spannung nicht zu zerreißen.

»Ihr müßt Euch darüber im klaren gewesen sein«, sagte Radulfus und musterte Joscelin mit immer noch strengem, aber nicht mehr so zornigem Gesicht, »daß der Sheriff Euch nach Eurer Flucht suchen würde. Ihr habt versprochen, Fragen, soweit sie Euch betreffen, wahrheitsgemäß zu beantworten. Wo habt Ihr Euch all diese Zeit versteckt?«

Joscelin hatte gelobt, die Wahrheit zu sagen, und dieses Versprechen mußte er halten. »Im Gewand eines Aussätzigen«, sagte er schlicht, »im Hospiz zu Saint Giles.«

Ein Murmeln, fast ein Keuchen ging durch die Menge. Gäste wie Klosterbrüder starrten wie gebannt auf diesen jungen Mann, der so verzweifelt gewesen war, an einem solchen Ort Zuflucht zu suchen. Nur der Abt blieb unbewegt und sah Joscelin ernst und forschend an.

»Ohne Hilfe hättet Ihr dort wohl kaum Aufnahme finden können. Wer hat Euch geholfen?«

»Ich habe gesagt, daß ich mich dort versteckt habe«, antwortete Joscelin standhaft, »aber nicht daß ich Hilfe gebraucht oder in Anspruch genommen hätte. Ich bin nur für meine eigenen Handlungen verantwortlich, nicht aber für die anderer.«

»Ja«, sagte der Abt nachdenklich, »und dennoch hat es den Anschein, als hättet Ihr Helfer gehabt. Zum Beispiel glaube ich nicht, daß Ihr Euch so nah am Haus Eures ehemaligen Herrn versteckt hättet – wie Ihr es offensichtlich eine Zeitlang getan habt –, wenn Euch nicht ein Freund dazu geraten und Euch dabei geholfen hätte. Auch glaube ich mich zu erinnern, daß das graue Pferd, das soeben aus dem Garten geführt wurde – dort drüben steht es und wird bewacht wie Ihr –, dasselbe ist, das Ihr bei unserer ersten Begegnung auf diesem Hof geritten habt. Ich bezweifle, daß es Euch gelungen wäre, es ohne Hilfe zurückzuholen.«

Über Joscelins Schulter hinweg sah Iveta, daß Simon einen Schritt zurück in den Schatten trat. Aber seine Sorge war völlig unbegründet. Stumm und fest erwiderte Joscelin den durchdringenden Blick des Abtes und begann dann, wenn auch etwas unsicher, zu lächeln. »Fragt mich nach dem, was *ich* getan habe.«

»Mir scheint«, unterbrach ihn der Sheriff, »daß wir jemanden befragen sollten, der in Saint Giles die Aufsicht führt. Einen gesuchten Mörder zu verstecken ist ein ernstzunehmender Verstoß gegen das Gesetz.«

Im Rücken der Menge, vom Garten her, ertönte eine bittende Stimme: »Ehrwürdiger Vater, wenn Ihr es gestattet, werde ich für Saint Giles sprechen, denn ich diene dort.«

Aller Augen richteten sich erstaunt auf den bemitleidenswerten, kleinen Mann, der demütig auf Abt Radulfus zuging. Bruder Marks Gesicht war mit Schlamm verschmiert, etwas Entengrütze zierte seine Tonsur, und seine Kutte war tropfnaß und klebte schwer an seinem schmächtigen Körper. Er bot einen lächerlichen Anblick, aber das verschmutzte, ernste Gesicht und die aufrichtigen grauen Augen strahlten doch Würde aus, und obwohl einige der Schaulustigen leise kicherten, verzog Radulfus keine Miene.

»Bruder Mark! Was hat dies zu bedeuten?«

»Ich habe nicht gleich eine Furt gefunden«, sagte Mark entschuldigend. »Es tut mir leid, daß ich so spät gekommen bin, aber ich hatte kein Pferd, das mich hätte hinübertragen können, und ich kann nicht schwimmen. Zweimal mußte ich wieder umkehren, und einmal fiel ich ins Wasser, aber beim drittenmal fand ich eine seichte Stelle. Bei Tag hätte ich nicht so lange gebraucht.«

»Ihr seid entschuldigt«, sagte Radulfus, und trotz des Ernstes seines Gesichtes und seiner Stimme schien ein Lächeln um seinen Mund zu spielen. »Es scheint, als hättet Ihr Grund zu der Annahme gehabt, man würde Euch hier brauchen, und wenn Ihr gekommen seid, um zu erklären, wie ein Gesuchter sich in Eurem Hospiz verstecken konnte, so habt Ihr den rechten Augenblick gewählt. Wußtet Ihr von der Anwesenheit dieses jungen Mannes dort?«

»Ja, Ehrwürdiger Vater«, antwortete Bruder Mark schlicht, »ich wußte davon.«

»Und seid Ihr es gewesen, der ihn aufgenommen und ihm Unterschlupf gewährt hat?«

»Nein, Ehrwürdiger Vater. Aber an jenem Tag zur Prim merkte ich, daß ein Mann mehr als gewöhnlich anwesend war.«

»Und Ihr habt mit niemandem darüber gesprochen? Ihr habt niemandem etwas von ihm erzählt?«

»Nein, Ehrwürdiger Vater, ich habe mit niemandem darüber gesprochen. Zuerst wußte ich nicht, wer er war, und konnte ihn auch nicht immer von den anderen unterscheiden, denn er trug ein Gesichtstuch. Und als mir ein Verdacht kam... Ehrwürdiger Vater, ich maße mir kein Urteil über einen anderen Menschen an und liefere ihn keiner anderen Gerechtigkeit aus als der Gottes. Also schwieg ich. Wenn ich falsch gehandelt habe, bitte ich Euch, mich zu bestrafen.«

»Und habt Ihr gewußt«, fragte der Abt mit unbewegtem Gesicht, »wer es war, der den jungen Mann in das Hospiz brachte?«

»Nein, Ehrwürdiger Vater. Ich weiß nicht einmal, ob ihm überhaupt jemand geholfen hat. Ich habe zwar gewisse Vermutungen, aber ich *weiß* es nicht. Und selbst wenn ich es wüßte«, fuhr Mark mit demütiger Offenheit fort, »könnte ich Euch keinen Namen nennen. Es steht mir nicht zu, einen anderen als mich selbst zu verraten oder anzuklagen.«

»Ihr zwei könnt Euch die Hände reichen«, sagte der Abt trocken. »Aber Ihr habt uns noch nicht erzählt, Bruder Mark, wie es kommt, daß Ihr den Meole-Bach durchwaten mußtet, und zwar bei der Verfolgung – wenn ich das recht verstanden habe – dieses jungen Mannes, der weitsichtig genug war, sich zu diesem Zweck ein Pferd zu verschaffen. Seid Ihr ihm gefolgt?«

»Ja, Ehrwürdiger Vater. Ich wußte, daß man mich dafür zur Verantwortung ziehen würde, wenn sich herausstellen sollte, daß dieser Jüngling doch nicht so unschuldig ist, wie ich dachte – und zu dieser Annahme glaubte ich, das kann ich Euch versichern, allen Grund zu haben. Daher habe ich ihn den ganzen heutigen Tag beobachtet und ihn kaum einen Moment lang aus den Augen gelassen. Als er gegen Abend seinen Mantel ablegte und zum Kloster ging, folgte ich ihm. Ich sah, daß er am Bach ein Pferd vorfand und auf ihm den Bach überquerte. Als man ihn anrief, war ich gerade im Wasser. Was den heutigen Tag betrifft, so kann ich beschwören, daß er sich nichts hat zuschulden kommen lassen.«

»Und was ist mit dem Tag, an dem er zu Euch kam?« fragte der Sheriff scharf. »Zu welcher Stunde ist er bei Euch aufgetaucht?«

Bruder Mark, der sich nur dem Abt gegenüber verantwortlich fühlte, sah diesen fragend an, und Radulfus nickte ernst, zum Zeichen, daß auch er diese Frage beantwortet haben wollte.

»Das war vor zwei Tagen, zur Prim, wie ich bereits gesagt habe«, sagte Mark. »Beim Gottesdienst ist er mir zum erstenmal aufgefallen. Aber da hatte er schon einen Mantel und ein Gesichtstuch und verhielt sich genauso wie die anderen. Ich nehme daher an, daß er schon mindestens eine viertel oder eine halbe Stunde im Hospiz gewesen sein muß.«

»Und wie wir vernommen haben«, sagte der Abt nachdenklich und wandte sich Prestcote zu, »haben Eure Patrouillien am Morgen desselben Tages bei der Klostersiedlung einen Mann aufgestöbert und seine Spur in der Nähe von Saint Giles verloren. Um welche Zeit war das?« Prestcote überlegte kurz und antwortete: »Meine Männer haben kurz vor der Prim einen Mann fliehen sehen, und bei Saint Giles ist er ihnen entkommen.«

Iveta trat eine weitere Stufe hinunter. Sie fühlte sich wie in einem Traum, in dem sie hin und her gerissen war zwischen Verzweiflung und Hoffnung. Denn die, die dort redeten, waren keine Feinde, und ihr Onkel war noch nicht gekommen, um seine Feindseligkeit, seinen blinden Haß auf Joscelin in die Waagschale zu werfen. Sie stand nur zwei Schritte hinter ihrem Geliebten und hätte mit ausgestreckter Hand über sein zerzaustes blondes Haar streichen können, fürchtete aber, ihn dadurch aus seiner gespannten Aufmerksamkeit zu reißen. Sie berührte ihn nicht. In ängstlicher Erwartung hatte sie ihre Augen auf das Torhaus gerichtet, wo jeden Moment ihr ärgster Feind erscheinen würde. Deshalb war sie es auch, die Bruder Cadfael zuerst bemerkte. Nur sie und Agnes hatten das Tor im Auge.

Das kleine Maultier, das einen geruhsamen Tag hinter sich hatte, hielt nicht viel davon, so spät noch zu so großer Eile angetrieben zu werden, und gab seinem Mißfallen dadurch Ausdruck, daß es gleich hinter dem Torhaus stehenblieb und sich weigerte, auch nur einen Schritt weiter zu tun. Bruder Cadfael, der es bis zu diesem Augenblick immer weiter angespornt hatte, betrachtete mit stummem Erstaunen die Menschenansammlung auf dem großen Innenhof. Iveta sah, daß er seinen Blick über die gespannten Gesichter schweifen ließ, und meinte fast zu spüren, wie er seine Ohren spitzte, damit ihm kein Wort entging. Cadfael bemerkte, daß Joscelin breitbeinig am Fuß der Treppe stand, sah den Sheriff und den Abt, die sich ernst ansahen, und auch den durchnäßten jungen Klosterbruder, der, wie Iveta fand, wie ein Engel sprach – ein rettender Engel, der vom Himmel herabgestiegen war und Fürsprache einlegte und den kein Sünder zu fürchten hatte.

Cadfael stieg eilig ab, übergab dem Bruder Pförtner die Zügel des Maultiers und gesellte sich zu den Schaulustigen, die ihn noch nicht bemerkt hatten. Ermutigt stieg Iveta eine weitere Stufe hinunter.

»Es hat also den Anschein«, folgerte Radulfus, »daß Ihr, junger Mann, an jenem Tag mindestens eine Viertelstunde vor der Prim im Hospiz wart, und vielleicht sogar schon eine halbe Stunde vorher.«

»Ich hatte mir, kurz bevor der Gottesdienst begann, einen Mantel verschafft«, bestätigte Joscelin vorsichtig, der jetzt das Gefühl hatte, auf dünnem Eis zu gehen.

»Und hatte man Euch gesagt, wie Ihr Euch zu verhalten hattet?«

»Ich habe der Prim schon früher beigewohnt und kenne den Ablauf.«

»Gewiß, aber Ihr mußtet doch wahrscheinlich erst über den normalen Tagesablauf in Saint Giles aufgeklärt werden«, beharrte Radulfus.

»Ich kann mich dem Verhalten meiner Umgebung anpassen, wie jeder andere«, erwiderte Joscelin.

»Gehen wir also davon aus, Ehrwürdiger Vater«, sagte Gilbert Prestcote ungeduldig, »daß er einige Zeit vor der siebenten Stunde dort war. Ich will ihm das glauben. Aber wir wissen nicht, wann genau Mylord Domville ermordet wurde.«

Bruder Cadfael hatte diese letzten Sätze gehört. Da die Zuschauer so gespannt lauschten, daß sie für seine höflichen Bitten, ihn durchzulassen, taub waren, setzte er seine Ellenbogen ein und bahnte sich einen Weg durch die Menge. Und bevor irgend jemand etwas sagen und die Frage nach dem Zeitpunkt des Todes beiseitewischen konnte, erhob er seine Stimme und rief: »Das stimmt, Mylord, aber wir können feststellen, wann er zuletzt lebend gesehen wurde.«

Die vor ihm Stehenden wichen zurück und bildeten eine Gasse, so daß er dem Abt und dem Sheriff gegenüberstand, die sich umgewandt hatten und sich stirnrunzelnd nach dem Mann umsahen, der sie unterbrochen hatte.

»Bruder Cadfael! Habt Ihr etwas hierzu zu sagen?«

»Das habe ich...« begann Cadfael, hielt aber inne, als sein Blick auf Bruder Mark fiel, der am ganzen Leib zitterte. Besorgt schüttelte er den Kopf. »Aber sollten wir nicht zunächst dafür sorgen, Ehrwürdiger Vater, daß Bruder Mark trockene Kleider und etwas Heißes zu trinken bekommt, bevor er sich noch den Tod holt?«

Radulfus nahm den Vorwurf mit Gelassenheit hin. »Ihr habt natürlich recht, ich hätte sofort dafür sorgen sollen. Jede weitere Aussage, die er vielleicht noch zu machen hat, kann warten, bis seine Zähne aufgehört haben zu klappern. Geht also, Bruder, besorgt Euch eine trockene Kutte und laßt Euch in der Küche von Bruder Petrus eine heiße Milch geben. Schnell, beeilt Euch.«

»Darf ich ihm zuvor noch eine einzige Frage stellen?« sagte Bruder Cadfael schnell. »Habe ich recht gehört, Bruder, daß du dem jungen Mann dort drüben gefolgt bist, als er hierher kam? Hast du ihn den ganzen Tag über beobachtet?«

»Seit dem frühen Morgen«, antwortete Bruder Mark, »habe ich ihn nicht länger als einige Minuten aus den Augen gelassen. Er verließ das Hospiz vor etwa einer Stunde, und ich folgte ihm hierher. Ist das von Bedeutung?« Er wollte Bruder Cadfael möglichst behilflich sein, und dessen zufriedenes Nicken wärmte ihm das Herz.

»Du hast deine Sache gut gemacht! Aber jetzt beeil dich!«

Bruder Mark verbeugte sich vor dem Abt und machte sich dankbar und zitternd auf den Weg in die Küche. Wenn Bruder Cafael fand, daß er seine Sache gut gemacht hatte, war er zufrieden.

»Und jetzt«, sagte Radulfus, »solltet Ihr vielleicht erklären, was Ihr gemeint habt, als Ihr sagtet, es ließe sich feststellen, wann Mylord Domville zuletzt gesund gesehen wurde.«

»Ich habe eine Person ausfindig gemacht«, sagte Cadfael, »die, wenn der Sheriff es wünscht, bestätigen wird, daß Huon de Domville die Nacht vor seinem Tod in seinem eigenen Jagdhaus verbracht und es erst um etwa eine Viertelstunde nach sechs Uhr morgens verlassen hat. Zu diesem Zeitpunkt war er bei bester Gesundheit und hatte vor, zur Klostersiedlung zurückzureiten. Der Weg, auf dem wir ihn gefunden haben, ist der, den er von jenem Haus aus hätte nehmen müssen. Und die Person, von der ich spreche, ist äußerst zuverlässig.«

»Wenn das, was Ihr sagt, stimmt«, sagte Prestcote nach kurzem Schweigen, »dann ist diese Aussage von größter Bedeutung. Wer ist dieser Zeuge? Nennt mir seinen Namen!«

»Es handelt sich nicht um einen Mann«, sagte Cadfael, »sondern um eine Frau. Huon de Domville verbrachte seine letzte Nacht auf Erden bei seiner langjährigen Geliebten. Ihr Name ist Avice von Thornbury.«

Wie eine plötzliche Sturmböe in ein sommerliches Weizenfeld fährt, so durchlief der Schock, den diese Mitteilung hervorrief, mit einem lauten, tiefen Seufzen die Reihen der Klosterbrüder und ließ ihre Kutten rascheln wie Getreidehalme. Am Vorabend seiner Hochzeit eine andere Frau aufzusuchen! Und das, nachdem er mit dem Abt zu Abend gegessen hatte! Für diejenigen, die sich für ein lebenslanges Zölibat entschieden hatten, hatte selbst der Gedanke an eine junge, keusche Braut etwas Beunruhigendes. Aber eine Geliebte zu besuchen, am Vorabend des Tages, da er das heilige Sakrament der Ehe empfangen sollte, und dem Gebot der Enthaltsamkeit und der ehelichen Moral zum Trotz...!

Der Sheriff war in einer anderen Welt zu Hause. Ihn interessierten keine moralischen Urteile, sondern nur Tatsachen. Auch Abt Radulfus war, nachdem das Wort einmal heraus war, nicht sonderlich aus der Fassung gebracht. Er mochte den fleischlichen Genüssen aus dem Weg gegangen sein, wußte aber nur zu gut, wie verführerisch sie waren. Die Erwähnung einer Geliebten erschütterte ihn nicht.

»Ihr werdet Euch erinnern, Ehrwürdiger Vater«, fuhr Cadfael fort, sobald wieder Stille eingetreten war, »daß ich Euch die Blüten einer Blume namens Blauer Steinsame zeigte, die der Tote an seiner Kappe trug, als er ermordet wurde. Diese Pflanze wächst an seinem Jagdhaus. Ich habe sie dort gefunden, und das bestätigt die Aussage der Frau. Sie selbst hat die Blumen an die Kappe gesteckt, als er aufbrach. Von dem Jagdhaus bis zu der Stelle, wo er getötet wurde, sind es fast zwei Meilen. Eure eigenen Männer, Sir Gilbert, haben gesagt, daß sie Joscelin Lucy mehr als eine halbe Stunde vor der Prim an der Klostersiedlung aufgestöbert haben. Daher kann er unmöglich derjenige gewesen sein, der für Huon de Domville einen Hinterhalt gelegt und ihn umgebracht hat. Als Joscelin Lucy im Hospiz Zuflucht suchte, kann der Baron nicht mehr als eine halbe Meile von seinem Jagdhaus entfernt gewesen sein.«

Iveta machte einen letzten Schritt und stellte sich neben Joscelin. Sie schob ihre Hand in die seine, und unwillkürlich drückte er sie, ohne zu merken, daß er ihr weh tat. Er holte so tief Luft, daß sie das Gefühl hatte, er habe für sie beide neuen Atem geschöpft.

Agnes reckte den Hals und sah zum Torhaus, ohne dort eine Spur des Mannes zu entdecken, den sie herbeisehnte. Ihr Gesicht war böse und verkniffen, aber sie sagte kein Wort. Iveta hatte erwartet, daß sie Bruder Cadfael und seine Zeugin, ja sogar die Aussagen der Männer des Sheriffs in Zweifel ziehen würde. Zeitangaben waren oft vage und ungenau, und es wäre nicht schwer gewesen, darauf hinzuweisen, daß eine halbe Stunde keinen sehr großen Unterschied machte. Aber Agnes blieb stumm und hielt ihr Unbehagen und ihre Wut im Zaum.

Abt Radulfus wechselte einen langen und nachdenklichen Blick mit dem Sheriff und wandte sich wieder Joscelin zu. »Ihr habt versprochen, mir die Wahrheit zu sagen. Ich werde Euch nun etwas fragen, das ich Euch bisher nicht gefragt habe: Habt Ihr irgend etwas mit dem Tod von Huon de Domville zu tun?«

»Nein, das habe ich nicht«, sagte Joscelin entschieden.

»Dann bleibt noch die Anschuldigung, die er selbst gegen Euch vorgebracht habt. Habt Ihr ihn bestohlen?«

»Nein!« In seiner Stimme schwang Verachtung mit.

Mit einem kaum merklichen Lächeln sah Radulfus den Sheriff an. »Was den Mord betrifft, so wird Bruder Cadfael Euch zu dieser Frau bringen, und Ihr werdet selbst entscheiden können, wie glaubwürdig ihre Aussage ist. Die Wahrheit dessen, was Eure eigenen Männer gesagt haben, braucht nicht in Zweifel gezogen zu werden. Mir scheint, daß der junge Mann in dieser Sache schuldlos ist.«

»Wenn sich das, was wir hier gehört haben, bestätigt«, stimmte Prestcote ihm zu, »kann er nicht der Mörder sein. Ich selbst werde die Frau befragen.« Er wandte sich an Bruder Cadfael. »Ist sie noch im Jagdhaus?«

»Nein«, antwortete Cadfael. Er genoß bereits jetzt die Aufregung, die seinen nächsten Worten folgen würde. »Sie ist bei den Benediktinerschwestern in Godric's Ford. Sie ist als Novizin in den Orden eingetreten und beabsichtigt, das Ordensgelübde abzulegen.«

Er durfte es sich als Leistung anrechnen, daß selbst Abt Radulfus zusammenzuckte; die Bruderschaft aus der Fassung zu bringen war im Vergleich dazu geradezu kinderleicht. »Und Ihr haltet sie für eine glaubwürdige Zeugin?« fragte der Abt, der seine Selbstbeherrschung im nächsten Augenblick wiedergefunden hatte, während Prior Roberts aristokratische Nase noch spitz und blau vor Schreck aussah und die Reihen der Klosterbrüder hinter ihm noch bebten.

»So glaubwürdig wie nur irgend jemand, Ehrwürdiger Vater. Der Sheriff wird selbst Gelegenheit haben, sie zu beurteilen. Ich bin davon überzeugt, daß sie – ganz gleich, wer oder was sie sein mag – weder lügt noch sich verstellt.«

Sie würde ihnen ihre ganze Lebensgeschichte erzählen, ohne sich dessen zu schämen, und sie würde auf alle, die mit ihr zu tun hatten, Eindruck machen. Was sie betraf, so hegte Cadfael keine Befürchtungen. Prestcote war ein Mann, der mit den Realitäten des Lebens vertraut war, und er würde keinen Zweifel an ihrer Glaubwürdigkeit haben. »Mylord«, sagte Cadfael, »und Ihr, Ehrwürdiger Vater..., gehe ich recht in der Annahme, daß Ihr – vorausgesetzt, die Aussage von Avice von Thornbury bestätigt sich – Joscelin Lucys Unschuld für erwiesen haltet?«

Prestcote zögerte nicht mit der Antwort. »In diesem Falle kann die Beschuldigung nicht aufrechterhalten werden.«

»Und des weiteren bestätigt Ihr, daß er heute, wie Bruder Mark uns gesagt hat, ständig überwacht worden ist und nichts unternommen hat, was irgendeinen Verdacht gegen ihn nähren könnte.«

Der Abt musterte ihn mit einem forschenden Blick. »Auch das muß bestätigt werden. Ich glaube allerdings, Bruder, Ihr habt einen besonderen Grund, unsere Aufmerksamkeit in dieser Weise darauf zu lenken. Irgend etwas Schlimmes muß sich ereignet haben.«

»Ja, Ehrwürdiger Vater – etwas, das ich Euch gleich mitgeteilt hätte, wenn bei meiner Ankunft nicht gerade diese äußerst wichtige Angelegenheit behandelt worden wäre. Glücklich der Mann, der heute den ganzen Tag über von einem anderen beobachtet wurde und nichts Böses getan hat! Denn wieder ist eine Gewalttat verübt worden, im Wald hinter Saint Giles. Vor knapp einer Stunde, als ich auf dem Heimweg war, stieß ich auf ein reiterloses Pferd, konnte es aber nicht einfangen und folgte ihm. Es führte mich auf eine Lichtung, auf der ein Toter liegt, der, wie ich glaube, wie Mylord Domville erwürgt wurde. Ich kann Euch zu dem Ort führen.«

Eine entsetzte Stille trat ein. Langsam wandte er sich Agnes zu, die mit weit aufgerissenen Augen wie versteinert dastand.

»Madam, es tut mir leid, Euch diese Nachricht bringen zu müssen, aber trotz des schwachen Lichtes läßt das Pferd, das er ritt, keinen Zweifel daran zu, daß ...«

11

Für einige Augenblicke herrschte absolute Stille. Bleich und unbeweglich, als sei sie zu Eis erstarrt, stand Agnes da. Dann erwachte sie mit einem durchdringenden Schrei der Trauer und der Rache aus ihrer Erstarrung, kehrte dem Sheriff, dem Abt, ihrer Nichte und allen anderen den Rücken und stürzte mit fliegenden Röcken zwischen den versammelten Klosterbrüdern hindurch, die eilig vor ihr auseinanderwichen. Sie hatte jetzt keine Augen mehr für Joscelin Lucy – ihre rasende Wut galt einem anderen.

»Ihr... Ihr! Wo seid Ihr? Feigling, Mörder – tretet vor und seht mir ins Gesicht! Ihr, Ihr, Simon Aguilon, *Ihr* habt meinen Mann umgebracht!«

Vor ihren funkelnden Augen und ihrem anklagend ausgestrecktem Arm wich die Menge zurück.

»Bleibt stehen, niederträchtiger Mörder, und seht mich an! Hört, was ich zu sagen habe!« Gewiß hörte man sie in der ganzen Klostersiedlung und bekreuzigte sich in abergläubischer Furcht vor diesem Dämon, der gekommen war, einen Sünder zu holen. Simon stand wie angewurzelt da, zu entsetzt, so hatte es den Anschein, um auch nur einen Finger zu rühren. Mit aufgerissenem Mund starrte er sie sprachlos an, als sie sich herausfordernd vor ihm in den Weg stellte. Das rote Licht der Fackeln spiegelte sich in ihren schwarzen Augen. Neben ihm stand Guy, sah hilflos von einem zum andern und wich vor diesem unerwarteten Angriff einige Schritte zurück.

»Ihr habt ihn umgebracht! Niemand anderer als Ihr hatte Gelegenheit dazu. Euer Platz war neben ihm – ich weiß es, denn ich war dabei, als die Männer eingeteilt wurden. Sagt Ihr es, FitzJohn, damit alle es hören! Wo ist dieser Mann geritten?«

»Neben Sir Godfrid«, sagte Guy verwirrt. »Aber...«

»Neben ihm, ja... Und auf dem Heimweg, im dichten Wald, war es Euch ein leichtes, ihn zu überraschen. Spät und ohne großes Aufsehen seid Ihr zurückgekehrt, Simon Aguilon, und Ihr habt dafür gesorgt, daß mein Mann nie zurückkehren wird!«

Der Sheriff und der Abt waren, erstaunt und entsetzt wie alle anderen, näher getreten, um sich kein Wort dieser Auseinandersetzung entgehen zu lassen, machten jedoch keine Anstalten, Agnes zu unterbrechen. Sie war vernünftigen Argumenten nicht zugänglich. Das sagte auch Simon, als er seine Sprache nach einem harten Schlucken schließlich wiedergefunden hatte.

»Um Gottes willen, was habe ich getan, daß man mich derart beschuldigt? Ich habe mit seinem Tode nicht das geringste zu tun. Ich wußte nichts davon... Zuletzt habe ich Sir Godfrid Picard vor drei Stunden gesehen, und da war er bei bester Gesundheit und durchsuchte wie alle anderen den Wald. Die arme Frau weiß vor Gram nicht, was sie tut. Sie beschuldigt den erstbesten...«

»Ich beschuldige *Euch*«, schrie sie, »und das würde ich auch tun, wenn zwischen uns tausend andere stünden. Denn *Ihr* seid der Mörder, das wißt Ihr so gut wie ich! Ausreden werden Euch jetzt nichts mehr nützen!«

Verzweifelt breitete Simon die behandschuhten Hände aus und wandte sich an den Sheriff und den Abt. »Aber warum sollte ich denn auch nur daran denken, einen Mann zu töten, der mein Freund war und mit dem ich keinen Streit hatte? Welches Motiv könnte ich dafür gehabt haben? Ihr seht, daß sie nicht weiß, was sie sagt.«

»O doch, Ihr hattet Streit mit ihm«, schrie Agnes völlig außer sich, »und das wißt Ihr nur zu gut. Warum? Warum? Ihr wagt es, mich zu fragen warum? Weil er Euch im Verdacht hatte – weil er praktisch wußte, daß *Ihr* Euren Onkel Huon de Domville umgebracht habt!«

Immer ungeheuerlicher wurden ihre Anschuldigungen,

und doch wurde Simon diesmal bleich und schnappte nach Luft. Er gab sich einen Ruck und begann sich zu verteidigen. »Wie sollte ich das getan haben? Jeder weiß, daß mein Onkel mich zu Bett schickte und allein weiterritt. Ich tat, wie er mich geheißen hatte, und schlief länger als gewöhnlich... Ich wurde geweckt, als man feststellte, daß er noch nicht zurück war...«

Mit einer verächtlichen Handbewegung wischte sie seine Worte beiseite. »Ihr gingt zu Bett, ja, das will ich nicht bezweifeln. Aber dann seid Ihr wieder aufgestanden und habt Euch mitten in der Nacht aus dem Haus geschlichen, um Euren Hinterhalt zu legen. Es war Euch ein leichtes, ungesehen zu gehen und zurückzukehren, als Eure niederträchtige Tat erledigt war. Jedes große Haus hat mehrere Eingänge, und wer außer Euch durfte kommen und gehen, wie es ihm beliebte? Wer sonst hatte alle Schlüssel, die er brauchte? Wer sonst hätte vom Tod Eures Onkels mehr profitiert, wenn nicht Ihr? Und Ihr seid nicht nur sein Erbe – oh, nein! Streitet hier und jetzt ab, wenn Ihr es wagt, daß Ihr am Abend des Tages, an dem Huons Leichnam hergebracht wurde, meinen Mann aufsuchtet. Bevor Euer Onkel kalt war, kamt Ihr zu meinem Mann, um mit ihm auszuhandeln, daß Ihr Huons Platz an der Seite meiner Nichte einnehmen würdet. Nicht nur seine Bsitztümer wolltet Ihr erben, sondern auch meine Nichte und ihren Besitz. Streitet es ab, und ich werde es beweisen. Meine Zofe war dabei!«

Simon sah die Umstehenden an wie ein in die Enge getriebenes Tier und rief: »Ja, es ist wahr – warum sollte ich nicht um Ivetas Hand anhalten. Mein Besitz steht in Größe dem ihren nicht nach, und schon allein deswegen würden wir zueinander passen. Aber darüber hinaus liebe und verehre ich sei. Und Sir Godfrid hat mich nicht abgewiesen. Ich war bereit, mich in Geduld zu üben und zu warten. Er gab mir seine Einwilligung...«

Iveta drückte mit aller Kraft Joscelins Hand. Fassungslos

dachte sie an die beiden Besuche zurück, die Simon ihr abgestattet hatte. Sie hatte das Gefühl gehabt, er sei der einzige, der zu ihr hielt. Hatte er nicht versprochen, ihr zu helfen und treu zu Joscelin zu stehen? Der erste Besuch war mit Agnes' Einverständnis geschehen – sie hatte sogar gelächelt. Ihre Tante war zufrieden gewesen, daß das verloren geglaubte Vermögen nun wieder in greifbare Nähe gerückt war. Der zweite Besuch dagegen..., ja, da war es anders gewesen. Er hatte ihr gesagt, Picard habe ihn aus dem Haus gewiesen, und das, was danach geschehen war, hatte seine Worte bestätigt. Was mochte zwischen diesen beiden Besuchen vorgefallen sein, das eine derartige Veränderung bewirkt hatte?

»Ja, er gab Euch seine Einwilligung«, schrie Agnes haßerfüllt, »denn er hielt Euch für den anständigen Mann, der Ihr zu sein schient. Aber Huons Hals wies eine Wunde auf, die von einem Ring rührte, den der Mörder an seiner rechten Hand trug – das hat dieser Mönch hier gesagt, und sowohl mein Mann als auch Ihr habt es gehört. Nachdem das bekannt geworden war, hat Euch niemand mehr ohne Handschuhe gesehen, sei es draußen oder drinnen. Aber mein Mann war gestern bei Huon de Domvilles Aussegnung, und dort wart Ihr gezwungen, Euren Handschuh abzustreifen, als Ihr den Weihwasserwedel nahmt – war es nicht so? Und er war es, dem Ihr den Wedel reichtet. Er sah... nicht den Ring, nein – den hattet Ihr abgestreift, sobald der Mönch von seiner Entdeckung berichtet hatte. Aber er sah den hellen Streifen an der Stelle, wo der Ring gesessen hatte, und das viereckige weiße Mal, das der Stein hinterlassen hatte. Da fiel ihm ein, daß Ihr früher einen Ring mit einem großen Stein getragen habt, und er war töricht genug, mit Euch darüber zu sprechen und Euch seinen Verdacht auf den Kopf zuzusagen, als Ihr uns besuchtet. Er wollte nichts mit einem Mann zu tun haben, den er für einen Mörder hielt.«

Das also war der Grund für die Veränderung gewesen! Aber nicht, dachte Iveta, die durch all diese Ereignisse innerhalb weniger Tage vom Kind zur Frau gereift war, weil ein Mörder für ihren Onkel nicht als ihr Ehemann in Frage gekommen wäre – vorausgesetzt, es wäre unmöglich gewesen, daß ein Verdacht aufkam. Nein, vielmehr fürchtete Godfrid Picard, man könne ihn der Mitwisserschaft bezichtigen, sobald auch nur der Schatten eines Verdachts auf den Mann seiner Nichte fiel. Wenn er in diesem Punkt absolute Sicherheit hätte haben können, wäre es gewiß gar nicht erst zu einem Streit gekommen. Und Joscelin war noch immer gesucht worden, und es wäre immer noch möglich gewesen, ihn zu fangen... und zu hängen. Und sie hätte in ihrer Verzweiflung geglaubt, daß sie nur einen wirklichen Freund hatte: Simon Aguilon! Er hatte ihr gesagt, der Grund dafür, daß man ihn aus dem Haus gewiesen hatte, sei gewesen, daß er zu Joscelin gestanden habe. Und wer weiß – vielleicht wäre seine Rechnung nach einiger Zeit aufgegangen. Zitternd drückte Iveta sich an Joscelin.

»Und ich habe ihm noch geraten, ich habe ihn dazu gedrängt, alle Beziehungen zu diesem Mann abzubrechen!« stöhnte Agnes und rang die Hände. »Ihr wußtet nur zu gut, daß er es für seine Pflicht hielt, den Sheriff von seinem Verdacht zu unterrichten, selbst wenn er keine Beweise hatte. Ihr habt dafür gesorgt, daß er dazu keine Gelegenheit mehr hatte. Aber Ihr habt Eure Rechnung ohne mich gemacht!«

»Ihr seid verrückt!« Simon machte eine abwehrende Geste. Seine Stimme überschlug sich fast. »Wie hätte ich meinem Onkel einen Hinterhalt legen können, wenn ich doch gar nicht wußte, wohin er geritten war und was er vorhatte, und noch weniger, auf welchem Weg er zurückkehren würde? Ich hatte keine Ahnung, daß irgendwo in dieser Grafschaft eine Geliebte auf seinen nächtlichen Besuch wartete.«

Während des ganzen Wortgefechtes hatte Bruder Cadfael geschwiegen. Jetzt trat er vor und sagte: »Es gibt jemanden, der sagen wird, daß Ihr lügt, Simon Aguilon, und daß niemand besser wußte als Ihr, wohin Huon de Domville geritten ist. Das jedenfalls hat Avice von Thornbury mir erzählt, und ich nehme an, daß zwei weitere Zeugen ihre Aussage bestätigen werden, sobald sie wissen, daß sie nicht in Gefahr ist, und sie diese beiden nicht darum bittet, Stillschweigen zu bewahren. Kein anderer als Ihr wart es, dem Euer Onkel seine Gefährtin anvertraute, wenn er auf Reisen ging und sie in seiner Nähe haben wollte. Ihr habt sie zum Jagdhaus begleitet. Der Weg dorthin war Euch wohlbekannt, denn Ihr wart ihn schon einmal geritten. Huon de Domville hat immer nur einen Vertrauten in seine privaten Liebschaften eingeweiht, und während der letzten drei Jahre seid Ihr dieser Mann gewesen.«

Der Rauch der Fackeln trieb gespenstisch über die Köpfe der Menge. Agnes stieß einen Triumphschrei aus, in dem zugleich ihr ganzer Schmerz mitschwang. Mit anklagender Hand zeigte sie auf Simon. »Durchsucht ihn! Er muß den Ring bei sich tragen – er würde es nicht wagen, ihn abzulegen, aus Angst, ein anderer könnte ihn finden und seine Schlüsse daraus ziehen. Durchsucht ihn, und Ihr werdet den Ring finden. Und warum, frage ich, hätte er ihn abstreifen sollen, wenn dieser Ring nicht eine Spur am Körper eines Ermordeten hinterlassen hätte?«

Die Bewaffneten hatten das Zeichen gesehen, das der Sheriff ihnen gab, und bildeten einen engen Kreis um den Beschuldigten und seine Anklägerin. Simon war zu sehr mit Agnes beschäftigt gewesen, um diese neue Gefahr zu bemerken. Er stieß einen trotzigen Schrei aus und drehte sich auf dem Absatz um. »Ich brauche mir diese haltlosen Verdächtigungen nicht anzuhören!« rief er etwas zu schrill.

Erst jetzt bemerkte er die Bewaffneten, die Schulter an Schulter zwischen ihm und dem Tor standen, und stutzte wie ein gestellter Hirsch. Er konnte es nicht fassen, daß sein Glück sich so gewendet hatte. Verzweifelt sah er sich um.

Der Sheriff trat auf ihn zu und sagte:

»Zieht Eure Handschuhe aus!«

Es war unschön anzusehen, wie er versuchte, auszubrechen und zu fliehen, wie er sich wie eine Wildkatze wehrte, als man ihn festhielt, wie er fluchte und schrie, als man ihn packte und überwältigte. Mit Rücksicht auf den Abt schaffte man ihn mit so wenig Gewaltanwendung wie möglich zum Tor hinaus in die Klostersiedlung und durchsuchte ihn dort. Er verschränkte seine Hände, um zu verhindern, daß man ihm die Handschuhe auszog, aber es nützte ihm nichts: Als seine Hände nackt waren, leuchtete der bleiche Ring am Mittelfinger seiner rechten Hand wie frischer Schnee auf einem gepflügten Acker, und die Stelle, wo der Stein gewesen war, war deutlich zu erkennen. Er fluchte und wehrte sich, als sie sein Wams öffneten, und preßte in ohnmächtiger Wut und besinnungsloser Verzweiflung sein Kinn auf die Brust, so daß man ihm den Kopf gewaltsam in den Nacken ziehen mußte, um die Schnur, an der er den Ring um den Hals trug, lösen zu können.

Vier Männer des Sheriffs waren nötig, um ihn in eine Zelle in der Burg zu schaffen, und als er abgeführt war, herrschte auf dem großen Innenhof fassungslose Stille. Mit entsetzten, weit aufgerissenen Augen schloß Joscelin Iveta in die Arme. Er zitterte vor Erleichterung, aber er war noch zu verwirrt, um zu begreifen, welch ein schreckliches Spiel sein bester Freund mit ihm gespielt hatte. Agnes stand da wie erstarrt. Solange sie ihren Feind noch hatte sehen können, war ihr Gesicht haßerfüllt gewesen, und erst jetzt bedeckte sie ihr Gesicht mit den Händen und gab sich leise weinend ihrem einsamen Kummer hin. Wer hätte gedacht, daß sie ihren hartherzigen Mann geliebt hatte?

Die kalte, gefühllose Frau war verschwunden. Sie ließ ihre Hände fallen und schritt langsam, wie eine Schlafwandlerin, durch die Menge, die zurückwich und ihr Platz machte. An Ivetas ausgestreckter Hand ging sie vorbei, als existiere das Mädchen nicht, stieg die Stufen zum Portal des Gästehauses empor und warf noch einen Blick in die Runde, bevor sie ins Haus ging und verschwand.

»Später, wenn sie sich wieder gefangen hat, wird sie das,

was sie hier gesagt hat, wiederholen müssen«, sagte Abt Radulfus ernst. »Ihre Aussage ist von entscheidender Bedeutung. Was ihren Mann betrifft – er ist tot. Ist es jetzt, da er nicht mehr befragt werden kann, erforderlich, sie ins Verhör zu nehmen?«

»Nicht in einer Verhandlung, bei der ich den Vorsitz führe«, sagte Gilbert Prestcote trocken und wandte sich seinen Männern zu. »Bevor wir aufbrechen, um Mylord Picards Leichnam hierherzubringen, habe ich noch eine Frage an Euch, Sergeant: Wie kommt es, daß Ihr eine Wache am Bach aufgestellt hattet, während wir den Wald durchsuchten? Mir jedenfalls ist nicht zu Ohren gekommen, daß der Gesuchte hier auftauchen könnte.«

»Als Ihr mit den anderen Männern aufgebrochen wart, Mylord«, antwortete der Sergeant, »kam Jehan hier zu mir und meinte, der Gesuchte könnte doch nun, da fast alle Männer abgezogen waren, die Gelegenheit nutzen, um sich mit dieser jungen Dame zu treffen und sie zu entführen.« Er winkte den schlauen Burschen herbei, welcher schon einmal für einen guten Einfall, der fast zum Erfolg geführt hätte, belobigt worden war. Jetzt, da die Dinge eine so unerwartete Wendung genommen hatten und sein Informant sich als der Mörder erwiesen hatte, machte der Mann ein etwas unbehagliches Gesicht. »Er war es«, fuhr der Sergeant fort, »der, wie Ihr Euch erinnert, neulich die Idee hatte, der Bursche könnte sich im Garten seines Herrn versteckt halten, und als wir dort suchten, stellten wir fest, daß er tatsächlich dort gewesen war. Diesmal schien mir sein Einfall ebenso gut zu sein wie beim vorigen Mal, und daher habe ich heimlich eine Wache aufgestellt.«

»Mein Freund«, sagte Prestcote und sah den Mann recht streng an, »es hat zwar den Anschein, als habe Euch der Himmel diese Eingebungen geschenkt, aber mir scheint, daß es eher der Teufel war, der dabei seine Hand im Spiel hatte. Wann hat Aguilon Euch geraten, im Garten des Bischofs nach Lucy zu suchen? Zu welcher Stunde war das?«

Jehan war klug genug, um zu wissen, daß es das beste war, die Wahrheit zu sagen, auch wenn er kein sehr glückliches Gesicht dabei machte. »Das war, nachdem Mylord Domvilles Leichnam hierhergebracht worden war. Als Messire Aguilon in das Haus des Bischofs zurückgekehrt war, gab er mir diesen Rat. Er sagte noch, von ihm aus dürfte ich ruhig das Lob dafür einstecken, denn ihm sei es am liebsten, wenn er aus dieser ganzen Sache herausgehalten würde.«

Verzweifelt schlug Joscelin die Hände vor das Gesicht und schüttelte den Kopf. Langsam dämmerte ihm das ganze Ausmaß des Verrates, den sein Freund an ihm begangen hatte. »Aber er war es doch, der mir geholfen hat – er hat mich im Wald gefunden und mich versteckt, in bester Absicht...«

»In sehr böser Absicht!« sagte Bruder Cadfael. »Mein Sohn, Ihr habt ihm die Gelegenheit gegeben, sein Erbe früher anzutreten, als er zu hoffen gewagt hatte, und darüber hinaus sah er die Möglichkeit, die Hand dieser jungen Dame und ihren Besitz zu gewinnen. Ihr wart der beste Sündenbock, den er sich wünschen konnte: Ein zorniger junger Mann, dem Unrecht geschehen war und der auf Rache sann. Er wußte, daß Ihr der erste und einzige Verdächtige sein würdet, wenn Huon de Domville überfallen und ermordet wurde. Aber um diese Rolle zu erfüllen, mußtet Ihr auf freiem Fuß, in einem sicheren Versteck bleiben, bis der Mord verübt war. Sobald er seinen Onkel beseitigt hatte, konnte er die Männer des Sheriffs auf Eure Spur setzen. Daß Ihr Euer Versteck verlassen habt, hat seinen Plan vereitelt und Euch das Leben gerettet.«

Joscelin rieb sich die Stirn, als habe er Kopfschmerzen. »Dann meint Ihr also, er hätte mir heute nacht kaltblütig eine Falle gestellt? Und ich habe ihn für meinen einzigen Freund gehalten und um Hilfe gebeten...«

»Aber wie?« fragte Cadfael scharf. »Wie habt Ihr das fertiggebracht?«

Joscelin erzählte ihm die ganze Geschichte, erwähnte aber

weder Lazarus noch Bran oder irgendeinen anderen von denen, die ihm geholfen hatten. Eines Tages würde er das Iveta anvertrauen, vielleicht auch Bruder Cadfael – aber nicht hier, nicht jetzt.

»Dann wußte er also, daß Ihr irgendwo in der Nähe wart, aber er wußte nicht wo. Er konnte seinen bewährten Mittelsmann hier nicht losschicken, Euch festzunehmen, sondern mußte warten, bis Ihr Euch von selbst in die Hände des Sheriffs begeben würdet, und Ort und Zeit hattet Ihr selbst bestimmt. Er brauchte nichts weiter zu tun, als Eure Botschaft an diese junge Dame weiterzugeben und dafür zu sorgen, daß Euer Pferd am verabredeten Ort für Euch bereitstand – denn sonst hättet Ihr den Bach ja nicht überquert und wärt nicht in die Hände des Sheriffs gefallen. Nachdem dies erledigt war, mußte er nur noch Jehan Bescheid geben. Selbstverständlich wollte er in dieser Sache nicht selbst in Erscheinung treten«, sagte Cadfael und verzog das Gesicht, »denn seine angebliche Treue zu Euch war ja seine beste Empfehlung bei der jungen Dame.«

Joscelin konnte noch immer kaum glauben, daß sein bester Freund ihn so schmählich verraten hatte, und Cadfael beschloß, sich drastisch auszudrücken. »Nach Eurer Gefangennahme und Hinrichtung«, sagte er, »hätte Sir Godfrid Picard wohl kaum etwas dagegen gehabt, seine Nichte mit einem Mörder zu verheiraten – einem *erfolgreichen* Mörder, wohlgemerkt. Was er nicht ertragen konnte, war die Gefahr, der er bis dahin ausgesetzt war, denn wenn ans Licht kam, daß Simon der Mörder war, hätte man vielleicht vermutet, daß er mit ihm unter einer Decke steckte, und das hätte auch ihn den Kopf kosten könnnen.«

»Redet also, Jehan«, befahl der Sheriff grimmig lächelnd. »Hat Aguilon Euch den Weg zu Belobigung und Beförderung gewiesen?«

»Heute morgen«, gab Jehan unvorsichtigerweise zu, »gab er mir den Hinweis...«

»Heute *morgen*! Also bevor wir aufgebrochen waren! Und

Ihr habt niemandem etwas davon gesagt, bis ich mit den Männern ausgerückt war und Ihr das, was Ihr so schlau eingefädelt hattet, allein zu Ende bringen konntet! Ich glaube, auf eine Beförderung werdet Ihr noch eine Weile warten müssen, mein Freund. Ihr könnt von Glück sagen, daß ich Euch nicht bestrafe!«

Und in der Tat war Jehan froh, so glimpflich davongekommen zu sein, und machte sich unverzüglich aus dem Staub.

»Wir sollten jetzt den Toten holen«, sagte der Sheriff und wandte sich damit den Aufgaben zu, die jetzt erledigt werden mußten. »Wollt Ihr uns führen, Bruder? Wir werden reiten und ein zusätzliches Pferd für den Leichnam mitnehmen.«

Als die sechs Männer – unter ihnen Cadfael, dem es keineswegs mißfiel, ein gutes, kräftiges Pferd anstelle eines bescheidenen kleinen Maultiers unter sich zu haben – zum Tor hinausgeritten waren, wandte sich der Abt mit ruhigem Gesicht und gelassener Stimme an die verwirrten, fassungslosen Klosterbrüder.

»Beruhigt Euch, wascht Euch die Hände, und begebt Euch zum Abendessen. Auch heute gelten die Ordensregeln. Der Umgang mit der Welt ist uns auferlegt, um uns zu mahnen und die Festigkeit unseres Glaubens zu prüfen. Die Torheit und Schlechtigkeit der Menschen stellt Gottes Gnade nicht in Frage.«

Gehorsam gingen sie. Nach einem kurzen Blick des Abtes neigte Prior Robert den Kopf und folgte den Klosterbrüdern. Mit einem leichten, nachdenklichen Lächeln sah Radulfus die beiden jungen Leute an, die noch immer Hand in Hand dastanden und seinen Blick zweifelnd, aber standhaft erwiderten. Zu viel war zu schnell über sie hereingebrochen – sie waren wie Kinder, die gerade erst erwacht waren und nicht recht wußten, was von dem, das sie erlebt hatten, wirklich geschehen und was Traum gewesen war. Aber die

Träume waren schrecklich gewesen, und die Wirklichkeit konnte nur besser sein.

»Ich glaube, mein Sohn«, sagte der Abt sanft, »Ihr braucht Euch keine Sorgen wegen jener Beschuldigung zu machen, die Euer Herr gegen Euch vorgebracht hat. Unter den gegebenen Umständen würde kein gerechter Mann ernsthaft glauben, daß Ihr diesen Diebstahl begangen habt, und Gilbert Prestcote ist ein gerechter Mann. Ich frage mich nur«, fügte er nachdenklich hinzu, »ob es nicht vielleicht ebenfalls Aguilon war, der das Kollier in Eurer Satteltasche versteckte.«

»Das bezweifle ich, Ehrwürdiger Vater.« Selbst jetzt wollte er gegenüber einem, der ihn fast ins Verderben gestürzt hätte, nicht ungerecht sein. »Ich glaube nicht, daß er an Mord gedacht hat, bevor ich hinausgeworfen und des Diebstahls bezichtigt wurde. Es ist so, wie Bruder Cadfael gesagt hat: Durch meine Flucht war ich ein idealer Sündenbock. Nein, diesmal hatte Mylord Domville die schmutzige Arbeit wahrscheinlich selbst getan. Aber, Ehrwürdiger Vater, nicht meine Sorgen sind es, die mich belasten. Es geht um Iveta.«

Er fuhr sich mit der Zunge über die Lippen und suchte nach den geeigneten Worten, und der Abt stand schweigend und gelassen da, ohne ihm eine Hilfestellung zu geben. Iveta sah Joscelin erschrocken an, als fürchte sie, er könne gerade jetzt, da er sie rechtmäßig gewonnen hatte, so edel und töricht sein, sie wieder aufzugeben.

»Ehrwürdiger Vater, diese junge Dame ist von denen, die zu ihrem Vormund bestellt waren, auf gewissenlose Weise ausgenutzt worden. Nun ist ihr Onkel tot, und ihrer Tante würde man, selbst wenn sie in der Lage wäre, für ihre Nichte zu sorgen, nicht erlauben, einen so großen Besitz zu verwalten. Ich bitte daher Euch, Ehrwürdiger Vater, die Vormundschaft für sie zu übernehmen, denn ich weiß, daß Ihr sie so gerecht und ehrenvoll behandeln werdet, wie es ihr zukommt, und daß sie mit Euch als Vormund so glücklich werden wird, wie sie es verdient. Wenn Ihr den König darum bittet, wird er seine Zustimmung geben.«

Der Abt wartete einige Augenblicke, und ein feines Lächeln breitete sich auf seinem Gesicht aus. »Und das ist alles? Ihr erbittet nichts für Euch selbst?«

»Nichts!« erwiderte Joselin mit jener Demut, in der das mitschwang, was ihn zu dieser Äußerung bewegt hatte: der Hochmut eines Adligen.

»Aber *ich* erbitte etwas für mich«, sagte Iveta entrüstet und ließ die Hand dessen, der dem Anspruch auf sie aus Edelmut entsagt hätte, nicht los. »Ich bitte Euch, Joscelin mit Wohlgefallen als den Bewerber um meine Hand zu betrachten, der mir von allen der liebste ist, denn ich liebe ihn so, wie er mich liebt, und obwohl ich Euch, wenn Ihr mein Vormund sein wollt, verspreche, Euch in allem anderen gehorsam zu sein, werde ich nie einen anderen lieben oder heiraten.«

»Kommt«, sagte der Abt und gestattete sich ein kleines Lächeln, »ich glaube, wir sollten uns zum Abendessen in meine Gemächer begeben und gemeinsam über die Zukunft nachdenken. Es besteht kein Grund zur Eile, und es ist vieles zu regeln. Das Denken ist nach dem Gebet das beste, und ein gutes Essen und ein Glas Wein werden uns dabei helfen.«

Noch vor der Komplet brachten der Sheriff und seine Männer Godfrid Picards Leichnam ins Kloster. Sie bahrten ihn in der Friedhofskapelle auf und brachten Kerzen herbei, um seine Verletzungen zu untersuchen. Den Dolch, an dem kein Blut klebte, hatte man einige Schritte weiter im Gras gefunden, wo Cadfael ihn zuerst endeckt hatte. Nun steckte man ihn wieder in die Scheide, als man dem Toten des Schwertgehänge abnahm, und niemand dachte über den seltsamen Umstand nach, daß die Waffe unbenutzt im Gras gelegen hatte.

Der Mann war tot, und sein Mörder, der schon einen anderen Mann, obendrein einen Verwandten, umgebracht hatte, saß in der Burg von Shrewsbury hinter Schloß und Riegel. Wenn es in diesem zweiten Fall einige seltsame Umstände gab, so bemerkte sie niemand außer Cadfael, und sie verwirrten ihn ebensosehr, wie sie die Männer des Sheriffs verwirrt hätten, wenn sie sich der Mühe unterzogen hätten, sie zu untersuchen. Ein Mann war erwürgt worden, obwohl er einen Dolch bei sich trug und offenbar Zeit gehabt hatte, ihn zu ziehen. Er hatte ihn gezogen, aber nicht benutzt. Und jemand, der mit bloßen Händen tötet, tut das, weil ihm keine andere Waffe zur Verfügung steht.

Es war eine stille Nacht. Die Kerzen brannten ruhig und gaben genug Licht, um das gerötete Gesicht des Toten, seinen Hals und seine zerbissene Zunge deutlich erkennen zu können. Cafael untersuchte die Würgemale lange und eingehend, sagte aber nichts. Man richtete auch keine Fragen an ihn – nach der Untersuchung des Sheriffs bestand kein Zweifel mehr daran, daß Simon Aguilon auch diesen Mann ermordet hatte.

»Morgen werden wir eine Stute in den Wald bringen, um seinen Hengst herauszulocken«, sagte Prestcote und zog das Leintuch über Picards Gesicht. »Es ist ein edles Pferd. Wenn die Witwe es verkaufen will, kann sie in Shrewsbury einen guten Preis dafür bekommen.«

Für Cadfael gab es hier nichts mehr zu tun. Er entschuldigte sich und machte sich auf die Suche nach Bruder Mark, den er im Wärmeraum fand. Die warme Mahlzeit hatte ihm offensichtlich gut getan; er trug eine frische, trockene Kutte und war im Begriff, sich auf den Rückweg nach Saint Giles zu machen.

»Wartet einen Augenblick auf mich«, sagte Cadfael. »Ich habe etwas in Saint Giles zu erledigen und werde Euch begleiten.«

Bevor er sich dorthin begab, wollte er aber noch nach den beiden jungen Leuten sehen, die jedoch, als er sie im Empfangszimmer des Abtes fand, seines Trostes nicht zu bedürfen schienen. Sie hatten einen einflußreicheren Fürsprecher als ihn gefunden, mit dem sie offenbar ein herzliches Verhältnis verband, was möglicherweise auch auf den Genuß eines guten Weines nach den Anstrengungen der letzten Tage zurückzuführen war. So machte Cadfael also lediglich seine Aufwartung, nahm ihren überschwenglichen Dank entgegen, wechselte, während er sich vor dem Abt verbeugte, einen etwas doppeldeutigen Blick mit diesem und ließ sie mit ihren Plänen und Überlegungen allein, welche gewiß zur größten Zufriedenheit aller Beteiligten vorangingen, jedoch auch für andere, die nicht hier anwesend waren, eine gewisse Bedeutung hatten.

Sie waren zwei warmherzige Kinder, von Dankbarkeit gegenüber allen erfüllt, die zu ihnen gestanden hatten, als sie in Not waren – sehr jung, sehr verletzlich, und jetzt, da sie glücklich waren, auch sehr ungeduldig und impulsiv. Der Abt würde sie für eine Weile an einer kurzen Leine halten und Iveta in einem Nonnenkloster oder einem ihrer eigenen Herrenhäuser unter der Aufsicht einer gut beleumundeten Frau unterbringen, während er Joscelin diskret würde beobachten lassen, wenn er sich jetzt, da sein Ruf und seine Ehre wiederhergestellt waren und er selbst sein bester Bürge war, in die Dienste eines neuen Herrn begab. Aber Radulfus würde ihnen nicht im Wege stehen, denn er war zu weise, um zu versuchen, etwas zu trennen, was Gott oder seine Engel zusammengefügt hatten.

Es gab noch andere, um die Cadfael sich zu kümmern hatte, und zwar noch heute nacht, wenn sich das, was er glaubte, herausgefunden zu haben, als wahr erweisen sollte.

Er kehrte in den Wärmeraum zurück, wo Bruder Mark zufrieden und erwartungsvoll am Kamin saß. Seit er als Novize in den Orden eingetreten war, hatte er noch nie so lange am Feuer sitzen dürfen. Das war das unfreiwillige Bad im Meole-Bach wert gewesen.

»Ist alles in Ordnung?« fragte er Bruder Cadfael hoffnungsvoll, als sie im Dunkeln durch die Klostersiedlung gingen.

»Ja, alles ist in bester Ordnung«, antwortete Cadfael so zufrieden, daß Mark erleichtert seufzte und keine weiteren Fragen mehr stellte.

»Die junge Dame«, sagte Cadfael gut gelaunt, »für die ihr vor einigen Tagen um Gottes Hilfe gebeten habt, ist jetzt in besten Händen. Der Ehrwüige Vater wird sich um sie kümmern. Jetzt möchte ich im Hospiz nur noch ein paar freundliche Worte mit Lazarus wechseln, für den Fall, daß er beschließt, weiterzuziehen, bevor ich das nächste Mal dorthin komme. Ihr wißt ja, wie unstet manche dieser Kranken sind – ein frischer Wind kommt auf, und ehe man es sich versieht, sind sie schon weitergezogen.«

»Ich habe mich gefragt, ob ich ihn vielleicht zum Bleiben überreden könnte«, sagte Bruder Mark. »Er hat viel für Bran übrig, und die Mutter des Jungen wird nicht mehr lange leben. Sie hat sich schon von der Welt verabschiedet. Nicht daß ihr Sohn ihr gleichgültig wäre – aber sie hat das Gefühl, daß er sie nicht mehr braucht und daß er seine eigenen Schutzpatrone hat«, erklärte einer dieser Schutzpatrone, der sich in seiner Bescheidenheit nicht zu ihnen zählte. »Sie ist sich sicher,daß der Himmel über ihn wacht.«

Auch auf Erden, dachte Cadfael, gab es welche, die an dem Jungen interessiert waren. Zwei dankbare junge Menschen hatten im Empfangszimmer des Abtes ihre Geschichte erzählt, ohne irgend etwas zurückzuhalten oder Namen zu verschweigen. Joscelin war ein intelligenter Bursche, und mit wem er einmal Freundschaft geschlossen hatte, von dem zog er sich so schnell nicht wieder zurück. Und Iveta war in ihrer Erleichterung über den guten Ausgang der Sache bereit, jeden ins Herz zu schließen, der Joscelin geholfen hatte, sei er krank oder gesund, ein hochgestellter Mensch oder einer aus dem niederen Volk.

Stumm, reglos, geduldig, den Rücken kerzengerade an die Wand gelehnt und mit nach orientalischer Sitte gekreuzten Beinen saß Lazarus auf der Veranda vor dem Hospiz. In seinem linken Arm hielt er Bran, der unruhig schlief und Joscelins Holzpferd an seine Brust gedrückt hatte. Die kleine Lampe über dem Eingang warf ihr schwaches Licht auf seine dünnen Ärmchen, das zerzauste, blonde Haar und das verweinte Gesicht. Als Cadfael und Mark die Veranda betraten, erwachte er, rappelte sich verschlafen auf, und Lazarus hob seinen Arm und ließ ihn von der Bank klettern.

»Aber Bran!« rief Bruder Mark besorgt. »Warum bist du denn noch nicht im Bett?«

Halb erleichtert, halb vorwurfsvoll umarmte ihn der Junge, und anklagend drang seine Stimme durch die Falten der neuen, etwas weiten Kutte: »Ihr seid *beide* weggegangen! Ihr habt mich allein gelassen. Ich wußte nicht, wo ihr wart... Ich wußte nicht einmal, ob ihr zurückkommen würdet! Wo ist er jetzt?«

»Er wird bald kommen, du wirst schon sehen.« Bruder Mark nahm Bran an der Hand. Die andere Hand des Jungen griff nach dem Holzpferd, das er zunächst auf der Bank hatte liegen lassen, jetzt aber eifersüchtig wieder an sich nahm. »Komm jetzt, ich werde dich ins Bett bringen und dir alles erzählen. Deinem Freund geht es sehr gut, und er braucht sich jetzt nicht mehr zu verstecken. Alles Unrecht ist wiedergutgemacht worden. Komm, ich werde es dir erzählen, und dann wird er es dir noch einmal erzählen, wenn er das nächste Mal kommt. Er wird kommen, das verspreche ich dir.«

»Er hat gesagt, ich würde sein Knappe sein und Latein und Rechnen lernen, wenn er Ritter wird«, sagte Bran mahnend, bevor er sich schlaftrunken ins Haus führen ließ. Mark warf einen Blick zurück auf Cadfael, und nachdem dieser beruhigend genickt hatte, verschwand er mit dem Jungen im Schlafsaal.

Lazarus blieb stumm und rührte sich nicht, als Cadfael sich neben ihn setzte. Die Zeiten, da er Überraschung, Angst oder Verlangen empfunden hatte, waren schon lange vorbei. Mit seinen weitblickenden, graublauen Augen sah er in den Nachthimmel, an dem jetzt ein Strom dünner, feiner Wolken ruhig ostwärts trieb, während unten auf der Erde vollkommene Windstille herrschte.

»Ihr habt gehört«, sagte Cadfael und lehnte sich bequem zurück, »was Mark dem Kind gesagt hat. Jedes Wort davon war wahr, Gott sei Dank! Alles Unrecht ist wiedergutgemacht worden. Huon de Domvilles Mörder ist gefaßt, und er ist ohne jeden Zweifel schuldig. Das also ist vorbei. Aussicht auf Gnade besteht nicht, es sei denn, der Mörder zeigte Reue, und darauf deutet nichts hin. Er hat nicht nur seinen Onkel umgebracht, sondern auch seinen Freund, der ihm vertraute, auf niederträchtigste Weise verraten und versucht, ein unschuldiges Mädchen gewissenlos auszunutzen. Aber das ist vorüber. Ihr braucht Euch keine Sorgen mehr zu machen.«

Der Mann neben ihm sagte nichts, fragte nichts, hörte nur zu. Ruhig fuhr Cadfael fort: »Alles wird sich für sie zum Besten wenden. Ich habe keinen Zweifel daran, daß der König den Abt zu ihrem neuen Vormund bestimmen wird. Radulfus ist ein strenger und hochherziger, aber auch sehr menschlicher Mann. Sie hat nichts mehr zu befürchten, nicht einmal für einen Liebsten, der über nicht allzu viele irdische Güter verfügte. Ihr Glück, ihre Wünsche werden nicht mehr übergangen werden, als seien sie ohne Bedeutung.«

Lazarus wandte den Kopf. Das Gesichtstuch dämpfte seine tiefe Stimme, die die Worte nur mühsam und stockend formte. »Ihr sprecht nur von Domville. Was ist mit dem zweiten Mord?«

»Welcher zweite Mord?« fragte Cadfael.

»Vor über einer Stunde habe ich unten in der Bachniederung die Fackeln gesehen, als sie Godfrid Picard holten. Ich weiß, daß er tot ist. Wird man Domvilles Mörder auch für diese Tat verantwortlich machen?«

»Aguilon wird sich wegen Mordes an seinem Onkel verantworten müssen«, antwortete Cadfael, »und die Beweise gegen ihn sind erdrückend. Warum sollte man nach einem zweiten Mörder suchen? Angenommen, es würde sich erweisen, daß er mit dem Mord an Picard nichts zu tun hat – würde das etwas an seinem Schicksal ändern? Aber dieser Tat wird man ihn nicht beschuldigen. Eine solche Anklage ließe sich nicht aufrecht erhalten, denn Godfrid Picard wurde nicht ermordet.«

»Woher wollt Ihr das wissen?« fragte Lazarus wißbegierig. Seine Stimme verriet keine Angst oder Sorge.

»Picard fiel nicht in einen Hinterhalt. Als er getötet wurde, war er im Vollbesitz seiner Kräfte, aber das war nicht genug. Nein, er wurde nicht ermordet. Jemand trat ihm in den Weg und forderte ihn zum Zweikampf heraus. Picard hatte einen Dolch, sein Gegner hatte nur seine Hände. Zweifellos glaubte Picard sich im Vorteil: Ein bewaffneter Mann gegen einen unbewaffneten, ein Mann in den besten Jahren gegen einen Siebzigjährigen. Er hatte Zeit, seinen Dolch zu ziehen, aber das war auch alles. Die Waffe wurde ihm entwunden und fortgeworfen, nicht gegen ihn gerichtet. Zwei Hände reichten aus, ihn zu töten. Er hatte vergessen, wieviel Kraft ein Mensch hat, der für eine gerechte Sache kämpft.«

»Dann muß es einen schwerwiegenden Grund für diesen Streit zwischen den beiden gegeben haben«, sagte Lazarus nach einem langen Schweigen.

»Den ältesten und schwerwiegendsten: Eine Frau ist schamlos ausgenutzt worden. Aber nun ist sie gerächt. Der Himmel macht keine Fehler.«

Wieder schwiegen die beiden Männer, aber das Schweigen senkte sich leicht und sanft auf sie herab wie ein Schleier, der das Gesicht einer jungen Frau verhüllt, oder wie eine Motte, die aus dem Dunkel herbeifliegt und sich geräuschlos im Licht einer Lampe niederläßt. Die Augen des alten Mannes richteten sich wieder auf die kleinen Wölkchen, die langsam und stetig gen Osten zogen. Über ihnen leuchteten diffus einige Sterne, während die Erde im Dunkel lag. Hinter dem verwaschenen blauen Gesichtstuch glaubte Cadfael ein fast unmerkliches, beruhigtes Lächeln wahrzunehmen.

»Und nachdem Ihr so viel über diese Tat herausgefunden habt«, sagte Lazarus schließlich, »wissen andere dann nicht ebensoviel wie Ihr?«

»Keinem anderen ist aufgefallen, was ich gesehen habe«, antwortete Cadfael, »und kein anderer wird je etwas herausfinden. Die Würgemale werden verschwinden. Niemand wird Fragen stellen, und nur ich weiß, was ich weiß. Nur ich und der, der Picard getötet hat, wissen, daß der Täter an der linken Hand nur zweieinhalb Finger hat.«

Die blaugrauen Augen des alten Mannes blitzten, und unter dem weiten Gewand bewegte sich etwas. Zwei Hände kamen zum Vorschein, und im Licht der Lampe war deutlich zu sehen, daß die Rechte unversehrt, groß und sehnig war, während an der Linken der Zeigefinger, der Mittelfinger und das letzte Glied des Ringfingers fehlten. Die vernarbten Stümpfe waren trocken und schimmerten hell.

»Nachdem Ihr nun aus so wenigen Anhaltspunkten so viel geschlossen habt, Bruder«, sagte die langsame, ruhige Stimme, »verratet mir noch eines: Wie heißt der Mann, der Picard getötet hat? Ich glaube, Ihr kennt seinen Namen.«

»Das glaube ich auch«, sagte Bruder Cadfael. »Sein Name ist Guimar de Massard.«

Reglos hing die Nacht über der Klostersiedlung, der Bachniederung und dem Wald, den der Sheriff und seine Männer vergeblich durchsucht hatten. Den scharfen, graublauen Augen war es nicht schwer gefallen, Picard, der an seiner roten Kappe zu erkennen war, auszumachen und den Weg zu verfolgen, den er nahm und auf dem er wieder zum Kloster zurückkehren würde. Die Stille der Nacht stand im Gegensatz zu der Bewegung am Himmel, wo die Wolken so rastlos dahinzogen wie ein Mensch, der die Welt durchwandert und im Unbekannten verschwindet.

»Sollte ich diesen Namen kennen?« fragte Lazarus fast unhörbar.

»Mylord, auch ich war bei der Erstürmung Jerusalems dabei. Als die Stadt fiel, war ich zwanzig Jahre alt. Ich sah Euch am Tor kämpfen. Auch beim Kampf um Askalon war ich dabei, als die Fatimiden von Ägypten uns angriffen – und nach dem Blutbad, das wir Christen nach dem Fall von Jerusalem unter den Anhängern des Propheten angerichtet hatten, war ich der Meinung, sie hätten mehr Kriegsglück verdient gehabt. Niemand aber hat je sagen können, Guimar de Massard habe irgend etwas Unmenschliches oder Unehrenhaftes getan. Warum, warum seid Ihr nach jenem Kampf verschwunden? Warum habt Ihr uns, die wir Euch verehrten, warum habt Ihr Eure Frau und Euren Sohn hier in England um Euch trauern lassen? Hatten wir das denn verdient?«

»Hätte meine Frau, hätte mein Sohn es verdient gehabt, mit jenem Schicksalsschlag belastet zu werden, der mich getroffen hatte?« fragte Lazarus erregt. Die ungewohnten Worte kamen ihm nur mit Mühe über die Lippen. »Ich glaube, Bruder, Ihr kennt bereits die Antwort auf Eure Frage.«

Ja, Cadfael kannte sie. Guimar de Massard, der in Askalon verwundet und gefangengenommen worden war, hatte von den Ärzten, die ihn in der Gefangenschaft behandelten, erfahren, daß er vom Aussatz befallen war.

»Ihre Ärzte sind ausgezeichnet«, fuhr Lazarus ruhig fort, »weit besser als unsere. Und wer könnte mit den ersten Anzeichen der Krankheit besser vertraut sein als sie? Sie haben mir die Wahrheit gesagt. Sie haben getan, um was ich sie bat, und die Nachricht verbreitet, ich sei meinen Wunden erlegen. Sie taten noch mehr für mich: Sie brachten mich in eine Einsiedelei, damit ich, nachdem ich für meine Freunde gestorben war, im Land meiner Feinde mein Leben fristen und gegen die Krankheit ankämpfen konnte, wie ich früher gegen meine Gegner gekämpft hatte. Mein Helm und mein Schwert wurden auf meine Bitte hin nach Jerusalem zurückgeschickt.«

»Sie hat beides erhalten«, sagte Cadfael, »und hält Euer Erbe in Ehren. Ihr seid nicht vergessen, Mylord. Ich habe schon immer gewußt, daß die besten der Sarazenen anständiger und menschlicher sind als viele Christen.«

»Meine Feinde waren ritterlich. In den Jahren, in denen ich büßte, achteten sie mich und halfen mir, wo sie nur konnten.«

Ja, dachte Cafael, es gab einen Adel der Gesinnung, der Feindschaften zwischen Familien, Grenzen zwischen Ländern, ja selbst die scheinbar unüberbrückbare Kluft zwischen Religionen zu überwinden vermochte. Und es war gut möglich, daß Guimar de Massard sich den Kalifen der Fatimiden enger verbunden fühlte als Bohemond, Baldwin und Tankred, die sich wie ungeratene Kinder um ihre Eroberungen stritten.

»Wie lange«, fragte er, »habt Ihr gebraucht, um in Eure Heimat zu gelangen?« Es war eine lange, lange Reise quer durch Europa, die dieser Mann auf verkrüppelten Füßen unternommen hatte, und er hatte nichts weiter bei sich gehabt als eine Klapper.

»Acht Jahre. Ich bin aufgebrochen, als ich erfuhr, ein englischer Gefangener habe vom Tod meines Sohnes berichtet und gesagt, er habe ein Kind, eine Tochter, hinterlassen, die bei der Familie ihrer Mutter lebe und sonst keine Verwandten mehr habe.«

So hatte er also seine Zelle, das Refugium, in das er sich jahrelang zurückgezogen hatte, verlassen und sich mit Klapper, Mantel und Gesichtstuch auf die endlose Pilgerfahrt nach England begeben, um sich aus gebührender Entfernung mit eigenen Augen davon zu überzeugen, daß seine Enkelin glücklich war und es ihr an nichts fehlte. Statt dessen hatte er feststellen müssen, daß ihr Unrecht geschah, und mit seinen verkrüppelten Händen hatte er dieses Unrecht und das, was zwischen ihr und ihrem Glück stand, aus der Welt geschafft.

»Sie hat jetzt, was ihr zusteht«, sagte Cadfael. »Und dennoch, glaube ich, wäre ihr das Wissen, daß Ihr noch am Leben seid, lieber als ihr Anrecht auf einen großen Besitz.«

Die Stille, die nun eintrat, war lange und kalt, als sei er in ein Gebiet eingedrungen, zu dem er keinen Zutritt hatte. Dennoch sprach Cadfael unbeirrt weiter. »Das Feuer, das Euch verzehrt hat, ist erloschen, und zwar seit Jahren schon, wie mir scheint. Ihr braucht es gar nicht erst abzustreiten – ich kenne die Anzeichen. Was Gott Euch, aus Gründen, die nur er kennt, auferlegt hat, das hat er wieder von Euch genommen, und das wißt Ihr. Ihr stellt für andere Menschen keine Gefahr mehr dar. Und ganz gleich, welchen Namen Ihr in all diesen Jahren geführt habt – Ihr seid immer noch Guimar de Massard. Wenn sie schon Euer Schwert in Ehren hält, um wieviel mehr würde sie Euch selbst ehren? Warum wollt Ihr sie dieser Freude berauben? Warum wollt Ihr Euch selbst der Freude berauben, sie glücklich zu sehen und ihre Hand in die eines Mannes zu legen, der, so glaube ich, Eure Zustimmung findet?«

»Bruder«, sagte Guimar de Massard und schüttelte den Kopf, »Ihr sprecht von einer Sache, die Ihr nicht versteht. Ich bin ein toter Mann. Laßt mich und meine Legende in Frieden ruhen.«

»Und doch gab es einmal einen Lazarus«, erwiderte Cadfael ehrfurchtsvoll, »der zur Freude seiner Verwandten von den Toten auferstand.«

Wieder trat eine lange Stille ein. Die Wolken am Nachthimmel waren das einzige, was sich in der Welt der sichtbaren Dinge bewegte. Dann tauchte die unversehrte rechte Hand des alten Mannes aus den Falten seines Mantels auf und schlug die Kapuze zurück. »Und war dies das Gesicht, das seine Schwestern mit Freude erfüllte?« fragte Guimar.

Er nahm das Gesichtstuch ab und entblößte ein grausam entstelltes Antlitz: Die Lippen waren fast verschwunden, eine Wange war eingefallen, von der Nase waren nur zwei große, schwärzlich verfärbte Höhlen geblieben. Nur die leuchtenden Augen erinnerten noch an den Paladin von Jerusalem und Askalon. Cadfael sagte nichts mehr.

Lazarus bedeckte sein Gesicht wieder mit dem Tuch. Fast unmerklich kehrten Ruhe und Gelassenheit in seine Stimme zurück. »Versucht nie, den Stein vom Grab wegzurollen«, sagte er leise. »Ich bin zufrieden mit dem, was mir geblieben ist. Laßt mich in Frieden ruhen.«

»Dann muß ich Euch sagen«, sagte Cadfael nach einer langen Pause, »daß der junge Mann Euch ihr gegenüber in den höchsten Tönen gelobt hat, und daß sie ihn gebeten hat, sie, da Ihr nicht zu ihr gehen könnt, zu Euch zu bringen, damit sie Euch persönlich für Eure Güte und Eure Hilfe danken kann. Und da er ihr nichts abschlagen kann, nehme ich an, daß sie morgen früh hier sein werden.«

»Dann werden sie feststellen«, antwortete Lazarus ruhig, »daß auf uns wandernde Aussätzige, auf uns Pilger, kein Verlaß ist. Wir bleiben nie lange an einem Ort. Die Rastlosigkeit kommt über uns, und der Wind bläst uns davon wie Staub. Von uns ist nur noch ein trauriger Rest dessen geblieben, was wir einmal waren, und wir ziehen von einem Heiligenschrein zum nächsten, um Trost zu finden. Sagt ihnen, daß es nichts gibt, was sie für mich tun können.«

Langsam und vorsichtig setzte er seine verkrüppelten Füße auf den Boden und verhüllte sie mit seinem langen Gewand. »Denn für einen Toten«, sagte er, »kann man nichts mehr tun.« Er erhob sich, und auch Cadfael stand auf.

»Das einzige, um das ich Euch bitten kann, Bruder, ist, für mich zu beten.«

Ohne ein weiteres Wort wandte er sich zum Gehen. Der Absatz des Schuhs, den er sich hatte anfertigen lassen, machte ein scharfes Geräusch auf der steinernen Türschwelle und klang dann dumpf auf den Dielenbrettern im Haus. Bruder Cadfael trat von der Veranda hinaus in die Nacht. Die Wolken am Himmel, so schien es ihm, wurden nicht einfach vom Wind vorangetrieben, sondern verfolgten, ohne Eile und ohne sich aufhalten zu lassen, einen vorherbestimmten Kurs – wie der Tod.

Ja, es gab nichts, dachte er, während er durch die Nacht zum Kloster zurückging, was man für die Toten tun konnte. Die beiden jungen Leute würden statt dessen Bran ihren Dank abstatten müssen. Dieser Tote hatte für sein eigenes Begräbnis gesorgt – mochten sie sich nun also um die Lebenden kümmern. Vielleicht wurde aus dem Sohn der Bettlerin, wenn man ihn herausgefüttert, ordentlich gekleidet und in den erforderlichen Dingen unterrichtet hatte, eines Tages tatsächlich der Page und Knappe von Sir Joscelin Lucy. Es waren schon seltsamere Dinge geschehen auf dieser sonderbaren, überaus grausamen und doch auch überaus wunderbaren Welt!

Am nächsten Morgen nach der Messe kamen, mit Erlaubnis des Abtes, Iveta und Joscelin nach Saint Giles, um sich bei allen, die dort lebten, besonders aber bei zwei ganz bestimmten Menschen zu bedanken. Bran war schnell gefunden, aber der alte Aussätzige, der sich Lazarus nannte, war über Nacht verschwunden, ohne Abschied und ohne zu sagen wohin. Sie suchten ihn auf allen Straßen, die von Shrewsbury ins Land führten und erkundigten sich an allen Reliquienschreinen in den benachbarten drei Grafschaften, ob man ihn dort gesehen hatte, aber geheimnisvollerweise war er trotz seiner verkrüppelten Füße schneller als sie. Er wurde nie mehr in Shrewsbury gesehen.

Ellis Peters

Spannende und unterhaltsame Mittelalter-Krimis mit Bruder Cadfael, dem Detektiv in der Mönchskutte.
»Ellis Peters bietet Krimi pur.« NEUE ZÜRICHER ZEITUNG

Im Namen der Heiligen
01/6475

Ein Leichnam zuviel
01/6523

Die Jungfrau im Eis
01/6629

Das Mönchskraut
01/6702

Der Aufstand auf dem Jahrmarkt
01/6820

Der Hochzeitsmord
01/6908

Zuflucht im Kloster
01/7617

Des Teufels Novize
01/7710

Lösegeld für einen Toten
01/7823

Ein ganz besonderer Fall
01/8004

Mörderische Weihnacht
01/8103

Der Rosenmord
01/8188

Der geheimnisvolle Eremit
01/8230

Pilger des Hasses
01/8382

Bruder Cadfael und das fremde Mädchen
01/8669

Bruder Cadfael und der Ketzerlehrling
01/8803

Bruder Cadfael und das Geheimnis der schönen Toten
01/9442

Wilhelm Heyne Verlag
München